Jette Hansen
Inselpralinen: Freunde und Meer

AF214650

Das Buch

Jana und Oke haben auf Langeoog ihr Glück gefunden. Mittlerweile beliefert Jana auch die umliegenden Inseln mit ihren köstlichen Pralinen und vor zwei Jahren haben sie eine kleine Tochter bekommen.

Nur Enna Rolfs, die alte Dame, mit der Jana seit ihrem ersten Tag auf der Insel befreundet ist, macht ihr Sorgen. Der Alltag scheint ihr immer größere Schwierigkeiten zu bereiten und sie wirkt häufig verwirrt. Gemeinsam mit ihren Freunden organisiert Jana Hilfe für die alleinstehende Enna. Aber wird es auf Dauer ausreichen?

Janas Freundin Frauke ist mit ihrem momentanen Leben und ihren unbeständigen Beziehungen eher unglücklich. Als ohne jegliche Vorankündigung Janas Halbbruder Leon aus Hamburg auftaucht, zeigt Frauke großes Interesse an ihm. Kann das gut gehen? Und entspringt Leons plötzlicher Besuch wirklich reiner Freundlichkeit oder steckt vielleicht mehr dahinter?

Die Autorin

Jette Hansen, 1981 in Ostfriesland geboren, lebt heute mit Mann, zwei Kindern und einem Mischlingshund in der Nähe von Bremen. Neben dem täglichen Feilen an Romanmanuskripten arbeitet sie halbtags als Eventmanagerin. Der nächste Roman ist bereits in Arbeit.

JETTE HANSEN

INSEL PRALINEN

Freunde und Meer

ROMAN

Deutsche Erstveröffentlichung bei
Montlake, Amazon Media EU S.à r.l.
38, avenue John F. Kennedy, L-1855 Luxembourg
Mai 2024
Copyright © der deutschsprachigen Ausgabe 2024
By Jette Hansen

Umschlaggestaltung: bürosüd° München, www.buerosued.de
Umschlagmotiv: © Ryszard Filipowicz © Penpitcha Pensiri © Elenamiv ©
dibrova © Helen Hotson © Doris Oberfrank-List © Mari_Bryk /
Shutterstock
1. Lektorat: Claudia Wuttke
2. Lektorat & Korrektorat: Rotkel Textwerkstatt
Gedruckt durch:
Amazon Distribution GmbH, Amazonstraße 1, 04347 Leipzig /
Canon Deutschland Business Services GmbH, Ferdinand-Jühlke-Straße 7,
99095 Erfurt /
CPI Books GmbH, Birkstraße 10, 25917 Leck

ISBN 978-2-49671-547-7
e-ISBN 978-2-49671-546-0

www.montlake.de

1

Jana Jaspersen lehnte sich im Strandkorb zurück. Ihre zweijährige Tochter Svea, die direkt vor ihr im Sand spielte, sah auf und lächelte ihr zu, bevor sie sich wieder auf die kleine Burg konzentrierte, die Jana mit ihr gebaut hatte.

»Sie läuft schon nicht weg«, sagte ihre Freundin Frauke neben ihr. »Entspannen!«

Jana rollte mit den Augen. »Warte, bis du dein erstes Kind hast, dann sprechen wir uns wieder.«

»Kind? Braucht man nicht immer noch einen Mann dafür?«

Jana seufzte innerlich auf. Fraukes On-off-Beziehung mit Daniel, der auf dem Festland lebte und arbeitete, war in den letzten Wochen regelmäßig Thema zwischen ihnen gewesen. Seit weit über zwei Jahren kamen die beiden nicht zueinander, konnten aber auch nicht voneinander ablassen. Ein ständiges Hin und Her. Nicht nur zwischen der kleinen Ostfriesischen Insel Langeoog und Oldenburg, einer Stadt, die etwas über achtzig Kilometer Luftlinie von ihnen entfernt lag, sondern auch zwischen dem jeweiligen Beziehungsstatus. Gefühlt hatten sich die beiden schon hundertmal getrennt und waren hundertmal wieder zusammengekommen. Jana hatte den Eindruck, als würde ihre Freundin in einer Endlosschleife leben, die auf

Dauer niemandem guttun konnte. So gern Jana ihrer Freundin beistand, so wenig hatte sie heute, an ihrem freien Tag, Lust, darüber zu sprechen.

»Es geht auch ohne«, murmelte sie und winkte Svea zu. Das kleine Mädchen kam auf sie zugelaufen und zwängte sich zwischen sie und Frauke. Jana hob sie auf ihren Schoß und küsste sie auf die Wange. Svea kuschelte sich an ihre Mutter, sprang aber gleich wieder aus dem Strandkorb, um zu ihrer Sandburg zurückzulaufen.

»Und wie?«, fragte Frauke. »Samenbank? Nicht dein Ernst, oder?«

»Nein, natürlich nicht.« Jana hielt kurz inne. »Sag mir lieber, wie meine neue Kuchenkreation bei deinen Gästen angekommen ist.«

»Wie schon? Sie loben den Kuchen in höchsten Tönen. Hast du etwas anderes erwartet?«

Als Jana vor über drei Jahren auf die Insel gekommen war, sollte es nur ein kleiner Zwischenstopp sein, da ihre Pläne als Kindermädchen in Australien von heute auf morgen ins Wasser gefallen waren. Die Berliner Wohnung war schon gekündigt gewesen, ihre Möbel und vieles mehr eingelagert, als die Nachricht aus Australien kam. Frauke hatte ihr ein Zimmer in ihrem damaligen Haus angeboten, das Jana dankend angenommen hatte. Zwar war das neue Angebot aus Australien einige Wochen später gekommen, aber Jana hatte sich der Liebe wegen dagegen entschieden.

»Und deine Pralinen sind immer noch der Hit«, fügte Frauke hinzu. »Aber das weißt du ja.«

Jana hatte ihr Hobby zum Beruf gemacht. Ihre Pralinen hatten schnell die Runde auf Langeoog gemacht und wurden inzwischen auf weiteren Ostfriesischen Inseln von Cafés und Restaurants geordert.

»Das kann sich auch schnell wieder ändern«, sagte Jana.

»Unsinn. Nichts und niemand wird dir das streitig machen können. Im Gegensatz zu meinem Café. Ich muss mir ständig was Neues überlegen, damit die Gäste auch kommen. Meine Lage im Hinterhof ist nicht so prickelnd, und die Kollegen schlafen auch nicht. Aber du mit deiner Pralinenmanufaktur bist doch einmalig auf Langeoog und selbst auf den Ostfriesischen Inseln. Das macht dir so schnell niemand nach.«

»Schon richtig. Aber Oke und ich sind beide selbstständig. Du kennst das doch. Die Angst sitzt einem da immer ein bisschen im Nacken. Wenn ich gesundheitlich ausfallen würde, hätten wir ein ganz schönes Problem.« Sie warf einen Blick zu ihrer Tochter. »Oder wenn Svea krank wird und mich längere Zeit braucht.«

»Damit musst du leben lernen. Wie wir fast alle auf der Insel. Und Oke ist ja auch noch da. Der würde sich für euch beide doch ein Bein ausreißen. Du brauchst dir wirklich keine Gedanken um deine Zukunft zu machen.«

»Mache ich ja auch eigentlich nicht«, winkte Jana ab. »Ich weiß gar nicht, wie wir überhaupt drauf gekommen sind.«

Frauke zuckte mit den Schultern. »Ich auch nicht. Wahrscheinlich wolltest du von meinem leidigen Dauerthema *Daniel* ablenken.« Sie stieß ihr spielerisch in die Seite. »Gib zu, dass ich dich damit nerve.«

Jana zögerte, aber warum sollte sie nicht die Wahrheit sagen? »Manchmal schon. So nett ich Daniel finde, aber dieses Hin und Her macht dich doch auf Dauer fertig. Oder?«

Frauke stöhnte theatralisch. »So ist das Leben. Vielleicht bin ich nicht für Mann und Kind und Haus und was weiß ich noch alles geschaffen.«

»Daniel muss sich einfach mal entscheiden. Ihm sollte doch allmählich klar sein, dass du Langeoog nicht verlassen wirst.«

»Und mir, dass er nicht auf die Insel zieht«, fügte Frauke hinzu.

Jana warf einen schnellen Blick zu ihrer Tochter. Sie spielte weiter allein im Sand und schien sie nicht vor der leidigen Diskussion retten zu wollen.

»Vielleicht ist es an der Zeit, das zu akzeptieren?«, warf Jana ein und erschrak im gleichen Augenblick. So hart hatte sie es gegenüber ihrer Freundin noch nie formuliert.

Frauke schwieg, ließ sich aber nicht anmerken, ob sie Janas Bemerkung getroffen hatte.

»Sorry, Frauke. Das ist mir so rausgerutscht. Du bist doch eigentlich gar nicht der Typ für so eine Beziehung.«

»So eine merkwürdige, wolltest du sagen?«

Frauke hatte ihr vor einem halben Jahr erzählt, dass Daniel und sie seit geraumer Zeit eine offene Partnerschaft pflegten. Ihr war gleich klar, dass dieses Arrangement recht einseitig ausgelebt werden würde. Zumindest hatte sie Frauke noch nicht mit einem anderen Mann auch nur flirten gesehen.

»Habe ich aber nicht gesagt«, antwortete Jana. »Und nein, ich bin nicht zu spießig, um eine offene Beziehung akzeptieren zu können. Wenn du meinst, dass es für dich der richtige Weg ist, ist doch alles in Ordnung.«

Frauke stand auf. »Ich gehe eine Runde schwimmen. Wer weiß, wie lange das Wasser noch so angenehm ist.«

Nicht nur die Lufttemperaturen waren Ende Juni hoch, sondern auch das Wasser hatte sich mehr erwärmt als üblich. Auf der Tafel der Rettungsschwimmer waren für heute zweiundzwanzig Grad Wassertemperatur angegeben.

»Mach das«, sagte Jana, stand auch auf und kniete sich neben Svea, die bereits einen Großteil ihrer Sandburg wieder zerstört hatte.

Kurz darauf gesellte sich Oke für ein paar Minuten zu ihnen. Er half im Sommer regelmäßig bei seinem Onkel aus, der die Strandkorbvermietung organisierte, selbst keine Kinder hatte und gern auf Okes Organisationstalent und seine handwerklichen Fähigkeiten zurückgriff. In den kälteren Monaten arbeitete Oke als Schreiner, baute Möbelstücke per Auftrag und hatte vor über zwei Jahren Janas Kücheneinrichtung selbst hergestellt.

»Alles gut bei euch?«, fragte er und hockte sich neben seine Tochter, die ihn mit einem strahlenden Lachen und »Papa«-Rufen empfangen hatte.

»Ja«, sagten Jana und Svea wie aus einem Mund.

Oke grinste. »Das kann ja noch heiter werden in den nächsten Jahren.«

Jana zog ihn zu sich und küsste ihn zärtlich. »Keine Angst, wir lieben dich beide. Du hast nichts zu befürchten.«

Svea war aufgestanden und drückte jetzt ihrem Vater einen schmatzenden Kuss auf die Wange. Dann ließ sie sich wieder in den Sand fallen und griff nach ihrer Schaufel.

»Bleibt ihr noch lange?«, fragte Oke.

»Nein, Svea muss bald schlafen. Frauke wollte mit zu uns kommen. Wir machen uns dann eine Kleinigkeit zu essen.«

»Gute Idee. Meine Ablösung kommt leider erst um sechzehn Uhr. Ich wollte heute unbedingt noch an der Kommode arbeiten.«

»Das hat doch Zeit, Oke. Die alte hält noch ein paar Monate.«

»Bis zu deinem Geburtstag ist sie fertig. Das habe ich dir doch versprochen.« Oke stand auf, strich seiner Tochter noch einmal über den Kopf und warf Jana eine Kusshand zu. »Bis später, ihr beiden.«

»Wow! Das Dressing für den Salat ist ja der Hit«, lobte Frauke.

Sie saßen am Tisch im Garten unter einem großen Sonnenschirm und aßen Salat und Brot, das Jana am Morgen gebacken hatte.

»Bist du sicher, dass du kein Restaurant aufmachen willst?«

Jana schüttelte den Kopf. »Auf gar keinen Fall. Mir reicht die ganze Arbeit mit den Pralinen und Kuchen und dem eigenen Verkauf voll und ganz. Und finanziell stehen wir ganz gut da.«

»Klasse!« Frauke beugte sich vor und umarmte ihre Freundin. »Wer hätte das gedacht, als du damals hier aufgetaucht bist und nur ein paar Wochen bleiben wolltest.«

»Vermutlich niemand«, murmelte Jana.

»Jetzt stell dein Licht nicht unter den Scheffel. Du bist die geborene Geschäftsfrau. Und die Kraft der Insel hat sich auf dich übertragen. So einfach ist das. Sei froh, dass du hiergeblieben bist und nicht irgendwo in Australien herumsitzt und Kinder fremder Menschen hütest. Apropos Kinder. Bei euch ist noch nichts wieder im Anmarsch, oder?«

Jana warf ihr einen entrüsteten Blick zu. »Anmarsch. Klingt wie eine Bestellung im Versandhaus.«

»Nenn es, wie du willst.« Frauke sah sie fragend an. »Was ist nun?«

»Nichts ist. Wir müssen warten.«

»Wie lange probiert ihr es jetzt schon? Ein Jahr oder noch länger?«

»Ja, so in etwa. Ich habe die Monate nicht gezählt.«

Frauke zögerte, schüttelte aber schließlich den Kopf. »Das kannst du jemand anderem erzählen, aber nicht mir. Dir macht das ganz schön zu schaffen, oder?«

Jana zog die Salatschale zu sich und füllte ihren Teller auf. Anschließend griff sie nach dem Brot, teilte es in der Mitte und biss hinein.

»Hätte ich nicht davon anfangen sollen?«, fragte Frauke etwas kleinlaut.

Jana zuckte mit den Schultern. »Irgendwann wird es schon klappen. Bei Svea ist es doch sogar trotz Verhütung passiert.«

Als Jana seinerzeit gemerkt hatte, dass sie schwanger war, hatte sie zunächst an einen Abbruch gedacht und war sogar zum Termin ins Krankenhaus gefahren. Nur der Überraschungsbesuch ihres schwedischen Vaters hatte sie davon abgehalten. Heute war sie froh, dass er sich trotz seiner schweren Krankheit in einer Pause der Chemotherapie auf den Weg gemacht hatte, um ihr beizustehen. Svea war aus ihrem Leben nicht mehr wegzudenken, und nun wünschten Oke und sie sich schon länger ein Geschwisterchen für ihre kleine Tochter.

»Ja, das habe ich alles hautnah mitbekommen, wenn du dich erinnerst.«

Frauke hatte sie ins Krankenhaus begleitet und war, wie sie Jana später erzählt hatte, drauf und dran gewesen, sie an dem Schwangerschaftsabbruch zu hindern. Dank Sigge Andersen war sie von der Last entbunden worden.

»Wie geht es eigentlich deinem Vater?«, fragte Frauke. »Stand nicht wieder eine große Untersuchung bei Sigge an?«

»Ja, er hat mich gestern angerufen. Alles in Ordnung. Zum Glück.«

»Er scheint ja verdammtes Glück gehabt zu haben«, sagte Frauke. Sie hatte sich länger mit Janas leiblichem Vater auf Janas Hochzeit unterhalten und war davon angetan, mit wie viel Mut und Stärke er gegen die Krankheit angekämpft hatte.

»Ja, das hat er. Und ich hoffe, dass der Krebs ihn beim nächsten Mal überspringt. Noch einmal wird Sigge die Therapie nicht durchstehen.«

Jana war bei Adoptiveltern aufgewachsen und hatte Sigge erst kennengelernt, als er bereits erkrankt war. Zusammen mit Oke war sie zu ihm auf die kleine Schäreninsel gefahren und hatte ihn dort etwas näher kennenlernen können. Inzwischen besuchte Sigge sie regelmäßig auf Langeoog. Für den Herbst hatten Jana und Oke eine zweiwöchige Reise nach Rödlöga geplant, eine Schäreninsel vor Stockholm, auf der gerade mal hundert Menschen lebten.

»Ich bin heilfroh, dass meine Eltern gesund sind«, sagte Frauke und stutzte. »Sag mal, ich habe letzte Woche Enna getroffen. Sie hat mich kaum erkannt. Weißt du, was mit ihr los ist?«

Enna Rolfs, eine über achtzigjährige Insulanerin, hatte Jana in ihr Herz geschlossen. Schon auf dem Weg nach Langeoog vor drei Jahren waren sie sich im Zug begegnet und hatten sich angeregt unterhalten. Ein wenig sah Jana Enna als Ersatzoma an und sie traf sich regelmäßig mit ihr.

»Dann hatte Enna wohl einen schlechten Tag«, sagte Jana ausweichend. Sie hatte bereits vor Monaten bemerkt, dass Enna immer größere Probleme hatte, sich an bestimmte Dinge zu erinnern. Alles begann, als sie für eine kleine Operation aufs Festland ins Krankenhaus musste. Es gab Komplikationen, und am Ende blieb Enna über vier Wochen in der Auricher Klinik. Zurück auf der Insel erkannte Jana sie fast nicht wieder. Zuvor hatte man ihr das Alter nicht angesehen, aber nach dem Klinikaufenthalt wirkte sie in den ersten Wochen wie eine greise, zerbrechliche Frau, die sich nicht mehr selbst versorgen konnte. Jana besuchte sie zu der Zeit zweimal täglich und organisierte eine Betreuung durch eine Pflegerin. Langsam erholte sich Enna, aber Janas Hoffnung, dass sie wieder ganz die Alte würde, erfüllte sich nicht.

»Das sah aber nach mehr als einem schlechten Tag aus«, ließ Frauke sie nicht aus dem Thema heraus.

Jana stöhnte leise. »Enna ist nun mal über achtzig Jahre. Da darf man schon das eine oder andere vergessen.«

Frauke legte Messer und Gabel auf den Teller ab und schob ihn etwas zur Seite. »Bist du sicher, dass es nicht mehr ist? Enna hat keine Verwandten, die sich um sie kümmern würden. Wenn sie nicht mehr allein …« Frauke ließ den Satz in der Luft hängen.

»Das weiß ich doch, Frauke. Und ich mache mir schon seit Wochen Gedanken, wie es weitergehen soll. Aber du kennst auch Enna. Mit ihr darüber zu sprechen – selbst an guten Tagen –, ist quasi unmöglich.«

Frauke sah sie bestürzt an. »Hatte ich also doch recht. Was sagt Oke denn dazu? Er kennt sie doch auch gut?«

»Er weiß nichts davon. Ich wollte ihn nicht damit belasten – du weißt doch, wie viel er gerade arbeitet. Und so ganz klar ist mir das auch erst in den letzten zwei bis drei Wochen geworden.«

»Typisch Jana«, murmelte Frauke. »Warum hast du noch nichts gesagt? Es muss etwas passieren. Ich spreche mal mit meinen Eltern. Vielleicht sollten wir bei *Bliev Hier* nachfragen, wie es mit einem Platz im Seniorenheim aussieht. Dann kann Enna zumindest auf Langeoog bleiben. Oder der Pflegedienst? Du hattest doch schon Kontakt, nachdem Enna aus dem Krankenhaus entlassen wurde. Wie sieht das da aus? Ist das bezahlbar? Bestimmt muss man einen Antrag stellen, damit sie eine Pflegestufe bekommt. Das soll nicht so leicht sein, oder? Vielleicht kann man …«

»Langsam, Frauke«, unterbrach Jana ihren Redeschwall. »So schlimm ist es nicht. Wir haben noch Zeit. Ich bin doch fast jeden Tag bei Enna und schaue nach ihr. Sie kommt bisher noch gut zurecht.«

»Aber vielleicht nächste Woche nicht mehr«, warf Frauke ein.

»Der Prozess geht langsam. Wenn es denn überhaupt Altersdemenz ist. Vielleicht hat Enna immer noch an dem Krankenhausaufenthalt zu knabbern. Seitdem hat sie ja die Probleme.«

»Langsam? Woher weißt du das? Dass es sich langsam entwickelt, meine ich.«

»Ich habe recherchiert und mit meiner Mutter darüber gesprochen. Meine Oma, also ihre Mutter, war in den Jahren vor ihrem Tod dement. Mama hat sich um sie gekümmert.«

»Trotzdem, Enna muss zum Arzt. Am besten wäre, wenn das ein Spezialist auf dem Festland macht. Soll ich mich mal umhören?«

Das war Frauke. Das Problem wegorganisieren, eine Lösung finden, am besten auf der Stelle. Aber ohne dass Enna Rolfs einwilligte, würde gar nichts passieren. Sie war ihr Leben lang eigenständig gewesen und würde sich jetzt nicht wie ein Kind behandeln lassen. Demenz hin, Demenz her.

»Erkundige dich ruhig. Aber mach nicht unnötig Stress, und vor allem sollte das im Moment nicht die Runde auf der Insel machen. Versprichst du mir das?«

Frauke atmete tief durch. »Ja, du hast recht. Ich rede nur mit meiner Mutter und sage ihr, dass sie es für sich behalten soll.«

Jana nickte erleichtert. »Ich schaue später noch einmal bei Enna vorbei. Und dann spreche ich auch mit Oke. Ihm ist ohnehin schon aufgefallen, wie häufig ich in der letzten Zeit bei Enna bin. Wahrscheinlich hat er schon eins und eins zusammengezählt und denkt sich seinen Teil.«

»Soll ich vielleicht Ulfert fragen, ob er uns helfen kann? Er hatte immer einen guten Draht zu Enna. Über fünfzehn Ecken sind die beiden, glaube ich, sogar verwandt.«

Ulfert Blohm wäre um ein Haar Fraukes Ehemann geworden. Zu dem Zeitpunkt, als Jana auf die Insel kam, waren die Hochzeitsvorbereitungen in vollem Gange. Jana und Oke sollten die Trauzeugen sein, die Gäste waren eingeladen und alles vorbereitet. Die Hochzeit platzte, als sich herausstellte, dass Ulfert ein Kind mit einer anderen Frau hatte und sich die beiden Beziehungen überschnitten hatten. Beides hatte Ulfert Frauke verschwiegen. Die Hochzeit wurde abgesagt, und nach Wochen des Schweigens näherten sich die beiden wieder an. Allerdings zog Frauke nicht zurück in Ulferts Haus. Nach einem weiteren Jahr stand dann aber trotzdem die endgültige Trennung an. Daniel hatte dabei auch eine Rolle gespielt.

»Wenn du wieder so guten Kontakt zu Ulfert hast. Aber bitte …«

»Ja, schon klar. Absolute Verschwiegenheit vorausgesetzt. Den Schwur nehme ich ihm vorher ab. Also?«

Jana zögerte. Ihr eigenes Verhältnis zu Ulfert war nach der geplatzten Hochzeit nicht das beste gewesen, da Jana einen nicht unerheblichen Anteil an der Aufdeckung des Geheimnisses hatte.

»Warum nicht. Du kannst ja erst mal vorsichtig fragen, ob Ulfert überhaupt noch Kontakt mit Enna hat. Dann sehen wir weiter.«

Frauke nickte. »Guter Plan. So machen wir es.«

2

Jana klopfte an die Tür von Enna Rolfs Haus und trat kurz darauf ein. Wie viele ältere Insulaner schloss sie die Tür tagsüber nicht ab und vergaß es, wie Janas Stichprobe ergab, auch immer häufiger in der Nacht.

»Enna, ich bin's! Jana.« Sie lauschte ins Haus hinein, aber niemand antwortete. Sie schaute auf die Uhr. Kurz nach fünf am Nachmittag. Enna konnte unmöglich schon im Bett liegen. Sie öffnete die Küchentür, sah hinein und schloss sie wieder. Auch im Wohnzimmer war sie nicht zu finden. Jana rief ein weiteres Mal und ging danach die Treppe hinauf in den ersten Stock. Vorsichtig öffnete sie die Schlafzimmertür und warf einen Blick in das Zimmer. Das Bett war gemacht, von Enna jedoch keine Spur. Im Bad fand sie die alte Dame auch nicht, also blieben nur noch die zwei ehemaligen Gästezimmer, die Enna schon seit vielen Jahren nicht mehr vermietete. Die erste Tür war verschlossen, die zweite ließ sich öffnen. Auf dem Bett lag Enna, sie schlief und hatte ihre normale Straßenkleidung an.

Im Zimmer stand ein Eimer, der bis zur Hälfte mit Wasser gefüllt war, auf der Erde lag ein nasser Feudel, an der Wand angelehnt ein Besen und ein Schrubber. Enna Rolfs hatte offensichtlich vorgehabt, den Raum zu wischen, eine Arbeit, der sie, soweit Jana wusste, schon seit Jahren nicht mehr nachkam.

Jana trat ans Bett und berührte den Arm der alten Dame. Beim dritten Mal schlug Enna die Augen auf und sah Jana verwirrt an.

»Hallo Enna. Ich bin's, Jana. Du bist im Gästezimmer auf dem Bett eingeschlafen.«

Enna richtete sich auf und sah sich um. Als ihr Blick wieder auf Jana fiel, schien sie sie zu erkennen. »Jana. Schön, dass du noch vorbeikommst.« Sie streckte den Arm aus. »Kannst du mir helfen?«

Kurze Zeit später hatte Jana die alte Dame in die Küche geführt, Wasser für Tee aufgesetzt und den Tisch gedeckt.

»Ich weiß gar nicht, was ich oben wollte.«

»Du wolltest putzen. Das ist aber doch nicht notwendig. Ich stelle gleich alles wieder in den Hauswirtschaftsraum. Ist das in Ordnung?«

»Ja, natürlich. Das ist lieb von dir.«

Jana legte jeweils ein Kluntje in die Tassen und goss den heißen Tee darüber. Anschließend goss sie vorsichtig die Sahne in die braune Flüssigkeit.

»Wo hast du denn Oke gelassen? Er war schon so lange nicht mehr bei mir.«

»Oke muss im Sommer viel arbeiten. Am Strand, und hin und wieder betreut er doch den Kiosk auf der Fähre.«

Enna Rolfs beugte sich vor und legte ihre Hand auf Janas Arm. »Aber das weiß ich doch, mein Kind. Richte ihm einen lieben Gruß aus. Er soll mal wieder auf eine Tasse Tee vorbeischauen.«

Jana nickte. Ihre großmütterliche Freundin hatte vergessen, dass Oke erst vor zwei Tagen zusammen mit Svea bei ihr gewesen war. Auch an ihre Tochter schien sie sich im Moment nicht erinnern zu können.

»Trink doch einen Schluck Tee«, sagte Jana und fragte nach Ennas Tag. Sie erzählte, dass sie im Garten gearbeitet hatte und zum Einkaufen gegangen sei. Jana hatte beim Rundgang durch den Garten weder Gartengeräte gesehen noch etwas von Ennas Arbeiten bemerkt. Auch in der Küche gab es keine Anzeichen eines Einkaufs.

Jana verließ unter einem Vorwand die Küche und rief Oke an. »Ich muss länger bleiben«, sagte sie und erklärte ihm die Situation. »Kannst du Svea ins Bett bringen?«

»Klar. Ich verstehe nur nicht, was mit Enna los ist.«

»Ich hätte es dir früher sagen sollen, aber ihr geht es in der letzten Zeit nicht so gut. Sie vergisst viele Dinge und hat gestern nicht einmal mehr Frauke erkannt. Heute musste sie auch einen Moment nachdenken, wer ich bin. Zumindest hatte ich den Eindruck.«

»Hat sie nach mir gefragt?«

»Ja, du wärest so lange nicht mehr bei ihr gewesen.«

Oke stöhnte. »Das klingt alles nicht gut.«

»Lass uns da später drüber reden. Ich versuche, so schnell wie möglich nach Hause zu kommen.«

»Gut. Bis nachher.« Er klang leicht verstimmt, aber Jana wusste, dass Oke sich schnell wieder beruhigen würde. Er hatte nach einem langen Arbeitstag darauf gehofft, mit ihr und Svea etwas unternehmen oder an der Kommode weiterbauen zu können, und war nun enttäuscht.

Zurück in der Küche setzte sich Jana wieder zu der alten Dame und unterhielt sich mit ihr. Kurz bevor der Supermarkt auf der Insel schloss, kaufte Jana ein paar Sachen ein, von denen sie wusste, dass Enna sie gern aß. Sie füllte den Kühlschrank und leistete Enna noch Gesellschaft, bis sie sich müde in ihr Schlafzimmer zurückzog.

»Das kannst du aber nicht jeden Tag machen«, sagte Oke, als er am Abend mit Jana im Garten des Hauses saß. »Das weißt du, oder?«

»Natürlich ist mir das klar. Aber was hätte ich vorhin machen sollen? Einfach nach Hause gehen?«

»Natürlich nicht, Jana. Es muss eine Lösung gefunden werden.«

Jana nickte. »Darüber habe ich heute auch schon mit Frauke gesprochen. Sie will mit ihren Eltern darüber reden. Und mit Ulfert. Er ist über ein paar Ecken mit Enna verwandt und hat sie auch früher schon unterstützt.«

»Ulfert?« Oke schüttelte den Kopf. »Der ist sicher die falsche Adresse. Klar, wenn ein Loch im Dach wäre und er schnell Handwerker organisieren soll. Das kann er. Aber um eine demente alte Dame wird er sich wohl kaum kümmern.«

»Einen Versuch ist es wert. Und wenn es nur Geld ist, das er organisiert. Eine Pflegekraft gibt es nicht umsonst. Und selbst wenn Enna eine der Pflegestufen bekommt, wird auch nur allenfalls eine halbe Stunde pro Tag übernommen.«

»Bietet das Altenheim nicht *Essen auf Rädern* an?«

»Ja, daran habe ich auch schon gedacht. Und nach einem Platz dort wollte ich auch fragen. Aber auch der wird nicht ausschließlich durch die Pflegeversicherung bezahlt. Enna könnte ihr Haus verlieren.«

»Ist es denn wirklich schon so schlimm, oder war das heute ein Aussetzer?«

»Ich bin keine Ärztin. Ich weiß es wirklich nicht. Frauke meint, Enna muss zu einem Spezialisten auf dem Festland. Aber dazu wird sie niemand überreden können.«

»Nein, wohl eher nicht.«

Nachdem Jana am nächsten Morgen ihre Tochter in die Kindertagesstätte gebracht hatte, schaute sie erneut bei Enna vorbei und fand die alte Dame beim Frühstück. Sie begrüßte Jana herzlich und schien sich nicht mehr an den gestrigen Nachmittag zu erinnern.

»Bist du auf dem Weg zur Arbeit?«, fragte Enna.

Jana lächelte. »Ja, ich habe noch zweihundert Pralinen vor mir.«

»Das ist eine Menge.«

»Wie geht es dir heute?«

Enna sah sie erstaunt an. »Warum fragst du? Ich bin doch nicht krank. Zum Glück, weil ich in dieses Krankenhaus nie wieder einen Fuß setzen werde. Ich habe immer gesagt, dass man da nicht gesund werden kann. Aber lassen wir das. Du musst sicher gleich los.« Sie hielt inne. »Ich könnte dir natürlich helfen. Was meinst du?«

»Nein, Enna. Das wird nicht nötig sein.« Sie trat zu Enna und umarmte sie. »Mach dir einen schönen Tag.«

Auf dem Weg zu ihrem kleinen Ladengeschäft mit angeschlossener Küche fiel es Jana schwer, die beiden Besuche bei Enna Rolfs zusammenzubringen. Am Abend zuvor hatte sie wie ein hilfloses Kind gewirkt, vor ein paar Minuten wie eine selbstständige alte Dame, die alles im Griff hat. Ihre Augen hatten lebendig gewirkt, und selbst die Gesichtsfarbe hatte sich über Nacht von fader Blässe zu einem gesunden Hellrosa gewandelt. Waren ihre Sorgen übertrieben? Hatte es in den Jahren zuvor auch Schwankungen gegeben, die Jana oder jemand anders nicht mitbekommen hatte? Jeder hat mal einen schlechten Tag, das erging Jana auch nicht anders.

In ihrer geräumigen Küche bereitete sie alles für die Pralinenproduktion vor, legte sich die verschieden großen Pralinenformen zurecht und holte die Zutaten aus der Kühlung. Schon am Tag zuvor hatte sie, bevor sie sich mit Frauke am Strand getroffen hatte, eine Stunde in der Küche verschiedene Füllungen vorbereitet. Der Renner unter den Pralinen war seit Jahren die mit einer Sanddornfüllung. Die orange Frucht wuchs überall wild auf Langeoog und wurde im Herbst von vielen Insulanern geerntet. Den säuerlich-fruchtigen Geschmack verfeinerte Jana mit Orangenpulpe, Honig und Mohn nach ihrem eigenen Rezept.

Zuerst säuberte sie die unterschiedlichen Pralinenformen, bevor sie begann, die überdimensionalen Schokoladentafeln mit einem großen Messer zu zerteilen. Als der mit Wasser gefüllte Kochtopf leicht zu sprudeln anfing, stellte sie eine Metallschüssel über das Wasserbad, gab die in grobe Stücke geschnittene Kuvertüre hinzu und wartete geduldig, bis sie geschmolzen war und eine Temperatur von fünfundvierzig Grad erreicht hatte. Anschließend holte sie zwei Metallspachtel aus der Schublade und goss den größten Teil der jetzt flüssigen Kuvertüre auf eine große Marmorplatte. Vorsichtig verteilte sie die Masse mit den beiden Spachteln und schob sie so lange hin und her, bis sie die richtige Temperatur erreicht hatte. Nachdem sie die beiden Teile wieder zusammengerührt hatte, füllte sie damit fünf der Formen aus. Kurze Zeit später stellte sie die Form auf den Kopf, damit die überflüssige Kuvertüre wieder herauslief. Übrig blieb eine dünne, aber feste Pralinenhülle, die sie später mit den verschiedenen Mischungen füllte und dann mit einer wiederum dünnen Schicht Kuvertüre verschloss.

Die Füllung, die Ganache genannt wurde, war das eigentliche Geheimnis ihres Erfolges. Neben der Sanddornpraline hatte Jana im Laufe der Jahre die verschiedensten Füllungen ausprobiert und immer weiter verfeinert, bis sie zufrieden war. Regelmäßig überprüfte sie ihre Rezepte und nicht selten kam dabei eine neue Mischung heraus.

Während die Pralinenformen in der Kühlung aushärteten, bereitete sie die ersten Füllungen vor.

Kurz vor Mittag schaute Oke bei ihr rein. Er hatte am Vormittag in der Strandkorbvermietung eine Schicht übernommen und würde in einer halben Stunde mit der Fähre zweimal nach Bensersiel und zurück fahren, um den Schiffskiosk zu betreuen.

»Das sieht ja schon gut aus«, sagte Oke, der ihr, wenn sehr viel Arbeit anlag, in der Küche half. »Soll ich dir noch ein paar von den Schachteln falten?«

Ohne auf Janas Antwort zu warten, griff er ins Regal und begann, die bedruckten Pappschachteln zusammenzufalten. Jede von ihnen hatte Platz für acht Pralinen, die größeren sogar für zwanzig. Jana hatte sie vor einem Jahr mit ihrem Logo und einem Foto einer Pralinenauswahl bedrucken lassen. Zusammen mit Joost, dem Kneipenwirt, hatte sie den Vertrieb für fast alle Ostfriesischen Inseln aufgebaut. Vom Flugplatz der Insel flogen regelmäßig Propellermaschinen zu den Nachbarinseln, die Touristen für einen Tagesausflug dort absetzten. Als zusätzliche Fracht nahmen sie Janas Pralinen in der Kühlbox mit.

»Wie viele brauchst du?«, fragte Oke, der bereits die fünfte Schachtel faltete.

»Fünf kleine und drei große«, sagte Jana, die gerade in der Kühlung den Härtegrad der Schokoladenhüllen prüfte. »Lena holt sie in einer Stunde ab.«

Lena arbeitete seit über zwei Jahren in Joosts Kneipe. Beide hatten sich gleich zu Beginn Hals über Kopf ineinander verliebt und waren seitdem ein Paar. Trotz des Altersunterschieds von über zehn Jahren waren sie unzertrennlich und arbeiteten täglich eng zusammen.

»Ist ihr Lastenfahrrad wieder in Ordnung?«

Jana nickte. »Der Akku war hinüber.«

Oke stellte die letzte zusammengefaltete Schachtel aufs Regal. »Die sind fertig.« Er sah auf die Uhr. »Du warst noch bei Enna?«

»Ja, aber nur kurz. Sie saß beim Frühstück und wirkte wie ausgewechselt.«

»Also ein sehr guter Tag?«

»Ja, sieht danach aus. Ich fürchte nur, dass die auf Dauer immer weniger werden.«

»Ich habe ein wenig im Internet recherchiert«, sagte Oke. »Es gibt auch Demenzformen, die sich rasend schnell entwickeln. Ich denke jetzt auch, dass Enna sich dringend untersuchen lassen sollte.«

»Du musst los«, sagte Jana, die weder Zeit noch Lust hatte, die Diskussion vom gestrigen Abend fortzuführen. Die Fakten lagen klar auf dem Tisch, die Frage war nur, wie Enna auf den Vorschlag eines Arztbesuches reagieren würde. Jana war sich sicher, dass sie ablehnen würde. Sie schien fest davon überzeugt zu sein, dass ihr nichts fehlen würde. Die ganze Situation könnte sich schnell zu einem Albtraum ausweiten.

»Ich habe noch ein paar Minuten«, antwortete Oke, trat auf sie zu und umarmte sie. »Versprichst du mir, dass du auf dich aufpasst?«

Nachdem Lena die gefüllten und beschrifteten Pralinenschachteln abgeholt hatte, gönnte sich Jana eine Pause in Fraukes Café. Mit einem Glas Latte macchiato setzte sie sich an einen Tisch im Freien und reckte den Kopf Richtung Sonne.

»Arbeitstag schon beendet?«

Jana sah auf. Neben ihr stand Frauke. Sie zog sich einen Stuhl an den Tisch und setzte sich.

»Den ersten Teil«, antwortete Jana. »Ich muss später zu Hause noch meine Bestellungen durchgehen und Zutaten ordern. Und morgen ist Kuchentag. Da muss ich …«

»Muss, muss, muss. Genieß das Wetter und denk mal an etwas Schönes. Wir sollten mal wieder eine Shoppingtour machen. Am besten mit Übernachtung. Wie wäre es mit Hamburg? Dann schauen wir uns abends noch ein Musical an oder streifen durch die Clubs.«

»Im Herbst vielleicht, wenn es ruhiger ist. Im Moment bekomme ich kaum einen Fuß auf den Boden. Und Enna …« Sie ließ den Satz in der Luft hängen.

»Du warst noch bei ihr?«

Jana nickte und erzählte von den beiden Besuchen.

»So sehr kann das schwanken?«, fragte Frauke erstaunt. »Die arme Enna.« Sie hielt inne und beugte sich zu Jana hinüber. »Ich habe gestern mit Ulfert gesprochen. Er ist mit im Boot. Über die Finanzierung von irgendwelchen Pflegekräften brauchen wir uns also erst mal keine Gedanken machen.«

»Wie hast du das geschafft?«, fragte Jana verblüfft.

Frauke zögerte einen Moment zu lange, als dass Jana es nicht bemerkt hätte. »Geschafft? Wie meinst du das? Ich habe Ulfert erklärt, um was es geht, und er hat gleich seine Hilfe zugesagt.«

Jana war bisher davon ausgegangen, dass sich Ulferts Empathie in Grenzen hielt. Er war ein erfolgreicher Geschäftsmann, aber menschlich hatte er sich nie von der besten Seite gezeigt. Hatte sie ihm unrecht getan?

»Umso besser. Dann können wir ihn ja auch mit ins Team holen.«

»Team?«, fragte Frauke.

»Ich schaffe das nicht allein. Meine Idee ist die, dass wir uns zusammenschließen und einen Plan machen, wer wann bei Enna vorbeischaut. Natürlich nicht auf Dauer, sondern bis wir das mit einer richtigen Betreuung oder meinetwegen auch Pflegekraft geregelt haben.«

»Hört sich vernünftig an«, sagte Frauke. Ihre Stimme klang allerdings skeptisch bis ablehnend. »Wie groß wäre denn mein Anteil? Also arbeitsmäßig, meine ich.«

»Das hängt davon ab, wer alles mitmacht. Hast du mit deinen Eltern gesprochen?«

Frauke verzog das Gesicht. »Nicht wirklich. Du weißt ja, dass nach der geplatzten Hochzeit die Stimmung zwischen uns immer noch etwas angespannt ist. Mit Daniel sind sie auch nicht einverstanden.«

»Kennen sie ihn denn?«

»Ja und nein. Im Frühjahr waren wir beide bei meinen Eltern eingeladen. Was meinst du, warum ich dir davon nichts erzählt habe. Es ist nicht so richtig gut gelaufen – man könnte auch sagen, dass es der totale Reinfall war. Meine Mutter fing an, von Hochzeit und Kindern zu faseln und dann ... Ach, vergiss es einfach. Ich rede heute mit ihr. Sie macht bestimmt mit. Zeit genug hat sie doch.«

»Wer noch?«

Sie gingen ihre Freunde und Bekannte durch, überlegten, wer von ihnen Enna Rolfs kannte und ausreichend Zeit haben könnte, teilten die Namen auf, bevor Frauke wieder an die Arbeit ging und Jana sich auf den Weg machte, um Svea aus der Kindertagesstätte abzuholen.

3

»Hallo Jana! Leon hier. Hast du eine Minute für mich?«

Leon Behrens war Janas Halbbruder, den sie erst vor knapp drei Jahren kennengelernt hatte, nachdem sie ihre leibliche Mutter Sandra über das Jugendamt gefunden und besucht hatte.

»Klar. Wenn du einen Augenblick wartest. Ich muss eben den Teig in den Kühlschrank stellen.« Seit vier Stunden stand Jana in der Küche und hatte inzwischen drei Erdbeertorten und eine Himbeer-Joghurt-Torte gezaubert und einen Nusskuchen in Arbeit. »So, wieder da. Wie geht es dir?«

»Na ja, muss ja. Sag mal, kann ich ein paar Tage bei euch pennen?«

»Du willst uns besuchen kommen?«, fragte Jana erstaunt. Bisher war Leon nur zu ihrer Hochzeit und zu einem Kurzbesuch auf Langeoog gewesen, aber wenn Jana ihre leibliche Mutter in Hamburg besuchte, hatte sie auch jedes Mal Leon getroffen. Vor einem Jahr hatte er seine Ausbildung als Tischler abgeschlossen und anschließend eine Reise durch die USA und Südamerika gemacht.

»Sozusagen. Ich bin auch bereits auf der Fähre. Sie müsste gleich ablegen.«

»Oh, warum hast du nicht vorher was gesagt? Natürlich kannst du vorbeikommen. Du kannst in Sveas Zimmer schlafen, sie zieht dann zu uns. Wie lange willst du bleiben?«

»Ein paar Tage. Ich muss nur mal in Ruhe durchatmen und über etwas nachdenken.«

»Sandra weiß Bescheid?«

Leon wohnte seit seiner Rückkehr aus Amerika wieder bei seiner Mutter und war – soweit Jana informiert war – auf der Suche nach einem Arbeitsplatz.

»Noch nicht. Aber ich rufe sie gleich an.« Er hielt inne. »Ich fürchte, mein Akku ist gleich leer. Kann ich mich melden, wenn ich angekommen bin?«

»Ja, natürlich. Fahr mit der Inselbahn. Ich versuche, dich dann am Bahnhof abzuholen. Es kann sein, dass ich das nicht schaffe. Dann ruf an, ich bin in meinem Laden beim Kuchenmachen.«

»Kein Problem. Du brauchst mich nicht abzuholen. Ich komme einfach zu dir. Den Weg finde ich schon. Bis später.«

Jana schaute verdutzt auf ihr Handy, Leon hatte das Gespräch unterbrochen, ohne dass sie noch etwas sagen konnte. Kopfschüttelnd machte sie sich wieder an die Arbeit.

Eine Dreiviertelstunde später schob Jana ihre letzte Kuchenkreation in die Kühlung. In einer halben Stunde würde Leon am kleinen Inselbahnhof ankommen. Wenn sie sich beeilte, könnte sie ihn abholen. Als sie die Tür der Spülmaschine öffnete, hörte sie die Türglocke des kleinen Ladenlokals. Sie nahm ihre Schürze ab und ging nach vorne.

Ein älteres Ehepaar stand vor der gekühlten Glasvitrine, in der Jana ihre Pralinen anbot. Sie begrüßte sie und fragte nach ihren Wünschen. Zehn Minuten später verließen sie mit zwei Pralinen-Geschenkpackungen ihr Geschäft, nachdem sie sich mehrfach für das Gespräch und Janas Informationen bedankt hatten.

Der Blick auf die Uhr sagte Jana, dass sie es nicht mehr zum Bahnhof schaffen würde. Sie schickte Leon eine Nachricht mit der Adresse und einer Wegbeschreibung und machte sich wieder an die Arbeit.

Als die Türglocke sich wieder bemerkbar machte, hatte Jana gerade ihre Schürze abgenommen. Sie faltete sie eilig zusammen und lief nach vorne.

Leon stand grinsend in der Tür und breitete die Arme aus. »Lass dich drücken«, sagte er und umarmte sie, bevor er sich im Laden umsah. »Das sieht ja hier richtig professionell aus.«

»Das sieht nicht nur so aus.« Jana ärgerte sich. Ihre Antwort hatte weit verschnupfter geklungen als beabsichtigt.

Leon hob abwehrend die Hände. »Sorry. So war das nicht gemeint. Ist ein wirklich toller Laden.« Er warf einen Blick in die Küche. »Hat Oke die Möbel gebaut?«

Jana lächelte. »Ja, er war nicht davon abzubringen.«

»Echt cool!« Er sah sich um. »Und? Läuft es gut?«

Jana nickte. »Wir kommen gut über die Runden.«

»Wahnsinn! Echt jetzt. Das muss man erst mal schaffen.« Er räusperte sich. »Ich träume ja auch von was Eigenem. Aber ohne Kohle ist das fast unmöglich. Ach, was rede ich. Nicht nur fast, ich müsste zwanzig Jahre jeden Cent sparen, um allein die Maschinen bezahlen zu können, die ich brauche.« Er zuckte mit den Schultern. »Sag mal, musst du noch arbeiten? Dann drehe ich noch eine Runde über die Insel.«

»Ich muss die Torten ausliefern. Das dauert aber nicht sehr lange, da ich heute nur fünf Bestellungen habe. Wenn du Lust hast, kannst du mitkommen.«

»Klar, warum nicht.«

Jana holte ihr Lastenfahrrad vom Hof hinter dem Haus, lud die Torten ein und stellte Leons Rucksack mit auf die Ladefläche.

»Und wo sitze ich?«, fragte er grinsend.

Jana stieß ihn spielerisch in die Seite. »Über das Alter bist du wohl schon etwas hinaus, oder?«

»Schade«, antwortete Leon lachend. »Ich wollte immer schon mal vorne auf so einem Ding rumkutschiert werden. Als ich klein war, gab es die noch nicht. Schon gar nicht mit Elektroantrieb.« Er schaute sich das Fahrrad genau an. »Geiles Teil. In manchen Vierteln in Hamburg ist das schon zum neuen Auto mutiert.«

Jana schob das Fahrrad, Leon lief neben ihr.

»Erzähl, was hast du so vor und was führt dich so spontan nach Langeoog? Sandra hat mir lange nichts mehr von dir erzählt.«

Leon stöhnte theatralisch. »Sie findet, dass ich gefälligst arbeiten soll, statt herumzulungern. Das war der Originalton unserer Mutter.«

Jana schmunzelte. Sie konnte sich gut vorstellen, dass Sandra Leon schon mehrfach und gründlich den Kopf gewaschen hatte. Sie nahm in solchen Dingen kein Blatt vor den Mund. »Und deswegen hast du erst mal Reißaus genommen? Vielleicht ist daran ja ein Körnchen Wahrheit?«

»Ich bin erwachsen, schon vergessen?«, fuhr Leon sie an.

»Und ich bin nicht deine Mutter«, entgegnete Jana schärfer, als sie es eigentlich beabsichtigt hatte.

»Ja, sorry. Ich bin bei dem Thema etwas dünnhäutig.«

»Warum?«

»Ich habe einfach keinen Bock mehr, irgendwelche Einbauküchen zusammenzuschrauben. Das ist ein ätzender Job, der auch noch mies bezahlt wird.«

Jana blieb stehen und zeigte auf die Tür eines Cafés. »Ich muss da kurz rein. Bleibst du beim Fahrrad?« Sie griff nach zwei Tortenbehältern und nickte Leon zu, bevor sie sich auf den Weg machte. Wenige Minuten später stellte sie die leeren Behälter wieder auf die Transportfläche des Fahrrads und zeigte die Straße hinunter. »Weiter geht's. Wo waren wir stehen geblieben?«

»Du wolltest mir einreden, dass ich was Vernünftiges machen soll.«

Jana verdrehte die Augen. »So kam das bei dir an? Hallo! Wir sind Geschwister, da wird man ja wohl mal fragen dürfen, wie es dir geht und was du so treibst. Oder?«

Leon schwieg betroffen.

»Jetzt erzähl schon, warum bist du hier?«

»Dicke Luft, was sonst.«

»Bedeutet?«

»Ach, du kennst doch Sandra. Es gab einfach Stress zwischen uns. Mir ist die Decke auf den Kopf gefallen. War ein spontaner Einfall. Passt es gerade nicht?«

»Doch, alles gut, aber hast du Sandra wenigstens geschrieben, dass du auf Langeoog bist?«

Leon verzog das Gesicht. »Wie alt bin ich, dass ich das tun muss?«

»Alt genug, um zu wissen, dass deine Mutter sich sonst Sorgen um dich macht. Das hat mit deinem Alter nicht allzu viel zu tun.«

»Sondern?«

»Mit Verantwortung gegenüber Menschen, die man liebt und die dich lieben.« Jana hielt wieder an. »Ich muss hier wieder rein.« Sie griff nach dem vorletzten Tortenbehälter und lief damit auf das Café zu. Inzwischen fragte sie sich, warum Leon zu Besuch gekommen war. Sie konnte sich nicht vorstellen, dass ein Streit zwischen Mutter und Sohn so sehr eskaliert war, dass ihr Bruder Hals über Kopf abgehauen war.

»Gehen wir weiter?«, fragte Jana, als sie wieder zu Leon trat.

Er zuckte mit den Schultern. »Klar. Eine Torte hast du doch noch, oder ist die für mich als Begrüßungsgeschenk?«

»Als ich die gemacht habe, wusste ich noch gar nicht, dass du schon auf dem Weg nach Langeoog warst.«

Kurz darauf standen sie vor Fraukes Café. Jana griff nach dem Tortenbehälter. »Das ist Fraukes Café. Du erinnerst dich? Meine Trauzeugin.«

»Klar. Wusste gar nicht, dass sie einen eigenen Laden hat.«

»Lust auf einen Kaffee?«

Leon nickte und folgte ihr.

Frauke servierte ihnen kurz darauf zwei Latte macchiato und setzte sich zu ihnen. »Besuch? Du hast mir gar nichts erzählt.«

»Konnte sie nicht«, antwortete Leon für Jana. »Sozusagen ein Überraschungsbesuch.« Er warf Frauke einen verschmitzten Blick zu. »Ich hatte Angst, dass Jana keine Zeit für mich hat, und habe sie einfach überrascht.«

»Quatschkopf«, mischte sich Jana ein. »Hör nicht auf ihn.«

»Warum? Das war sicher eine gute Idee. Du hast doch wirklich viel um die Ohren und kümmerst dich um alles und jeden.« Sie zwinkerte Leon zu.

Jana rollte mit den Augen. »Hast du nicht noch was zu tun?«

Frauke lachte. »Willst du diesen netten jungen Mann ganz für dich allein? Und nein, ich habe Zeit.«

Jana griff nach ihrem Glas und trank einen kräftigen Schluck. Sie fragte sich, ob sie irgendetwas verpasst hatte. Verbündete sich gerade ihre beste Freundin mit ihrem Bruder gegen sie? Oder flirtete sie unverhohlen mit Leon?

»Sag mir lieber, welche Torten du übermorgen willst. Wieder Nuss oder was Fruchtiges?«

»Ich brauche drei. Erdbeere, Rhabarber und Sanddorn. Geht das?«

Jana nickte und zog ihr Handy aus der Tasche, um sich eine Notiz zu machen. »Alles klar. Pralinen wie üblich?«

»Können ruhig ein paar mehr sein. Sie laufen gerade gut.«

»Notiert.«

Frauke wandte sich an Leon. »Was treibt dich denn nun wirklich auf unsere schöne Insel? Bruderbesuch, schon klar. Ich habe gehört, dass du ein Weltenbummler geworden bist?«

Leon wiegte den Kopf hin und her. »Weltenbummler ist etwas übertrieben. Ich war ein Jahr in Südamerika und den USA.«

»Interessant. Hast du da auch gearbeitet?«

»Klar. Tischler werden überall gebraucht. Hat ganz gut geklappt. Aber ewig auf Achse ist auch nicht so mein Ding.« Er holte sein Handy aus der Tasche und zeigte Frauke eine Reihe von Fotos. »Ich habe Hunderte davon. Wenn du Lust hast, können wir sie uns gern mal zusammen ansehen. Hast du vielleicht einen Beamer?«

»Habe ich. Nicht hier, aber in meiner Wohnung. Wenn du magst, komm einfach vorbei. Jana weiß, wo ich wohne.« Frauke stand auf. »Ich schau mal kurz in der Küche vorbei.«

Leon sah ihr lange hinterher. »Die hat sich aber verändert«, murmelte er. »Ich hatte jemand ganz anderes in Erinnerung.«

Jana seufzte innerlich auf und fragte sich, ob sie träumen würde. Hatten die beiden gerade für sie ein kleines Schauspiel vorgeführt oder ernsthaft Gefallen aneinander gefunden?

»Trinkst du deinen Kaffee aus? Wir müssen weiter, Svea abholen.«

Oke war mindestens genauso überrascht wie Jana, als er Leon in der Küche entdeckte. Jana und er saßen am Esstisch und tranken Tee, während Svea mit dicken Buntstiften ein Bild malte.

»Unerwarteter Besuch«, kommentierte Oke Leons Anwesenheit, hielt ihm die Hand hin und zog ihn zu sich, um ihn herzlich zu umarmen. Bereits bei vorherigen Treffen hatten sich die beiden Männer blendend vertragen und viel Zeit damit verbracht, über ihren gemeinsamen Beruf zu fachsimpeln. »Ist dir zu Hause die Decke auf den Kopf gefallen?«

»Passiert schon mal, oder?«

»Logisch!« Oke strich Svea zärtlich über die Haare und drückte ihr einen Kuss auf die Wange, bevor er sich mit an den Küchentisch setzte. »Hab mich schon gefragt, warum du dir nicht eine eigene Bude suchst.«

Jana schenkte ihm Tee ein und reichte ihm die Sahne. »Leon bleibt ein paar Tage. Ich dachte, er schläft in Sveas Zimmer. Ihr Bett können wir ja mit zu uns stellen.«

»Wenn dir das Zimmer nicht zu klein ist«, warf Oke ein.

»Kein Thema. Ich brauche nicht viel.«

»Dann wäre das ja geklärt«, sagte Oke. »Was haltet ihr davon, wenn wir heute Abend grillen? Ich laufe noch kurz zum Supermarkt und schaue, ob ich Fleisch und Brot bekomme. Holzkohle haben wir noch ausreichend.«

Leon zeigte den erhobenen Daumen. »Ich komme gern mit.« Er grinste. »Tragen helfen.«

»Du wusstest gar nichts davon?«, fragte Oke leise, als sie abends im Bett lagen.

»Absolut nicht. Ich habe auch keine Ahnung, weshalb Leon überhaupt gekommen ist. Hat er dir etwas gesagt, als ihr beim Einkaufen wart?«

Der Grillabend war harmonisch verlaufen. Oke hatte lange mit Leon am Grill gestanden, während Jana Svea ins Bett brachte. Beim Essen hatte Oke geschickt alle potenziellen Problemthemen umschifft und die Stimmung hochgehalten.

»Nee, aber ich habe auch nicht gefragt. Als wir irgendwie aufs Geld zu sprechen kamen und wie er sich so finanziert im Moment, hat er ganz komisch reagiert. So, als wenn ich ihn ausfragen würde, aber die Antwort im Grunde schon weiß. Und frag mich jetzt nicht, was das bedeutet. Ich habe keine Ahnung.«

»Vielleicht hat er Probleme?«, fragte Jana.

»Du meinst, mit Sandra?«, fragte er. »Das glaube ich nicht. Die gibt doch sofort nach, wenn es um Leon geht und scheint ihm ewig alles hinterhergetragen zu haben. Wundert mich sowieso, dass er das ganze Jahr auf Reisen war. Hätte ich ihm ehrlich vorher nicht zugetraut.«

»Aber was kann es denn sein?«

»Frag ihn doch. Er wird sich ja wohl kaum vor irgendwelchen Mafia-Gangstern auf Langeoog verstecken.« Oke lachte leise.

»Nein, das will ich nicht hoffen.« Aber warum habe ich dann so ein merkwürdiges Gefühl in der Magengegend, fragte sich Jana. »Hätten wir ihn nicht allein ins Joost gehen lassen sollen?«

»Ich bitte dich, er ist dreiundzwanzig, und du hast ihm doch einen Schlüssel vom Haus gegeben. Er wird doch wohl allein in die Kneipe gehen können. Was soll auf der Insel schon passieren?«

»Nichts, außer wenn er mitten in der Nacht am Strand schwimmen geht.«

»Jetzt hör schon auf, dir Sorgen zu machen«, sagte Oke. »Klar, er ist dein kleiner Bruder, aber wer sich ein Jahr im Ausland durchschlagen kann, wird wohl auf Langeoog nicht verloren gehen.«

»Nein, wohl nicht.«

»Ich habe Leon übrigens angeboten, morgen am Strand zu helfen. Jochen ist krank, er hat Rückenprobleme und fällt für ein paar Tage aus. Das war doch in Ordnung, oder?«

»Ja, natürlich«, sagte Jana und nahm sich vor, am nächsten Tag Sandra in Hamburg anzurufen.

4

Auf dem Weg von der Kindertagesstätte zu ihrem Ladengeschäft schaute Jana im Café vorbei. Frauke stand hinter dem Tresen und reinigte den Kaffeevollautomaten, als Jana an die Scheibe klopfte. Mit verschlafenen Augen kam sie zur Tür und öffnete ihr.

»Langer Abend im Joost?«, begrüßte sie Jana.

»Sozusagen«, murmelte Frauke.

»Ich wollte nur fragen, wie es gestern bei Enna war. Du bist doch bei ihr gewesen?«

Frauke nickte. »Klar, haben wir doch abgesprochen. Alles in Ordnung, würde ich sagen. Sie wirkte vollkommen normal auf mich.«

»Gut. Und Ulfert sieht heute nach ihr?«

»Ja, Jana. Du hast doch den Plan gemacht.« Fraukes Stimme klang genervt. »Ulfert weiß Bescheid. Mehr kann ich auch nicht machen.«

»Hast du eigentlich Leon gestern im Joost getroffen?«

Sie nickte und machte sich wieder an der Kaffeemaschine zu schaffen. »Irgendwas stimmt mit dem Ding nicht. Ich werde wohl den Kundendienst rufen müssen.«

»Hat Leon irgendwas gesagt?«

Frauke wandte sich zu Jana um. »Was soll das? Spionierst du ihm nach?«

»Nein, natürlich nicht. War nur so eine Frage.«

»Wer's glaubt«, sagte Frauke. »Sorry, aber ich bin noch nicht ganz wach und muss dieses verdammte Ding ans Laufen bringen. Können wir später reden?«

Kurz vor dreizehn Uhr schloss Jana den Laden ab, lud die Kühlbox mit den Pralinenschachteln aufs Lastenfahrrad und machte sich auf den Weg. Am Vormittag hatte sie Sandra eine Nachricht geschickt und sich mit ihr gegen vierzehn Uhr verabredet.

Leon war, wie sie von Oke erfahren hatte, gegen zehn am Strand aufgetaucht und hatte nach einer kurzen Einweisung den Informations- und Verkaufsstand übernommen, während sich Oke auf einen Kontrollgang gemacht hatte. Am Nachmittag würde Leon eine komplette Schicht übernehmen.

Kurz vor zwei hielt Jana wieder vor ihrem Laden, öffnete ihn und setzte sich auf die Holzbank vor dem Haus, die sie eigens für Kunden angeschafft hatte.

»Wie geht es dir?«, fragte Jana, als sie Sandra erreichte.

»Mein niedriger Blutdruck macht mir wieder zu schaffen, aber ist immer so um diese Jahreszeit.«

»Du weißt, dass Leon hier auf Langeoog ist?«

»Er hat mir gestern eine kurze Nachricht geschrieben. Ich wollte dich heute auch anrufen, aber du bist mir zuvorgekommen.«

»Hattet ihr Streit?«

Sandra stöhnte. »Nicht mehr als sonst auch. Leon kommt einfach nicht in die Puschen. Er lungert nur herum und kümmert sich nicht um eine Arbeit.«

»Gibst du ihm denn noch Geld?«

»Natürlich nicht. Er ist alt genug und hat zwei gesunde Hände. Tischler werden doch gesucht. Ich weiß nicht, was mit dem Jungen los ist. Aber vor die Tür setzen kann und will ich ihn auch nicht einfach.«

»Du weißt also nicht, warum Leon zu mir gekommen ist?«

»Nein. Hat er selbst nichts gesagt?«

»Nicht so wirklich. Nun gut, wir haben das Kinderzimmer für ihn frei gemacht. Da kann er ein paar Nächte schlafen.«

»Wenn es dir zu viel wird, schick ihn einfach wieder nach Hause«, sagte Sandra.

»Geht schon. Ein paar Tage mit dem Bruder, von dem ich ansonsten so wenig gehabt habe, sind ja auch nicht verkehrt.«

Auf dem Weg zur Kindertagesstätte machte Jana halt bei Enna Rolfs. Sie klopfte an die Haustür und trat, ohne auf ein Zeichen zu warten, ein. Die alte Dame kam ihr bereits im Flur entgegen, zögerte kurz, ging dann aber weiter auf sie zu und umarmte Jana.

»Das ist aber schön, dass du vorbeikommst. Möchtest du einen Tee trinken?«

»Tut mir leid, Enna. Ich muss gleich Svea abholen.«

An ihrer Miene las Jana ab, dass Enna mit dem Namen nichts anfangen konnte. »Die kleine Svea, meine Tochter, wird doch in der Kindertagesstätte betreut.«

»Das weiß ich doch, mein Kind. Geht es der Kleinen gut? Sie war schon so lange nicht mehr bei mir.«

»Wir kommen bald wieder vorbei. War Ulfert heute schon hier?«

Enna nickte. »Ein lieber Junge ist das.« Sie sah sie fragend an. »Willst du nicht doch eine Tasse Tee mit mir trinken?«

Jana warf einen Blick auf die Uhr. Sie hatte noch eine halbe Stunde Zeit, aber Svea wurde gegen Nachmittag häufig unruhig und wartete bereits auf sie oder Oke. »Ja, ich mache uns schnell eine Tasse. Willst du dich schon in den Garten setzen?«

Ein paar Minuten später stellte Jana die Teekanne aufs brennende Stövchen und setzte sich zu der alten Dame. Sie schenkte ihr ein und goss die Sahne in die braune Flüssigkeit.

»Warst du heute schon einkaufen?« Jana hatte beim Blick in den Kühlschrank bemerkt, dass einiges fehlte.

»Das wollte ich gleich machen«, sagte Enna.

»Soll ich dir einen Zettel schreiben?«

Gemeinsam überlegten sie, was Enna einkaufen sollte. Jana schaute im Portemonnaie der alten Dame nach, ob ausreichend Geld vorhanden war, und legte es auf den Küchentisch. »Wir können gleich ein Stückchen zusammen gehen. Die Kindertagesstätte liegt ja auf dem Weg.«

Enna nickte und trank ihren Tee.

»Wann warst du eigentlich das letzte Mal bei Dr. Janssen?«

»Aber ich bin doch nicht krank, Kind. Es ist alles in Ordnung.«

»Man muss sich regelmäßig einmal im Jahr durchchecken lassen. Das mache ich genauso. Soll ich für dich einen Termin bei ihm machen?«

Die alte Dame sah sie ungläubig an. »Meinst du denn, dass das notwendig ist?«

Jana nickte. »Ganz bestimmt. Ich komme auch mit dir. Ist das in Ordnung?«

Enna nickte und lächelte Jana an. »Das ist aber lieb von dir.«

Nachdem Jana ihre Tochter abgeholt hatte, fuhr sie zur Arztpraxis und sprach mit Anja Schlüter, die schon seit Ewigkeiten am Empfang saß. Sie schilderte ihr das Problem, ließ sich einen Termin für Enna Rolfs geben und konnte beim nächsten Patientenwechsel kurz mit dem Hausarzt reden.

»Sie haben eine Vollmacht für Frau Rolfs?«, fragte der Arzt, nachdem Jana von ihrem Verdacht erzählt hatte.

»Nein, aber Enna hat keine Kinder und auch keine sonstigen Verwandten, die sich um sie kümmern könnten.«

Der Arzt nickte. »Frau Rolfs war auch nach ihrem Klinikaufenthalt nicht wieder in meiner Praxis. Ich war davon ausgegangen, dass sie zum Kollegen gewechselt hat.«

»Nein, das hat sie sicher nicht getan. Und wenn ich ehrlich bin, befürchte ich, die Zeit drängt etwas. Es wäre gut, wenn Sie Enna untersuchen würden und dann gegebenenfalls an einen Facharzt auf dem Festland überweisen würden. Geht man da nicht zum Neurologen?«

»Ja, das ist richtig.« Der Arzt hielt inne. »Kommen Sie mit ihr zusammen in die Sprechstunde. Ich untersuche sie, und dann sehen wir weiter. Solange Frau Rolfs keinen Einspruch erhebt, können wir das so machen.«

Gegen Spätnachmittag kamen Oke und Leon vom Strand zurück, Jana hatte einen Fischauflauf im Ofen und im Garten aufgedeckt. Svea, die bereits in der Kindertagesstätte gegessen hatte, begnügte sich mit Obst und ein paar Käsestücken, während die beiden Jungs kräftig zulangten.

»Wie war es?«, fragte Jana ihren Bruder.

»Ach, ganz nett. Lässt sich da aushalten. Die Leute waren alle gut gelaunt und die Mädels ausgesprochen attraktiv. Hätte ich gar nicht gedacht auf so einer Familieninsel.«

Oke grinste. »Es hat sich wohl schnell herumgesprochen, dass Leon im Kabuff sitzt. Bei mir kommen immer nur die alten Männer und haben Fragen.«

Leon stieß Oke spielerisch in die Seite. »So alt bist du doch auch nicht.«

»Aber verheiratet.« Er hielt Leon die Hand mit dem Ring entgegen. »Frauen haben dafür einen Blick.«

»Ihr redet wirklich einen Quatsch zusammen«, sagte Jana kopfschüttelnd. »Macht euch lieber beim Abwasch nützlich.«

Leon sprang auf. »Jawohl. Zu Diensten, Chefin.«

Als die Küche sauber war, verabschiedete sich Leon mit der Bemerkung, noch einen Gang durch die Gemeinde machen zu wollen und dass sie nicht auf ihn warten müssten, da es spät werden könnte.

Oke sah ihm nach. »Da hat sich aber jemand schnell eingelebt. Ist er auf Freiersfüßen?«

Jana zog die Augenbrauen zusammen. »Wo hast du den Ausdruck denn her? Das hat man vor hundert Jahren gesagt, wenn ein Mann auf der Suche nach einer Ehefrau war.«

»Wie soll ich es nennen? Sucht er Spaß? Steht dein Bruder auf Gleichaltrige oder auf etwas ältere Frauen?«

»Warum fragst du?«

»Ach, nur so. Leon hat mich über Frauke ausgefragt. Keine Angst, ich habe nichts verraten. Wenn er was über sie wissen will, soll er sie selbst fragen.«

»Ich fürchte, Frauke ist gar nicht so abgeneigt.«

Oke sah sie mit großen Augen an. »Echt jetzt? Was sollte sie mit einem noch fast Teenager wollen? Oder ist das jetzt der neue Trend?«

Jana zuckte mit den Schultern. »Vielleicht habe ich das auch falsch interpretiert.« Sie hoffte, dass der Kelch an ihr vorüberging. Noch mehr Stress war im Moment ganz sicher nicht das, was sie brauchte.

Jana schreckte im Bett hoch. Was war das für ein Geräusch gewesen? Sie warf einen Blick auf die Uhr. Viertel nach vier. Jana stand auf und schlich auf den Flur, wo ihr Leon entgegenkam.

»Du bist das?«, fragte Jana.

Er grinste. »Hattest du jemand anderen erwartet?«

»Nein, dich aber eigentlich auch nicht. Haben die Langeooger Kneipen neuerdings bis zum Morgengrauen auf?«

»Leider nein. Aber was nicht ist, kann ja noch werden.«

Jana verkniff sich die Frage, wo sich ihr Bruder in der Nacht herumgetrieben hatte. »Soll ich Oke sagen, dass du …«

»Ich bin um zehn Uhr am Strand. Wie abgemacht.«

Jana nickte und wandte sich ab.

Am nächsten Tag hatte sie bis in den frühen Nachmittag mit der Produktion von über zweihundert Pralinen zu tun. Zuweilen taten ihr davon schon fast die Gelenke in den Fingern weh, und der Rücken zickte auch ab und an. Gegen fünfzehn Uhr sank sie erschöpft auf die Bank vor dem Ladengeschäft. Alle Pralinen standen verpackt in der Kühlung und warteten auf ihre Bestimmung. Lena, die Freundin von Joost, würde den Großteil in wenigen Minuten abholen und zum Flugplatz fahren. Am späten Nachmittag würden alle Kartons ihre Ziele auf den Ostfriesischen Inseln erreicht haben und spätestens morgen in den Cafés und Restaurants zum Kauf angeboten werden.

Joost hatte sie am Vormittag angerufen und von neuen Kontakten gesprochen. Jana hatte ihm etwas den Wind aus den Segeln nehmen müssen, als sie ihm verkündete, dass sie am Limit arbeiten würde und im Moment keine Chancen sah, größere Mengen an Pralinen herzustellen. Joost schlug vor, die Torten- und Kuchenproduktion einzustellen, was Jana aber ablehnte. Sie wollte sich nicht nur auf ein Standbein verlassen, erst recht nicht, da die Nachfrage nach Torten ungebrochen hoch war.

Lena traf ein, sie verpackten die Pralinenschachteln in drei große Kühlboxen, die wiederum genau auf der Ladefläche ihres Elektro-Lastenfahrrads Platz fanden.

»War mein Bruder eigentlich gestern im Joost?«, fragte Jana so beiläufig wie möglich.

»Leon? Ja, der war bis zum Schluss da. Ich glaube, er ist zusammen mit Frauke gegangen.« Lena schmunzelte. »Die beiden scheinen sich gut zu verstehen.«

Jana warf ihr einen fragenden Blick zu. »Wie meinst du das?«

Sie hob abwehrend die Hände. »Ach, nur so ein Eindruck. Die beiden haben eine ganze Weile zusammengesessen und viel gelacht.« Lena hielt inne und schien sich unsicher zu sein, was Jana von ihr erwartete. »Mehr aber auch nicht«, fügte sie schließlich hinzu.

»Beide sind erwachsen«, sagte Jana und stellte die dritte Kühlbox auf die Ladefläche.

Lena nickte schmunzelnd und verabschiedete sich. Jana schloss das Ladengeschäft ab und fuhr Richtung Kindertagesstätte.

Svea stand bereits am Fenster und wartete auf sie, als Jana ihr Lastenfahrrad abstellte. Jana winkte ihrer Tochter zu und lief zum Eingang.

»Wollen wir Papa am Strand besuchen?«, fragte Jana, als sie Svea im Kindersitz auf der Ladefläche ihres Fahrrads anschnallte.

»Hat Papa meine Schüppe? Ich will eine Burg bauen.«

»Die holen wir noch schnell von zu Hause. Das dauert nicht lange.«

Zwanzig Minuten später hatten sie den Strandübergang erreicht, hielten Ausschau nach Oke und fanden ihn beim Informationsstand der Strandkorbvermietung. Er suchte einen freien Korb aus der Liste und zeigte Jana, wo er stand.

»Wie lange können wir noch bleiben?«, fragte Jana mit Blick auf Svea, die wenige Meter vor ihnen im Sand spielte. Ein gleichaltriger Junge hatte sich gleich nach ihrer Ankunft zu ihr gesellt und half ihr tatkräftig dabei, eine Sandburg zu bauen.

Oke hielt den Kopf in die Sonne und schloss die Augen. »Es ist um diese Zeit so schön ruhig. Svea scheint in der Tagesstätte geschlafen zu haben. Sie sieht doch fit aus.«

»Du weißt doch, dass sich das von einer Sekunde zur anderen ändern kann.«

Oke stöhnte theatralisch. »Zehn Minuten noch?«

Jana hob schmunzelnd den Zeigefinger. »Aber keine Sekunde länger.« Sie ließ sich zurück in den Strandkorb fallen und erzählte Oke von dem Gespräch mit Lena.

»Lass Frauke doch ihren Spaß. Mehr ist das doch nicht. Weder für sie noch für Leon. Du musst keine Angst haben, dass er auf die Idee kommt, hierzubleiben. Spätestens nach einer Woche befällt ihn der Inselkoller und er ist über alle Berge.«

»Darüber mache ich mir keine Gedanken. Eher über Frauke. Sie spielt doch nur den Freigeist. Offene Partnerschaft mit Daniel und so.«

Oke grinste breit. »Warum? So schlecht finde ich die Idee gar nicht.«

Sie stieß ihm spielerisch in die Seite. »Quatschkopf! Du weißt genau, was ich meine. Frauke war die, die früh heiraten wollte und ewig schon von Kindern gesprochen hat. Du erinnerst dich, dass ich in Berlin lange mit ihr zusammengewohnt habe?«

»Schwach.«

»Oke! Ein bisschen ernster könntest du mich schon nehmen.«

Er richtete sich im Strandkorb auf. »Ja, sorry. Meinst du wirklich, dass wir uns um Frauke Gedanken machen müssen? Das mit der Heirat hat nun mal nicht geklappt. Und mit Daniel wird das auch nicht mehr lange halten. Sieh es doch einfach positiv, dass Frauke sich wieder auf dem Markt umschaut. Wenn sie Lust hat, mit Leon ins Bett zu steigen – und wir wissen überhaupt nicht, ob das wirklich der Fall ist –, soll sie es doch tun und ein paar Tage oder Nächte genießen. Vielleicht hilft das sogar, eine neue Richtung zu finden.«

Das war Oke, der hoffnungslose Optimist. Aber Jana konnte sich nicht vorstellen, dass Frauke eine kleine Affäre aus ihrem Tief ziehen würde. Gab es überhaupt ein Tief, fragte sie sich. Oder bildete sie sich das nur ein? Sie kannte ihre Freundin und wusste, dass sie erst um Hilfe bat, wenn es schon beinahe zu spät war. Machte sie sich zu viele Gedanken?

»Oder?«, holte Oke Jana aus ihren Gedanken zurück.

»Vielleicht sollte ich mir einen Tag freinehmen und mit Frauke aufs Festland fahren. Kannst du das einrichten?«

»Sicher. Wenn Leon meine Schicht übernimmt. Er stellt sich gar nicht so dumm an und sollte das spielend schaffen. Nächste Woche habe ich auch nur einen Tag Dienst auf der Fähre.«

»Okay. Wenn Svea später schläft, gehe ich kurz bei Frauke vorbei. Ist das in Ordnung?«

»Klar, du brauchst mich doch nicht deshalb fragen. Grüß sie von mir. Ich weiß gar nicht, wann ich mich mit Frauke zum letzten Mal länger unterhalten habe. Wir sollten uns einen neuen Babysitter suchen. Seit Imke mit ihren Eltern aufs Festland gezogen ist, kommen wir abends kaum noch raus.«

»Ja, du hast recht. Ich höre mich mal um.« Sie sah auf die Uhr. »Einpacken?«

5

Jana fuhr mit dem Lastenfahrrad zum Flugplatz, wo sie die Pralinen zum weiteren Transport übergeben wollte. Lena, die üblicherweise den Transport übernahm, war an diesem Tag mit Joost aufs Festland gefahren. Da das Joost Ruhetag hatte, konnten sie über Nacht bleiben.

Als die sechs Schachteln im Kühlschrank der Flugplatz-Cafeteria verstaut waren, verließ Jana das Gebäude und wollte gerade auf ihr Fahrrad steigen, als jemand ihren Namen rief. Sie drehte sich um, Ulfert stand neben seiner Elektrokarre und winkte ihr zu.

»Hast du einen Moment?«, fragte Ulfert, der auf sie zugegangen war. »Wollen wir auf der Terrasse einen Kaffee trinken?«

Jana sah auf die Uhr. Eigentlich hatte sie vor dem Stopp bei der Kinderkrippe kurz bei Enna vorbeischauen wollen, obwohl sie gar nicht an der Reihe war.

»Ich wollte etwas mit dir besprechen«, fuhr Ulfert fort, der bemerkt zu haben schien, dass Jana zögerte. »Dauert auch nicht lange.«

Jana nickte. »Für einen Latte macchiato sollte es reichen. In der letzten Zeit muss ich sowieso immer auf Svea warten. Sie kann sich nie von ihrer Freundin trennen.«

»Süß«, sagte Ulfert, lächelte mit leicht verträumter Miene und kam kurz darauf mit zwei Latte macchiato zurück. »Hast du gerade deine Pralinen abgeliefert?«

Jana nickte. Sie konnte sich immer noch nicht vorstellen, warum Ulfert sie eingeladen hatte. Die Stimmung zwischen ihnen hatte sich zwar in den letzten zwei Jahren verbessert, aber von der ursprünglichen freundschaftlichen Beziehung war nicht mehr viel übrig geblieben. Weder Ulfert noch Jana hatte den jeweils ersten Schritt gemacht.

»Du wunderst dich sicher, dass ich das Gespräch mit dir suche«, fuhr Ulfert fort. Er seufzte leise. »Ich gebe zu, dass ich damals ziemlich sauer war und dich am liebsten in der Luft zerrissen hätte. Mir ist aber inzwischen klar, dass ich derjenige war, der Fehler gemacht hat. Dumme, nicht entschuldbare Fehler. Meine Heimlichkeiten wären irgendwann aufgeflogen, und vermutlich hätte es dann ein viel schlimmeres Ende genommen. So hatten Frauke und ich zumindest noch eine Chance.«

Der letzte Satz klang in Janas Ohren, als habe Ulfert nicht über etwas Vergangenes gesprochen.

»Kurz und gut, ich wollte mich noch mal offiziell bei dir entschuldigen«, sagte Ulfert. »Du hast damals alles richtig gemacht, ich war der Dussel, der seine Beziehung und die bevorstehende Hochzeit in den Sand gesetzt hat. Ganz allein.«

»Okay. Ich habe dir dein Verhalten nie nachgetragen. Allenfalls habe ich erwartet, dass du irgendwann auf mich zukommst. Und das ist jetzt ja geschehen. Also, alles gut. Schwamm drüber.«

Ulfert atmete erleichtert auf. »Danke, Jana. Das tut gut. Ich dachte schon …« Er ließ den Satz in der Luft hängen.

Jana wartete. Hatte sie Ulfert nur wegen einer Entschuldigung angesprochen oder kam da noch mehr?

»Die Sache lag mir schon lange auf der Seele. Danke also«, fuhr er fort. »Ich wollte dich auch noch wegen Enna ansprechen.

Es ist toll, wie sehr du dich um sie kümmerst. Ich war jetzt ja einmal bei ihr, habe Tee mit ihr getrunken und bin etwas mit ihr spazieren gegangen. Enna hatte wohl einen halbwegs guten Tag, aber ich habe trotzdem gesehen, dass sie große Schwierigkeiten hat, sich an manche Dinge zu erinnern.«

»Es gibt gute und nicht so gute Tage. Und welche, an denen Enna kaum wiederzuerkennen ist.«

»Ja, Frauke hat mir alles erzählt. Sie sieht das genauso wie ich. Es muss etwas passieren. Hast du schon etwas wegen einer Pflegekraft unternommen?«

»Ja, ein paar Anrufe. Es ist nicht so einfach hier auf der Insel. Üblicherweise kommen die Pflegekräfte ja nur ein- oder zweimal am Tag. Und das auch immer nur für kurze Zeit. Hinzu kommt, dass nicht garantiert ist, dass immer dieselbe Person kommt. Für Enna ist das sicher nicht so optimal.«

Ulfert nickte.

»Ich weiß nicht einmal, ob Enna das überhaupt akzeptieren würde«, fuhr Jana fort. »Als sie aus dem Krankenhaus entlassen worden war, hat sie die Hilfe gern angenommen. Allerdings hatte Enna da starke körperliche Einschränkungen, die auch sie nicht ignorieren konnte. Jetzt denkt sie, dass sie gesund ist.«

»Verdammt schwierige Situation. Ich stehe da vollkommen hilflos vor«, sagte Ulfert. »Hast du irgendeine Strategie, wie wir das Problem lösen können?«

Strategie, Lösung. Das war typisch Ulfert. Jana nahm ihm die Frage nicht übel, aber ihr wurde klar, dass Ulfert auf Dauer keine Hilfe sein würde. Zumindest nicht bei der konkreten Betreuung von Enna.

»Enna ist eine ausgesprochen selbstständige Frau. Ich kann ihr nichts vorschreiben und sie auch nicht zu etwas überreden, was sie intuitiv für falsch hält. Sie ist ja nicht plötzlich zu einem kleinen Kind geworden, das man vierundzwanzig Stunden am Tag betreuen muss.«

»Das weiß ich doch«, sagte Ulfert. »Aber irgendeinen Plan musst du doch haben.«

Jana zuckte mit den Schultern. »Habe ich nicht. Ich weiß nur, dass Enna langfristig nicht mehr allein zurechtkommen wird. Wann das sein wird, ist nicht vorherzusagen. Wie sie dann auf die Veränderung reagieren wird, noch weniger.«

»Aber Enna wird doch einsehen müssen, dass sie Hilfe braucht. Wir meinen es doch nur gut. Soll ich mal mit ihr sprechen?«

»Ich kann und will dir nicht vorschreiben, was du mit Enna besprichst. Aber ich glaube nicht, dass sie positiv darauf reagieren wird.«

Ulfert warf ihr einen irritierten Blick zu. »Meinst du wirklich? Okay, ich kenne Enna nicht so gut wie du. Dann vertraue ich mal auf dein Urteil. Trotzdem: Wir brauchen einen Plan. Weißt du, was eine solche Pflege kostet? Selbst für ein Pflegeheim würde es eng werden. Der Eigenanteil ist heutzutage immens. Zumindest in der Hinsicht sollten wir uns Gedanken machen.«

»Hast du eine Idee?«, fragte Jana, obwohl sie sich sicher war, dass Ulfert bereits darüber nachgedacht hatte.

»Schon. Es gibt finanztechnische Modelle, bei denen Hausbesitzer quasi vorab ihr Haus verkaufen, aber gleichzeitig ein lebenslanges Wohnrecht genießen. Du hast bestimmt schon davon gehört oder gelesen.«

Jana schüttelte den Kopf. »Ist das absolut sicher, dass Enna in ihrem Haus bleiben könnte?«

»Selbstverständlich. Sonst würde ich es doch nicht vorschlagen. Das ist der Grundgedanke der Vereinbarung. Der Käufer hat halt das Risiko, nicht zu wissen, wann er das Haus tatsächlich bekommt. Der Verkäufer kann das Haus zwar nicht mehr als Ganzes vererben, hat aber zu Lebzeiten ausreichend finanzielle Mittel zur Verfügung. Das ist eine klassische Win-win-Situation. Jede Seite hat einen erheblichen Vorteil.«

»Welchen hat der Käufer?«

Ulfert zögerte kurz. »Nun ja, die Wartezeit muss natürlich finanziert werden, sprich, die Kaufsumme kann nicht so groß sein wie bei einem normalen Verkauf. Das ist ja logisch. Er kauft auch nicht das ganze Haus, sondern einen Teil und hat dann eine Option auf den Rest. Sozusagen.«

»Und das willst du Enna erklären? Ulfert, wenn Enna auch nur das Wort Verkauf hört, schmeißt sie dich achtkantig raus.«

»Mag sein. Deshalb dachte ich, dass einer von uns eine Generalvollmacht benötigt.« Ulfert hielt kurz inne und schien auf Janas Reaktion zu warten. »Weißt du, was das ist?«

»Nicht genau.«

»Letztlich hat die generalbevollmächtigte Person dieselben Rechte wie in unserem Fall Enna. Sie könnte also ohne Ennas Wissen einen Teil des Hauses nach diesem Modell verkaufen.« Er hob beide Hände. »Nicht dass du glaubst, die Person kann machen, was sie will. Staatlicherseits wird das überprüft, damit da kein Unfug mit gemacht wird.«

»Und wo ist der Haken?«, fragte Jana.

»Na ja, das kannst du dir doch sicher denken. Die Vollmacht muss vor einem Notar abgegeben werden. Der muss natürlich kontrollieren, ob die Person voll zurechnungsfähig ist und versteht, was sie da unterschreibt. Deshalb ja der Notar.«

»Ich glaube nicht, dass Enna solch eine Vollmacht unterschreiben würde. Und dass der Notar keine Bedenken haben würde, glaube ich noch weniger. In Stresssituationen – und das wäre für Enna eine – wird sie noch verwirrter wirken.«

»Schon klar. Deshalb müssen wir einen Notar finden, der uns vertraut. Ich habe einen Cousin auf dem Festland, der Notar ist. Ich habe zwar noch nicht mit ihm gesprochen, denke aber, dass er mitspielen wird.«

Jana war sprachlos. Wollte Ulfert etwa selbst Ennas Haus kaufen oder wie immer man das nach diesem Modell auch nannte? Es konnte nicht sein Ernst sein, an Enna verdienen zu wollen.

»Ich weiß, wie schwierig das für dich sein würde«, sagte Ulfert. »Allein die Verantwortung als Generalbevollmächtigte.«

Ulfert hatte sie also bereits für den Posten ausgesucht. Fehlte nur noch, dass er ihr gleich vorrechnen würde, was Enna für das Haus bekommen würde.

»Was sagst du zu dem Modell?«, fragte er. »Wäre das nicht genau das Richtige in dieser Situation?«

»Nichts«, erwiderte Jana.

»Wie meinst du das?«

Jana räusperte sich. »Ich kann dazu nichts sagen. Du hast mich mit deinem Vorschlag etwas überfahren.«

Ulfert wirkte zerknirscht. »Ja, sorry. Das war jetzt wirklich nicht meine Absicht. Frauke war übrigens sehr aufgeschlossen gegenüber meiner Idee. Wie sollten wir auch sonst an die notwendigen finanziellen Mittel kommen, um Enna einen ruhigen und guten Lebensabend zu bieten? Das Haus würde doch sowieso an irgendeinen entfernten Verwandten gehen, den Enna vermutlich nicht mal kennt. Vielleicht findet sich auch niemand und es geht ins Eigentum der Gemeinde über.«

»Gehörst du nicht auch zu den entfernten Verwandten?« Jana ärgerte sich, dass ihre Frage aggressiver geklungen hatte als beabsichtigt.

Ulfert wiegte den Kopf hin und her. »Sehr, sehr entfernt sind wir mit Enna verwandt, wenn überhaupt. Das geht aber wahrscheinlich über fünfundzwanzig Ecken. Ich weiß nicht mal, ob das im Erbrecht überhaupt noch eine Rolle spielt.«

Jana musste sich zwingen, nicht mit den Augen zu rollen. Ulfert schien ihren Einwand nicht verstanden zu haben. Auf dem Ohr war er taub, wie Jana nicht nur einmal miterlebt hatte.

Sie sah auf die Uhr. »Ich hätte eigentlich schon vor zehn Minuten bei der Kinderkrippe sein müssen, um Svea abzuholen. Können wir ein anderes Mal über deinen Vorschlag sprechen? Am besten, wenn Oke und Frauke mit am Tisch sitzen.«

»Gute Idee. Daran hatte ich auch schon gedacht.«

Jana stand auf. »Hast du schon bezahlt?«

»Alles gut. Du bist eingeladen. Sagst du Bescheid, wann wir uns zu viert zusammensetzen?«

»Ja, bis später, Ulfert.«

Jana lief zu ihrem Lastenfahrrad und machte sich auf den Weg. So empört sie im ersten Augenblick über Ulferts Vorschlag war, so nachdenklich wurde sie im Nachhinein. Ulfert hatte natürlich recht – ohne Geld würde es auf Dauer schwierig werden. Eine Pflege konnte schnell Zehntausende Euro verschlingen, wenn nicht mehr. Ihre Mutter hatte ihr von einem Fall im Bekanntenkreis erzählt, bei dem weit über zweihunderttausend Euro für die jahrelange Pflege beider Elternteile bezahlt worden waren. War sie zu naiv gewesen, als sie die Freunde um Hilfe gebeten hatte? Konnten sie das auf Dauer leisten, oder würde der Kreis der Helfer bald auseinanderbrechen?

Erst als das Gebäude, in dem die Kinderkrippe untergebracht war, in Sichtweite kam, schüttelte sie ihre schweren Gedanken ab. Als sie vom Rad stieg, sah sie bereits Svea am Fenster stehen. Sie winkte und lief auf die Krippe zu.

6

»Der spinnt ja wohl vollkommen«, polterte Oke, nachdem ihm Jana von dem Gespräch mit Ulfert erzählt hatte. »Haben er und sein Clan noch nicht genug Kohle gescheffelt? Müssen sie sich jetzt auch noch an Ennas Haus vergreifen?«

»Oke, ich habe im Netz recherchiert. Solche Modelle gibt es wirklich. Selbst unsere Bank bietet sie an.«

»Deshalb müssen sie doch nicht seriös sein«, warf Oke ein.

»Nein, natürlich nicht. Und viele raten auch von dem Modell ab. Man verkauft dabei fünfzig Prozent seines Hauses zum Beispiel an die Bank, bekommt dafür einen bestimmten Betrag ausbezahlt. Anschließend musst du allerdings jeden Monat eine Art Nutzungsentgelt für den Teil des Hauses bezahlen, den du vorher verkauft hast. Zusätzlich kommen bei einem endgültigen Verkauf des Hauses oder dem Rückkauf der Anteile weitere Kosten auf dich zu.«

»Klingt nicht nach einem fairen Deal.«

»Ob fair oder nicht, kann ich nicht beurteilen, aber die Gefahr ist groß, dass einem die Kosten über den Kopf steigen. Bei Zinserhöhungen werden höhere Nutzungsgelder fällig und auch die Wertsteigerung muss man beim Verkauf berücksichtigen. Wenn man das dann nicht realisieren kann, muss man der Bank selbst die Differenz auszahlen.«

»Was ist das denn für ein Quatsch«, murmelte Oke. »Das klingt doch nach einem abgekarteten Spiel. Und verdammt nach Ulfert.«

»Wie gesagt, ich habe im Netz eine ganze Reihe von kritischen Stimmen gefunden. Unabhängig von einem solchen Teilverkauf ist das entscheidende Problem, dass nur Enna den Vertrag unterschreiben könnte. Mehr brauche ich wohl dazu nicht zu sagen.«

»Und wie wollte Ulfert das lösen?«

Jana erklärte ihm Ulferts Vorschlag.

»Dafür kannst du bitter bestraft werden. Das ist Betrug. Du willst dich doch nicht wirklich darauf einlassen?«

»Oke, ich bin nur der Bote. Ulfert hat mir das vor ein paar Stunden erzählt, ich habe ein bisschen recherchiert und erzähle es jetzt dir. Und nein, ich will nichts Gesetzwidriges machen. Egal, ob es für Enna vorteilhaft ist oder nicht. Das könnte unser ganzes Leben durcheinanderwirbeln.«

Oke atmete erleichtert auf. »Gut, dann wäre das ja zumindest geklärt.«

»Schon, allerdings hat Ulfert auch damit recht, dass ohne Geld nichts geht. Enna hat nicht einmal achthundert Euro im Monat durch ihre Rente, keine Verwandten, die sie finanziell unterstützen, und die Pflegeversicherung reicht doch hinten und vorne nicht. Selbst wenn sie hier ins Pflegeheim kommt, würde ihr Haus angerechnet werden. Ganz zu schweigen von einer Pflegekraft, die sie im Haus betreut.«

»Aber kann Ulfert nicht einfach so einen Privatkredit geben?«

»Ich weiß nicht, ob er oder sein Vater dazu bereit sind. Enna müsste ihn auch unterschreiben. Wie sollen wir ihr das erklären? Sie glaubt doch, dass sie vollkommen gesund ist. Ich weiß aus früheren Gesprächen, wie kritisch sie gegenüber Krediten eingestellt ist.«

Oke raufte sich die Haare. »Eine absolute Zwickmühle. Kein Entkommen. Oder?«

»Ich weiß auch nicht mehr weiter. Ehrlich nicht, Oke.«

Oke stand auf und lief durch die Küche. »Vielleicht wird es gar nicht so schlimm. Werden nicht viele Menschen in Ennas Alter irgendwann schusselig und vergessen das eine oder das andere?«

»Menschen, die sie kennen und lieben und die erst zwei Tage zuvor bei ihnen gewesen sind? Vergessen sie einfach mal so, dass sie seit vielen Jahren keine Pensionsgäste mehr haben, und wollen dann die Zimmer für den nächsten Gast vorbereiten? So sehr ich mir für Enna wünsche, dass es nur eine milde Altersdemenz ist, ich glaube nicht daran. Alles weist im Moment darauf hin, dass es in absehbarer Zeit schwierig wird. Sehr, sehr schwierig.«

Oke blieb neben Jana stehen und legte die Hand auf ihre Schulter. »Die arme Enna. Ihre Selbstständigkeit war ihr immer am wichtigsten.«

Jana nickte. »Ich weiß.« Sie atmete tief ein. Trotzdem war es, als würde sie keine Luft bekommen. Ihre Haut kribbelte am ganzen Körper. Die Füße fühlten sich eiskalt an. Jana wusste, was das bedeutete. Sie würde bald keine Kraft mehr haben, sich um alles zu kümmern. Die Sorge um Enna wuchs von Tag zu Tag, zusätzlich die viele Arbeit und ihr schlechtes Gewissen gegenüber Svea und ein bisschen auch gegenüber Oke.

»Du brauchst eine Pause«, sagte Oke, zog einen Stuhl zu sich und rückte damit nah an Jana, um sie in den Arm nehmen zu können. »Wir haben doch jetzt acht Freunde zusammen, die sich abwechselnd um Enna kümmern. Ich spreche morgen mit dem Pflegedienst. Die werden mir auch sagen können, wie das mit Ennas Einstufung ist und wo wir das beantragen müssen.

Übermorgen habe ich einen Termin im *Seniorenhus* und spreche mit Hanna Bremer. Sie leitet die Einrichtung. Ich kenne sie von früher. Sie war zwei Klassen über mir in der Schule.«

Jana sah Oke erstaunt an. »Du hast mir gar nichts von den Terminen gesagt.«

»Kunststück. Ich habe sie doch erst heute gemacht.« Oke hielt inne. »Leon übernimmt meine Schicht am Strand. Das ist alles schon abgesprochen. Ich bringe auch Svea zur Krippe und hole sie wieder ab. Und du machst morgen mal etwas langsamer. Pralinen hin, Pralinen her.«

Jana küsste Oke zärtlich auf den Mund. »Danke. Wenn ich darf, schlafe ich dann morgen etwas länger.«

»Genau. Das hatte ich noch vergessen. Frühstück habe ich schon bei Frauke bestellt. Punkt neun Uhr. Und dann besprecht ihr euren Hamburg-Trip. Das ist es doch jetzt geworden, oder? Ich glaube, Frauke wird da schon ein paar Ideen haben.«

Jana reckte sich im Bett. Im Halbschlaf hatte sie mitbekommen, wie Oke aufgestanden war, und hatte aus der Ferne Sveas Stimme gehört. Ihr Blick fiel auf den Wecker. Noch nicht einmal halb neun, Zeit genug, um zu duschen und ins Café zu gehen. Es reichte aus, wenn sie gegen zehn mit der Pralinenproduktion beginnen würde. Dann sollte sie gegen zwei die Schachteln für die Versendung mit den Flugzeugen gefüllt haben. Die Pralinen für Langeoog mussten zwei Tage warten. Ihre Kunden würden es verschmerzen.

Sie sprang aus dem Bett, lief ins Badezimmer und zog sich aus. Im großen Spiegel betrachtete sie ihren Körper, der sich mit der Schwangerschaft verändert hatte. War sie ursprünglich gertenschlank gewesen, ließ sich jetzt die eine oder andere Rundung nicht mehr verbergen. Sie strich sich über den Bauch. Würde dort noch einmal Leben entstehen und wachsen? Oder würde Svea kein Geschwisterkind mehr bekommen? Ihre Frauenärztin hatte sie gründlich untersucht und gemeint, sie könne jederzeit schwanger werden. Oke war ebenfalls beim Arzt gewesen und hatte sein Sperma untersuchen lassen. Auch bei ihm war alles in Ordnung.

Seufzend wandte sich Jana vom Spiegel ab und ging unter die Dusche. Lange ließ sie das warme Wasser über ihren Körper laufen, wusch sich schließlich die Haare und trocknete sich in Windeseile ab. Nachdem sie sich Shirt und Jeans angezogen hatte, griff sie noch nach ihrer Tasche und lief eilig aus dem Haus, um zehn Minuten später schwungvoll die Tür von Fraukes Café aufzustoßen. Ihre Freundin kam auf sie zu, umarmte sie und begleitete sie zu einem festlich gedeckten Tisch in ihrer Lieblingsecke.

»Der Latte macchiato kommt gleich. Möchtest du etwas Gesellschaft oder willst du lieber allein frühstücken?«

»Wenn du Zeit hast …«

»Klar. Für dich doch immer.« Frauke drückte ihr einen Kuss auf die Wange und verschwand in der Küche.

Wenig später setzte sie sich zu ihr. »Alles gut?«

»Das Rührei ist klasse. Wie bekommst du das so hin?«

»Geheimnis«, sagte Frauke schmunzelnd. »Ich schicke dir das Rezept per Mail. Ich habe es aus einer Fachzeitschrift.«

Jana schmierte ihr Brötchen mit Avocadocreme, belegte es mit Rührei und Tomatenscheiben und aß mit Genuss und ohne Eile. Frauke sah ihr zu, trank ihren Kaffee und erzählte von ihrem Onkel und seiner Frau, die gerade auf einer Reise in die USA waren und sich am Nachmittag zuvor bei ihr gemeldet hatten.

»Wie lange bleiben sie denn in den Staaten?«, fragte Jana.

»Drei Wochen noch. Dann müssen sie das Wohnmobil wieder abgeben. Sie überlegen, ein paar Tage in San Francisco dranzuhängen. Sie wissen noch nicht, ob sie den Rückflug umbuchen können.«

»Bei solchen Geschichten muss ich immer an meinen geplatzten Australienaufenthalt denken.«

»Trauerst du dem etwa immer noch nach?«

»Ab und an, aber nicht wirklich. Aber vielleicht kann ich Oke irgendwann zu einem Trip durch das Land überreden. Mit dem Wohnmobil ist das sicher doch nicht so teuer. Und man ist flexibel, sieht viel und kann überall übernachten.«

Frauke lachte. »Oke? Das glaubst du doch selbst nicht. Du weißt doch, wie gern der fliegt.«

»Schon gar nicht zweiundzwanzig Stunden.«

»Nein, niemals. So viele Beruhigungspillen kann er gar nicht schlucken.«

Jana seufzte. »Dann werden wir uns wohl ein etwas näheres Ziel aussuchen müssen.«

»Bensersiel?«

Jana rollte mit den Augen. »Jetzt mach doch Oke nicht ängstlicher, als er ist. Im Herbst fliegen wir nach Schweden und besuchen Sigge auf Rödlöga. Ja, ich weiß. Die eineinhalb Stunden von Hamburg nach Stockholm sind nicht der Rede wert. Trotzdem …«

Frauke lachte. »Hey, alles gut.« Sie wurde ernst. »Oke ist seit Kindergartentagen mein Freund und wird es auch immer bleiben. Manchmal bedauere ich sogar, dass wir nicht zusammengeblieben sind.«

Jana drohte mit dem Zeigefinger. »Hände weg von meinem Mann.«

»Ach, bei Oke brauchst du wirklich keine Sorge zu haben. Der ist treu wie ein Hund. Oder auch zwei.« Frauke hielt inne. »Was man von anderen Männern nicht gerade behaupten kann. Ich bin da wohl etwas glücklos bei meiner Auswahl.«

»Wieso, ist was passiert? Gibt es etwas Neues von Daniel?«

»Keine Ahnung, in welchen Betten er sich gerade wohlfühlt. Wir hatten seit Tagen keinen Kontakt. So ist das wohl bei einer offenen Beziehung.«

»Bei einer einseitig offenen Beziehung«, korrigierte Jana ihre Freundin.

Frauke schwieg vielsagend.

»Oder?«

Sie zuckte mit den Schultern. »Warum sollte ich nicht auch mal etwas Spaß haben? Daniel wird es nicht stören.«

Jana schaute Frauke mit zusammengezogenen Augenbrauen an. »Habe ich irgendetwas verpasst?«

Frauke lächelte vielsagend. »Weiß man's?«

Jana fiel ein, dass sie beim Aufstehen ihrem Bruder nicht begegnet war. Eigentlich hätte er sich um die Zeit zum Strand aufmachen müssen. Hatte er irgendwo anders geschlafen? Bei Frauke?

»Doch nicht Leon, oder?«

»Und wenn? Es wäre nicht einmal ein Urlaubsflirt. Warum also nicht? Er ist jung, knackig und gut gebaut. Was will man mehr als Frau?«

Jana traute ihren Ohren nicht. Seit wann redete Frauke so über Männer? Zum Spaß sicher hin und wieder, aber gerade hatte es geklungen, als sei es ihr ernster.

»Leon hat also heute Nacht bei dir geschlafen?«

»Bei mir und mit mir.« Frauke beugte sich leicht vor. »Ist das für dich ein Problem?«

Jana schwieg. Leon war erwachsen und nur zu Besuch bei ihr. Mit wem er im Bett landete, ging sie nichts an.

»Was denn?«, entfuhr es Frauke, die Janas Schweigen falsch interpretiert zu haben schien. »Ich habe ihn nicht verführt oder mit einem Zaubermittel gelockt. Das war eher umgekehrt.«

»Lass uns nicht streiten, Frauke. Leon muss selbst wissen, was er macht. Und du auch. Ich werde mich da ganz bestimmt nicht einmischen.«

»Sorry, war nicht so gemeint. Ich bin im Moment etwas dünnhäutig. Keine Ahnung, warum. Eigentlich geht es mir gut. Und zu deiner Beruhigung: Natürlich ist das mit Leon nichts Ernstes.

58

Ich hatte Lust, er hatte Lust, wir beide hatten vielleicht ein Glas zu viel getrunken, und dann ist es halt passiert.« Sie hielt inne. »Na ja, offensichtlich hat es uns beiden gefallen – warum auch nicht. Leon wird bald wieder das Weite suchen, und ich verfalle wieder in meine Männerdepression. Wen kümmert es schon groß?«

»Mich.« Jana legte die Hand auf Fraukes Schulter. »Vielleicht solltest du Daniel sagen, was du wirklich von ihm erwartest. Du leidest unter diesem Hin und Her. Das sehe ich doch.«

»Liebe ist Leiden. Hat das nicht irgendein kluger Mensch einmal gesagt?«

»Nein. Noch nie gehört. Und wenn die Liebe wirklich zum Leiden wird, sollte man überlegen, ob das der richtige Weg ist.«

»Sag ruhig, was du denkst. Du bist dir sicher, dass Daniel nicht der richtige Mann für mich ist. Oder?«

Jana zuckte mit den Schultern. »Dafür kenne ich Daniel nicht gut genug. Wie häufig habe ich ihn gesehen. Fünfmal? Ihr trefft euch doch meistens in Oldenburg.«

»Seine Wohnung ist größer. Und mich kennt dort niemand. Und ja, ich könnte Daniel manchmal zum Mond schießen – oder auch noch weiter. Dann wieder sehne ich mich nach ihm und bin fast so weit, nach Oldenburg oder wohin auch immer zu ziehen.« Als Jana sie erschrocken ansah, hob Frauke abwehrend die Hände. »Keine Angst, die Phasen sind eher kurz und enden meistens im Joost. Was sollte ich auch auf dem Festland machen? Irgendwo im Service arbeiten? Wohl kaum. Hier ist mein Zuhause, hier bleibe ich. Ende.«

Sie saßen eine Weile schweigend zusammen, bis Jana erschrocken feststellte, dass sie aufbrechen musste, wenn sie noch ihr geplantes Pensum schaffen wollte. Die Freundinnen umarmten sich lange zum Abschied und verabredeten sich für den Abend in der Pizzeria.

7

Jana rief in den leeren Flur, ohne dass Enna ihr antwortete. Nach einem Gang durch die Zimmer suchte Jana sie im Garten. Die alte Dame sah erschrocken auf, als sie sie ansprach, und funkelte sie wutentbrannt an. Im nächsten Augenblick schien sie Jana zu erkennen und lächelte schließlich. »Jana! Du warst ja schon lange nicht mehr da. Hast du immer noch so viel zu tun?«

»Es geht. Heute hat mir Oke Svea abgenommen.« Jana schluckte schwer, als sie bemerkte, dass Enna nicht zu wissen schien, von wem sie sprach. »Kann ich dir im Garten helfen?«

»Nein, nein. Ich habe hier nur einen Augenblick die Sonne genossen. Heute hat es ja viel geregnet, und da dachte ich …« Enna brach mitten im Satz ab und stand auf. »Dann wollen wir mal reingehen. Du möchtest doch sicher eine Tasse Tee, oder?«

Jana hakte sich bei Enna unter und führte sie in die Küche. Nachdem sie Wasser für Tee aufgesetzt hatte, nahm sie am Tisch Platz und erzählte Enna von ihrem Tag.

»Pralinen? Das klingt ja wirklich interessant«, sagte Enna.

Jana nickte, holte aus der Tasche eine kleine Schachtel mit Sanddorn-Pralinen, von denen Enna eine probierte.

»Die sind aber lecker. Wie hast du das denn hinbekommen?«

Jana ließ sich nichts anmerken, erzählte davon, wie sie die Sanddornfrucht für sich entdeckt und nach und nach so weit verfeinert hatte, bis sie zu der Schokolade passte. Enna hörte aufmerksam zu, nickte hin und wieder und aß eine zweite Praline.

Zwischendurch hatte Jana Oke geschrieben, dass sie sich etwas verspäten würde. Gegen siebzehn Uhr verließ sie schließlich Ennas Haus. Sie nahm sich vor, zusammen mit Frauke am Abend noch einmal nach der alten Dame zu schauen.

»Es ging ihr doch ganz gut«, sagte Frauke, als sie nach einem kurzen Abstecher in Ennas Haus auf dem Weg zur Pizzeria waren.

»Du hättest sie heute Nachmittag erleben sollen. Ich musste ihr von der Sanddorn-Praline erzählen. Die ganze Story.«

»Übertreibst du nicht manchmal?«, fragte Frauke, um ihre Frage gleich darauf zu relativieren. »Ich glaube dir natürlich und sehe auch, dass Enna abgebaut hat, aber dass sie dement ist, ist mir ehrlicherweise noch nicht aufgefallen.«

»Nein, Frauke, ich übertreibe ganz bestimmt nicht. Sprich Enna beim nächsten Mal auf kurz zurückliegende Dinge an. Ja, es gibt auch Tage, an denen sie vollkommen normal wirkt. Das sind die guten. Dann zweifele ich auch immer an meiner Einschätzung, merke aber beim nächsten Besuch, dass es mehr Wunschdenken war als Realität.«

Frauke hakte sich bei ihrer Freundin unter. »Gut, lassen wir das Thema. Zumindest für ein paar Stunden. Versprochen?«

Jana nickte. War es nicht genau darum an diesem Tag gegangen? Ein paar Stunden an nichts als sich selbst denken, so tun, als wäre das Leben wunderschön. Jana schüttelte sich kurz. Sie hatte ein gutes Leben, ein wunderschönes. Mit Oke und Svea, ihren Freunden auf dieser wenige Quadratkilometer großen Insel. Was Enna im Moment durchmachte, war ein schweres

Schicksal, und solange sie alle zu ihr hielten, würden sie dafür sorgen, dass Enna so lange wie möglich in ihrer gewohnten Umgebung bleiben konnte. Vielleicht sogar für immer.

»Hallo! Erde an Jana!«, unterbrach Frauke ihre Gedanken. »Dahinten ist die Pizzeria, und ich will jetzt ein anderes Gesicht sehen.«

Jana lächelte. »Wird gemacht.«

»Mehr geht nicht«, murmelte Jana, legte Messer und Gabel auf den Teller und schob ihn etwas zur Seite. »Ich bin pappsatt.«

Sie saßen seit über einer Stunde in dem gut gefüllten Restaurant, hatten nach der Vorspeise jede eine Pizza bestellt und sich gegenseitig Anekdoten über ihre gemeinsame Zeit in Berlin erzählt.

»Warum hast du eigentlich keinen Wein getrunken?«, fragte Frauke, die ebenfalls ihren Teller zur Seite geschoben hatte. »Du bist doch nicht etwa schwanger?«

»Nein. Zumindest nicht wissentlich. Ich warte gerade auf meine Tage. Ich bin etwas über der Zeit, und da bin ich dann immer etwas vorsichtiger.«

»Spannend. Es könnte also sein, dass sich gerade etwas anbahnt?«

Jana winkte ab. »Darüber denke ich nicht konkret nach. Sonst ist die Enttäuschung später umso größer. Ich lass es einfach auf mich zukommen.« Nicht immer, fügte sie in Gedanken hinzu und dachte an ihren kritischen Blick in den Spiegel am Morgen. Und ganz so locker bin ich auch nicht.

»Mein Zyklus ist oft so durcheinander, dass ich schon gar nicht mehr darauf achte.« Frauke legte den Kopf in den Nacken und schloss die Augen. »Wenn ich richtig gezählt habe, bin ich tatsächlich auch zwei oder drei Tage zu spät dran.« Sie lachte. »Wer weiß, vielleicht bin ich ja schon am Brüten.«

Jana mochte den Ausdruck nicht, wusste aber, dass Frauke lockerer mit dem Thema umging. Früher hatte sie immer mit der Pille verhütet. Aber vielleicht hatte sie die längst abgesetzt. Trotzdem glaubte sie nicht, dass Frauke es darauf anlegen würde. »Unsinn«, sagte Jana lachend. »Du und ein Kind.«

»Warum nicht«, erwiderte Frauke. »Wenn ich schon keinen Mann finde, der bei mir bleibt, sollte ich darüber irgendwann nachdenken.«

Jana wurde ernst. »Darüber macht man keine Scherze, Frauke.«

»Warum nicht? Und ehrlich, ich könnte mir gut vorstellen, ein Kind zu bekommen. Allerdings würde ich dann lieber auf eine Datenbank zugreifen. Ansonsten hat man doch nur Ärger mit dem Erzeuger.«

Jana seufzte leise. Fraukes Humor war manchmal etwas skurril. Zwar hatte sie ihr zu Berliner Zeiten oft erzählt, dass sie sich ein oder zwei Kinder vorstellen könne, allerdings auf keinen Fall allein. Sie würde alle Frauen verstehen, die sich ohne einen vernünftigen Mann an ihrer Seite gegen ein Kind entscheiden würden.

»Vielleicht sollte ich wirklich mal einen Test machen«, fuhr Frauke fort. »Ehrlich gesagt, habe ich noch nie einen gemacht.«

»Sicher? Ich erinnere mich da an eine Situation, in der du ziemlich hysterisch reagiert hast.«

Frauke stieß sie spielerisch in die Seite. »Ja, gut. Damals hatte ich unnötig Panik, weil ich zwei Tage über der Zeit war. Und ja, da bin ich in die Apotheke gelaufen und habe mir so ein Teil gekauft.«

»Nur gekauft? Ich dachte, du hast es auch …«

»Nein. Das habe ich dir nur gesagt, damit du Ruhe gibst.«

»Und den Rest hast du mir damals vorgespielt?«

»Ja gut. Ich hatte so viel Panik, dass ich den Test lieber nicht gemacht habe. Ging auch gut. War doch falscher Alarm.«

»Sieh an.« Jana hob den Zeigefinger. »Was man so alles nach zwei Gläsern Wein von dir erfährt. Hat mich doch meine beste Freundin angelogen. Deshalb wolltest du mir das Teststäbchen nicht zeigen.«

»Jetzt lass die alten Geschichten«, sagte Frauke lachend. »Wir waren jung und dumm.« Sie stockte. »Dumm sind wir manchmal immer noch. Jung leider nicht mehr.«

»War nicht gute Laune angesagt?«

Frauke grinste. »Sorry! Hatte ich einen kleinen Augenblick vergessen. Kommt nicht wieder vor.« Sie hob ihr Glas, als der Kellner an ihrem Tisch vorbeikam. Er nickte ihr zu und ging weiter.

»Du hast doch heute Ausgang?«, fragte Frauke. »Ein Glas darf ich wohl noch. Willst du dir nicht einen Kaffee bestellen?«

»Du willst noch ins Joost?«, fragte Jana. Sie hatten soeben die Pizzeria verlassen und gingen langsam die Straße entlang.

Frauke blieb stehen. »Das ist jetzt aber keine Fangfrage, oder? Willst du eigentlich wissen, ob ich Leon noch treffe?«

»Ertappt«, gab Jana unumwunden zu. »Offensichtlich kann ich die große Schwester nicht so einfach ablegen.«

»Kein Problem. Leon und ich haben uns lose verabredet. Alles Weitere wird sich dann zeigen.« Sie schmunzelte. »Reicht das?«

Jana stöhnte leise. »Bin ich wirklich so neugierig?«

»Quatsch! Du bist Jana und das ist gut so. Du machst dir nur manchmal zu viele Gedanken über deine Freunde. Und in diesem Fall Verwandte. Lebe einfach mehr in den Tag hinein. Niemand weiß, was morgen ist. Und übermorgen schon gar nicht.«

»Okay! Dann komme ich einfach noch kurz mit ins Joost.«

»Super! Leon freut sich bestimmt. Und ein alkoholfreies Bier wird Lena sicher auch für dich auftreiben.«

8

»Hattest du einen guten Tag?«, fragte Oke, als Jana gegen Mitternacht zu ihm ins Bett kroch.

»Erholsam und gut«, sagte Jana. Sie hatte beschlossen, Oke ihre Besuche bei Enna zu verschweigen. Eigentlich hatten sie abgesprochen, dass Jana sich außer den drei Stunden in der Küche ausschließlich um sich selbst kümmern sollte. »Mit Leon und Frauke – also, wir lagen da nicht ganz falsch.«

»Himmel! Die beiden sind zusammen?«

»Keine Ahnung, was das zwischen ihnen genau ist. Ehrlich gesagt, will ich es auch gar nicht so genau wissen. Sie sind beide erwachsen. Wir halten uns da einfach raus.«

»Dein Ernst? Können wir denn einfa…«

»Können wir«, unterbrach Jana ihn. »Erzähl mir lieber, wie es bei dir und Svea war.«

Oke zögerte und schien nicht mit dem Themenwechsel einverstanden zu sein. Aber schließlich nickte er. »Bei uns war alles super! Svea hat dich nur ein ganz klein bisschen vermisst.« Oke hielt Daumen und Zeigefinger einen halben Zentimeter auseinander. »Vielleicht sogar noch weniger.«

Jana sah ihm gespielt streng in die Augen. »Sag die Wahrheit, Oke Franzen.«

Oke lachte. »Svea hat schon einige Male gefragt, aber ich konnte sie beruhigen. Unsere Tochter ist schon richtig erwachsen.«

Jana küsste Oke und ließ sich nach hinten ins Bett fallen. »Im Joost wurde ich mehrfach gefragt, wann du mal wieder vorbeikommst.«

»Und was hast du gesagt?«

»Dass mein Mann das Kind hütet. Was sonst?«

»Ja, ich sollte mich tatsächlich da auch mal wieder blicken lassen. In der letzten Zeit sind wir kaum rausgekommen.«

»Ich habe heute übrigens Ella getroffen. Wir sind uns auf der Straße begegnet und haben ein paar Worte gewechselt. Ihre Tochter Mia macht ein Jahrespraktikum im Kindergarten und sucht noch nach einem kleinen Nebenjob.«

»Mia? Ist sie schon mit der Schule fertig? Himmel, vergeht die Zeit schnell.«

»Sie arbeitet bis zwei am Nachmittag und könnte dann hin und wieder auf Svea aufpassen. Was meinst du? Einen Versuch wäre es doch wert, oder?«

»Klar, ich habe Mia als ruhiges und verantwortliches Mädchen in Erinnerung. Bei Ella als Mutter ja auch nicht verwunderlich. Probieren wir einfach mal, wie Svea mit ihr auskommt.« Oke warf ihr einen fragenden Blick zu. »Wie ich dich kenne, hast du schon einen Termin ausgemacht.«

Jana wiegte den Kopf hin und her. »Natürlich nur unter Vorbehalt, dass du auch zustimmst.«

»Wann?«

»Morgen Nachmittag. Ich dachte, wir machen erst einen kleinen Spaziergang zu dritt und dann lasse ich die beiden mal für eine halbe Stunde allein. Vorausgesetzt, Svea macht mit.«

»Kennt Svea sie nicht schon aus der Krippe?«, fragte Oke.

»Ella meinte nicht. Allenfalls vom Spielplatz. Da sind die großen und kleineren Kinder hin und wieder zusammen.«

»Okay, probieren wir es doch einfach aus.« Er robbte näher zu Jana hin. »Bist du sehr müde?«

Sie schmunzelte. »Eigentlich nicht.«

»Dann könnten wir ja vielleicht …«

Jana lachte und strich ihm zärtlich über die Wange. »Ja, was könnten wir?«

»Noch etwas wach bleiben und kuscheln und so«, flüsterte ihr Oke ins Ohr.

Jana zog Oke zu sich und küsste ihn leidenschaftlich.

Mia erwies sich am nächsten Tag als Glücksgriff. Svea zeigte ihr nach dem kurzen Spaziergang stolz ihr Zimmer und ließ sich von Mia gleich in ein Spiel verwickeln. Als Jana ihre Tochter fragte, ob sie kurz weggehen könnte, stimmte sie gleich zu. Jana hielt sich eine halbe Stunde in der Küche auf, telefonierte mit Joost wegen der Pralinenlieferungen der nächsten Woche und bestellte per Internet Zutaten. Zurück in Sveas Zimmer wurde sie kaum beachtet und ging nach einer Viertelstunde zurück in die Küche, um das Abendessen vorzubereiten.

»Das hat ja super geklappt«, sagte Jana, als sie Mia vor der Haustür verabschiedete. »Kannst du gleich übermorgen Nachmittag kommen? Ich muss jemanden zum Arzt begleiten. Wahrscheinlich bin ich nach ein bis zwei Stunden wieder zurück.«

»Kein Problem. Ich komme gern. Svea ist ein wirklich liebes Kind.«

Jana hob den Zeigefinger. »Nicht immer. Manchmal will sie unbedingt ihren Willen durchsetzen. Das passiert in den verrücktesten Momenten. Aber das wirst du noch sehen.«

»Damit kann ich umgehen.« Mia räusperte sich verlegen. »Können wir noch …« Sie brach ab.

»Sorry! Klar, wir haben noch gar nicht über das Geld gesprochen. Bist du mit zwölf Euro in der Stunde zufrieden?«

Mia strahlte. »Auf jeden Fall.«

»Heute zähle ich natürlich dazu. Wollen wir wochenweise abrechnen? Ich versichere dich über die Gemeindeunfallversicherung. Den Rest können wir wohl einfach so unter der Hand machen.«

»Alles gut. Und für heute müssen Sie mich auch nicht bezahlen.«

»Doch, das möchte ich gern. Und noch etwas. Willst du mich nicht duzen?«

Mia nickte. »Gern.«

»Aber ich bin doch gar nicht krank, Kind«, sagte Enna. »Was soll ich denn beim Doktor?«

»Enna, das haben wir doch schon besprochen. Ich gehe auch jedes Jahr einmal zu Dr. Janssen. Das machen alle so. Wenn wirklich etwas ist, muss man das früh erkennen. Dann ist es meistens nicht so schlimm. Und wann hast du zuletzt ein großes Blutbild machen lassen?« Jana hasste es, mit der alten Dame wie mit einem Kind zu sprechen, aber als sie gekommen war, um Enna abzuholen, hatte sie schnell gemerkt, dass ihre Freundin einen schlechten Tag hatte. Kurz hatte sie überlegt, den Termin zu verschieben, sich aber schließlich dagegen entschieden.

Enna seufzte. »Wenn du meinst. Aber es dauert nicht lange, oder? Und die werden mich doch auch nicht dabehalten oder gleich ins Krankenhaus bringen, falls was ist, oder? Da gehe ich nämlich nie wieder hin!«

»Ganz bestimmt nicht. Es ist nur ein Check-up, mehr nicht.« Jana ging zur Garderobe und holte Ennas Mantel. Nachdem sie ihr beim Anziehen geholfen hatte, sah Enna sie fragend an. »Wohin gehen wir?«

Dr. Janssen hatte dafür gesorgt, dass sie, kurz nachdem sie die Praxis betreten hatten, direkt ins Sprechzimmer geführt wurden. Wenige Minuten später kam der Arzt zu ihnen, begrüßte beide freundlich, sprach ruhig und langsam mit Enna, machte zunächst einige Routineuntersuchungen, bevor er zu dem Demenztest kam. Jana hatte sich zuvor im Internet informiert und verfolgte jetzt aufmerksam die Fragen. Als Erstes bat Dr. Janssen Enna, ihm die Uhrzeit zu nennen. Hinter seinem Schreibtisch war an der Wand eine gut sichtbare Uhr angebracht. Enna zögerte kurz, schaute zur Uhr und nannte ihm die korrekte Zeit.

Es folgten weitere Fragen, kleine Rechen- und Merkaufgaben, die Enna nur zum Teil beantworten konnte. Bei der nächsten Aufgabe, bei der der Arzt Enna zehn Begriffe vorlas und darum bat, sie zu wiederholen, konnte Enna nur Haus und Tier nennen. Auch die weiteren zwei Testaufgaben bewältigte Enna nicht. Am Schluss bedankte sich Dr. Janssen herzlich bei Enna und verabschiedete sich von ihr.

»Das waren komische Fragen«, sagte Enna, als Jana ihr eine Viertelstunde später die Teetasse reichte. »Warum wollte der Doktor das alles wissen?«

»Das ist ganz normal. In deinem Alter wird überprüft, ob auch mit dem Gedächtnis alles in Ordnung ist.«

»Ist es das nicht?«, fragte Enna.

Jana hatte sich schon auf dem Rückweg zu Ennas Haus gewundert. Sie hatte erwartet, dass die alte Dame müde und verwirrt von der Untersuchung sein würde, aber das Gegenteil schien der Fall zu sein.

»Ich fürchte, dass du dich manchmal nicht mehr an alles erinnerst, Enna. Das ist oft so, wenn man älter wird.«

Enna trank einen Schluck Tee und setzte die Tasse wieder ab. »Ja, das stimmt. Ich habe mich gestern doch tatsächlich verlaufen, als ich zum Kaufmann wollte.«

Jana schluckte. Ihr tat ihre Freundin unendlich leid. Wie sollte sie auf ihre Fragen reagieren? Sie nahm allen Mut zusammen und legte eine Hand auf Ennas. »Wir müssen überlegen, ob du mehr Unterstützung brauchst.«

»Unterstützung? Was meinst du damit?«

»Als du gestürzt bist und ich dich hier in der Küche gefunden habe, da konntest du auch nicht allein nach Hilfe rufen. Zum Glück bin ich gerade vorbeigekommen, aber es hätte auch sein können, dass du dort tagelang gelegen hättest.«

Enna nickte. Jana hatte den Eindruck, dass Enna ihre Worte verstanden hatte. »Wenn du dich jetzt verläufst oder dir hier im Haus etwas passiert, dann wäre es besser, wenn jemand regelmäßig vorbeischaut und dir etwas zur Hand geht.«

»Aber du kommst doch immer mal wieder.« Enna hatte leise gesprochen. Entweder ließen die Kräfte nach oder ihr wurde gerade klar, auf was Jana hinauswollte.

»Du hattest doch auch in den ersten Wochen, nachdem du aus dem Krankenhaus gekommen bist, eine Hilfe.« Jana merkte, wie auch sie langsam an ihre Grenzen kam. Enna wirkte plötzlich so hilflos und schutzbedürftig.

»Ja, das weiß ich noch. Das war auch nötig. Ich konnte mich ja kaum bewegen.«

Jana lächelte. »Ganz so schlimm war es auch nicht.« Sie wurde ernst. »Verstehst du, was ich sagen will? Ich habe mich erkundigt. Es könnte zweimal am Tag eine Hilfe bei dir vorbeikommen. Was meinst du dazu?«

»Was soll die machen?«

»Dir bei der Hausarbeit helfen oder auch mit dir zusammen einkaufen gehen.«

Enna zögerte, nickte aber schließlich. »Ja, das wäre vielleicht keine so schlechte Idee.«

»Soll ich mich darum kümmern?«

Ein wenig betroffen sah Enna zu Jana. »Und das würde dir keine Umstände machen?«

Jana schüttelte den Kopf und zog ein Formular aus der Tasche, das sie schon seit einigen Tagen mit sich herumtrug. »Dann musst du mir das hier unterschreiben. Dann kann ich für dich nachfragen.«

Enna nickte. Jana war kurz davor, den Zettel zurückzuziehen. Verstand Enna, was sie von ihr wollte?

»Ich darf dann mit dem Arzt sprechen und dich auch jedes Mal begleiten«, fuhr Jana fort. »Wir sind ja nicht verwandt, deshalb kann ich mich da gar nicht so direkt drum kümmern. Verstehst du das?«

Enna nickte ein weiteres Mal und unterschrieb, ohne das Formular durchgelesen zu haben.

»Du musst dir da keine Vorwürfe machen«, sagte Frauke. Jana hatte zu Hause angerufen und gefragt, ob Mia mit Svea zurechtkam, und war anschließend kurz bei Frauke im Café vorbeigegangen. »Du weißt doch, wie die Ärzte reagieren, wenn man nicht unmittelbar mit den Patienten verwandt ist. Du bekommst keine Auskunft und wirst auch nicht gefragt, ob dies oder das gemacht werden soll.«

»Enna hat die Patientenverfügung aber nicht gelesen«, warf Jana ein.

»Du hast ihr doch gesagt, worum es geht. Ich denke mal, dass das reicht.«

Jana wiegte den Kopf hin und her. »So detailliert, wie es sein müsste, habe ich es natür…«

»Jana!«, unterbrach Frauke sie. »Du machst dir völlig unnötig Sorgen. Du bist für Enna quasi wie eine Tochter. Wenn Enna noch voll zurechnungsfähig wäre, würde sie die Verfügung auch unterschreiben. Das ist gut so. Glaub mir.«

»Ich bin mir da nicht sicher«, murmelte Jana.

»Ich aber«, sagte Frauke mit energischer Stimme. »Und ehrlich gesagt, würde ich noch weitergehen. Ulfert hat mir von

71

der Generalvollmacht erzählt. Wir sollten wirklich darüber nachdenken.«

»Nein, das mache ich nicht.« Jana hob die Patientenverfügung hoch. »Das hier war schon mehr, als ich eigentlich wollte. Aber Dr. Janssen meinte, dass es besser wäre, gerade wenn wir zu einem Facharzt aufs Festland müssen.«

»Hast du eigentlich schon mit ihm gesprochen? Was ist denn jetzt bei der Untersuchung herausgekommen?«

»Ich war doch dabei. Eigentlich brauche ich ihn nicht zu fragen. Mache es aber natürlich. Er ruft mich noch heute an. Drei Adressen von Fachärzten hat er mir schon vorher gegeben.«

»Gut! Dann wäre doch erst mal alles geregelt, oder?«

Jana zuckte mit den Schultern. Nichts war geregelt. Die Untersuchung bei Dr. Janssen hatte ihr deutlich vor Augen geführt, wie weit die Demenz schon bei Enna vorangeschritten war. Zumindest weit genug, um es nicht mehr als altersbedingte Vergesslichkeit abzutun. Sie mochte gar nicht darüber nachdenken, was alles auf sie und ihre Freunde zukommen würde.

»Kopf hoch. Wir schaffen das«, sagte Frauke. »Andere Menschen werden auch mit solch einer Situation fertig. Und ja, es ist schwierig, wahrscheinlich sogar sehr schwierig. Aber du bist nicht allein.«

Jana sah auf die Uhr. »Ich muss los. Mia passt auf Svea auf, und ich muss sie langsam ablösen.«

»Die Tochter von Ella?« Als Jana nickte, fuhr Frauke fort. »Super! Dann könnt ihr beide euch ja endlich mal wieder einen freien Abend gönnen. Und unserem Hamburg-Trip steht ja dann auch nichts mehr im Wege, oder?«

»Weiß nicht. Müssen es denn unbedingt zwei Tage sein?«

»Definitiv. Also? Ich buche. Abgemacht?«

Jana und Frauke gingen die nächsten zwei Wochen durch und einigten sich auf einen Dienstag und Mittwoch.

»Super! Schon wieder etwas geregelt«, sagte Frauke. »Man muss es nur wollen. Sag ich doch.«

Jana umarmte ihre Freundin zum Abschied und machte sich auf den Weg nach Hause. Manchmal wünschte sie sich, sie hätte auch etwas mehr von Fraukes Leichtigkeit. Bei ihrer Freundin klang immer alles so einfach. Manchmal machte sich Frauke das Leben aber auch zu einfach. Jana hatte von Anfang an Zweifel gehabt, ob Daniel sich ernsthaft auf Frauke einlassen würde. Und ihre Beziehung zu Leon – oder was immer das auch war – war auch mehr als spontan. Jana befürchtete, dass Leon sich mehr davon versprach, als Frauke geben wollte. Und in dem Fall konnte alles nur in einem großen Drama enden.

9

»Es tut mir leid, dass ich mich erst jetzt melde«, sagte Dr. Janssen, als er gegen neunzehn Uhr anrief. »Ein Notfall in der Seniorenwohnanlage.«

»Kein Problem. Danke, dass Sie überhaupt anrufen und mich informieren.«

»Eine Frage vorab: Sie haben jetzt die unterzeichnete Patientenverfügung?«

»Ja. Ich kann sie morgen gern vorbeibringen.«

»Nicht nötig. Ich glaube Ihnen.« Jana hörte, wie der Inselarzt tief Luft holte. »Also, zu Frau Rolfs. Ich muss Ihre Befürchtung leider bestätigen. Die alte Dame leidet mit hoher Wahrscheinlichkeit an einer Demenz. Um welche Form es sich genau handelt und wie der Verlauf aussehen wird, kann ich nicht sagen.«

»Aber eine Vermutung haben Sie schon?«

»Diese Prognose würde ich lieber dem Fachkollegen auf dem Festland überlassen. Nur so viel: Es war absolut richtig, dass Sie mit Frau Rolfs zu mir gekommen sind. Alles Weitere sollten Sie mit dem Kollegen besprechen. Sie wissen sicher, dass es nicht so einfach ist, bei Fachärzten zeitnah einen Termin zu bekommen. Deshalb habe ich schon einmal vorgefühlt. Der

Kollege in Aurich hat mit mir zusammen studiert und war mir noch etwas schuldig. Sozusagen.«

»Wann?«, fragte Jana.

»In drei Wochen.« Er nannte ihr den genauen Termin und die Uhrzeit. »Das sollte mit der Fähre zu machen sein. So können Sie noch am gleichen Tag wieder zurück auf Langeoog sein.«

»Ja, das ist sicher sehr wichtig für Frau Rolfs. Vielen Dank für Ihr Engagement.« Jana hielt kurz inne. »Eine Frage habe ich noch: Meinen Sie, dass Frau Rolfs erst mal weiter allein in Ihrem Haus wohnen kann?«

»Ist sie bisher gut zurechtgekommen?«

»Ich glaube schon. Meine Freunde und ich schauen jeden Tag zumindest einmal vorbei. Hin und wieder hat Frau Rolfs Schwierigkeiten, aber bisher gab es noch keine großen Probleme.«

»Demenzpatienten können, solange sie in der gewohnten Umgebung bleiben, sehr lange mit dem Alltag fertigwerden. In Langeoog haben wir ja ein sehr eingegrenztes Umfeld. Wirklich verlaufen kann man sich hier nicht, und Frau Rolfs ist vielen bekannt.«

»Das klingt nicht nach einem klaren Ja«, warf Jana ein.

»Nein, da haben Sie recht. Es ist unglaublich schwer zu beurteilen, ob und wie lange Demenzpatienten allein zurechtkommen. Ich hatte schon Fälle und habe auch davon gelesen, dass Patienten mit einiger Hilfe von außen sehr lange selbstständig leben können. Aber irgendwann kommt der Tag, an dem etwas Ungewöhnliches passiert, mit dem die Person nicht zurechtkommt. Das kann dann eine Kettenreaktion auslösen, die vorher niemand hätte vorausahnen können. Aber wie gesagt, wir sind hier auf einer kleinen Insel. Im Grunde haben wir die besten Voraussetzungen.«

»Und später. Ich meine, wenn es dann irgendwann so weit ist, dass Frau Rolfs …« Jana schluckte und suchte nach den richtigen Worten.

»Ich weiß schon, was Sie meinen«, half ihr der Inselarzt. »Ich will Ihnen da keine Illusionen machen. Letztendlich gibt es nur zwei Optionen: entweder eine Betreuung über vierundzwanzig Stunden oder ein Pflegeheim. Dass die erste Variante für Demenzpatienten besser ist, brauche ich Ihnen nicht zu erklären. Bei der Wahl des Pflegeheims müssen Sie darauf achten, dass das Heim auf Demenzpatienten spezialisiert ist. Ich habe da leider schon nicht so ganz schöne Sachen erlebt.«

»Also müsste Enna aufs Festland in ein …« Wieder brach Jana mitten im Satz ab. Es fiel ihr schwer, den Begriff in den Mund zu nehmen.

»Da führt manchmal kein Weg drum herum. Ich kann Sie allerdings insofern beruhigen, dass das Pflegeheim auf Langeoog auch auf Demenzpatienten spezialisiert ist. Ob Sie da einen Platz bekommen, ist natürlich eine ganz andere Frage. Ich würde mich an Ihrer Stelle sehr bald darum kümmern.« Dr. Janssen hielt kurz inne. »Eine Betreuung zu Hause ist nicht nur sehr teuer, sondern es ist inzwischen auch schwierig, zumindest halbwegs qualifiziertes Pflegepersonal zu finden. Sie haben sicher schon davon gehört, dass viele Angehörige auf Fachkräfte aus dem Ausland zurückgreifen. Hinzu kommt, dass möglichst im Haus Platz für das Pflegepersonal vorhanden sein sollte. Sie müssen ja auch irgendwo schlafen und leben. Ich will Ihnen da nichts vormachen, einfach wird es ganz sicher nicht.«

Jana brauchte eine Weile, um antworten zu können. Erst als der Inselarzt fragte, ob sie noch in der Leitung sei, räusperte sie sich und sagte: »Vielen Dank für Ihre offenen Worte, Herr Janssen. Ich weiß das zu schätzen. Und noch einmal vielen Dank für die Vermittlung. Ich werde morgen gleich mit Frau Rolfs sprechen und die Fahrt organisieren.« Jana verabschiedete sich und blieb noch eine Weile im Wohnzimmer sitzen, bevor sie in die Küche zu Oke und Svea ging.

In den nächsten drei Tagen drückte sich Jana vor der Aufgabe, mit Enna über den Arzttermin zu sprechen. Sie beruhigte sich damit, dass die alte Dame den Termin schnell wieder vergessen würde und es keinen Sinn hatte, sie schon jetzt aufzuscheuchen.

Während der Arbeit plagten sie die schweren Gedanken. Im Internet hatte sie nach ausländischen Pflegekräften recherchiert und Firmen beziehungsweise Organisationen gefunden, die die Kräfte vermittelten. Bisher hatte Jana nicht die Zeit gefunden, sich mit ihnen in Verbindung zu setzen. Zumindest war das der Grund, mit dem sie sich immer wieder selbst entschuldigte und den Anruf oder die Mail verschob.

»Soll ich das machen?«, fragte Frauke, als Jana ihr am vierten Tag die bestellten Torten lieferte.

»Es ist wohl besser, wenn das in einer Hand bleibt. Am Schluss muss ich das ohnehin erledigen, da die Patientenverfügung auf meinen Namen läuft.«

»Ist eine solche Betreuung nicht immens teuer?« Frauke zeigte auf einen freien Tisch. »Ich hole uns kurz einen Latte. Setz dich doch schon mal.«

Widerstrebend nahm Jana an dem Tisch Platz. In den letzten Tagen hatte sie selbst mit Oke alle Gespräche über Enna und die anstehenden Aufgaben vermieden. Ihr war inzwischen klar geworden, was für ein Riesenproblem auf sie und ihre Freunde zukam. In Internetforen hatte sie Beiträge von Familienangehörigen gefunden, die die Pflege ihrer dementen Verwandten organisierten beziehungsweise selbst in die Hand genommen hatten. Nach einer halben Stunde Lesezeit hatte sie die Seiten geschlossen, war zu einem langen Spaziergang am Strand aufgebrochen und hatte Mia gebeten, Svea von der Krippe abzuholen und zu Hause zu betreuen.

»Du siehst das alles zu schwarz«, sagte Frauke, die sich mit zwei Gläsern Kaffee zu ihr gesetzt hatte. »Wir schaffen das.«

Nein, so einfach ist das nicht, wollte Jana erwidern, schwieg aber.

»Ich habe gestern mit einer Mitarbeiterin der Pflegeabteilung von der Seniorenanlage gesprochen. Rein zufällig. Sie war bei mir im Café und unterhielt sich mit einer Kollegin. Als sie dann allein am Tisch war, bin ich zu ihr gegangen und habe mich mit ihr unterhalten.«

»Und?«

»Das klang alles sehr vernünftig. Klar, einen Platz zu bekommen, ist nicht so einfach. Aber vielleicht kann Ulfert da etwas mit Beziehungen machen. Sein Vater kennt den Geschäftsführer … Na ja, du weißt ja, wie das so läuft.«

»Ich habe gestern mit Enna einen langen Spaziergang gemacht. Wir sind auch an den Gebäuden der Anlage vorbeigekommen.«

»Okay«, sagte Frauke, die zu ahnen schien, was Jana ihr erzählen wollte.

»Enna wurde erst ganz still, und das, obwohl sie gestern einen richtig guten Tag hatte. Wir haben über so viele Sachen gesprochen – es war fast wie früher. Dann ist sie plötzlich stehen geblieben und hat auf das Gebäude gezeigt, in dem die Pflegestation untergebracht ist.«

»Und? Was dann?«

»Ich habe ihr angesehen, wie schwer Enna die Worte fielen. Sie sagte, da wolle sie niemals rein. Das wäre ihr Tod.« Janas Augen waren feucht geworden. Sie wandte das Gesicht ab und sprach stockend weiter. »Ich habe nur darauf gewartet, dass Enna mir das Versprechen abnimmt, dass ich …« Inzwischen liefen Jana Tränen über beide Wangen. Sie schluchzte und konnte nicht weitersprechen.

»Verrückt. Du meinst, Enna weiß, was mit ihr vorgeht? Oder ahnt es zumindest?« Frauke reichte ihr ein Taschentuch. »Beruhige dich doch erst mal. Du bist ja vollkommen aufgelöst.«

Jana wischte sich die Tränen aus dem Gesicht. »Ich weiß nicht, was Enna denkt und was sie noch versteht. Aber gestern ... mir ist ein Schauer über den Rücken gelaufen, als sie das gesagt hat. Ich konnte mich gerade noch zusammenreißen und habe nicht angefangen zu heulen. Es war ...« Sie atmete tief durch. »... ich weiß nicht, wie ich das beschreiben soll. Es klang, als wenn Enna sich schon lange darüber Gedanken gemacht hätte, was passiert, wenn sie mal nicht mehr kann.«

Frauke legte die Hand auf Janas. »Nach ihrem Unfall ist das doch keine Frage. Sie hat ziemlich lange im Krankenhaus gelegen und musste danach noch Wochen zu Hause gepflegt werden.«

Jana nickte. Zum gleichen Schluss war sie auch gekommen. Allerdings hatte Enna ihr nie zuvor von ihren Ängsten erzählt, nicht mal andeutungsweise. Sie wäre viel zu stolz gewesen, Jana mit ihren Problemen und Gedanken zu belasten.

»Ich war vollkommen fertig«, sagte Jana. »Es kam mir vor, als hätte Enna mir das Versprechen abgenommen.«

»Du grübelst zu viel, Jana. Das Pflegeheim ist eine gute Lösung. Und im Grunde weißt du das auch. Wir können Enna weiter besuchen und etwas mit ihr machen, sind aber gleichzeitig sicher, dass sie dort gut aufgehoben ist.«

Wenn es doch so einfach wäre, schoss es Jana durch den Kopf. Sie konnte verstehen, dass Enna in ihrem Haus bleiben möchte. Und noch mehr konnte sie verstehen, dass Enna die Insel nicht verlassen wollte. Das wäre ihr Ende. Sie würde sich aufgeben und sterben.

»Jetzt sag doch mal was«, fuhr Frauke fort.

»Was würdest du machen, wenn deine Mutter dement wäre und sie dir gesagt hat, sie wolle nicht ins Heim?«

Frauke schwieg.

»Genau. Du würdest Himmel und Hölle in Bewegung setzen, um ihr den Wunsch zu erfüllen, oder?«

Frauke zögerte lange. Schließlich nickte sie. »Wahrscheinlich schon. Aber ganz genau kann ich dir das auch nicht sagen. Das hängt einfach von zu vielen Faktoren ab.«

»Von welchen?«

»Ob genug Geld da ist, ob mein Vater noch leben würde, ob im Haus Platz genug für eine Pflegerin wäre, ob …« Sie zuckte mit den Schultern. »Keine Ahnung. Du fragst auch Sachen.«

»Enna hat das Haus – Geld ist also genug da. Sie hat keine Verwandten, und für Pflegekräfte wäre ebenfalls ausreichend Platz.«

»Diese alten Zimmer?«, warf Frauke ein. »Das ist doch jetzt nicht dein Ernst?«

»Die Zimmer kann man renovieren, das Bad auch. Wichtig ist doch, dass die Räume erst mal da sind.«

Frauke schwieg, während Jana bereits überlegte, wie sie die Renovierung des ersten Stockes finanzieren könnten. Frauke hatte natürlich recht – für eine individuelle Pflege würden sie enorme Summen brauchen. Ihr fiel Ulferts Vorschlag mit dem Notar und der Generalvollmacht ein. War das tatsächlich die einzige Möglichkeit, um Enna vor dem verhassten Heim zu schützen?

»Und wer soll das machen?«, fragte Frauke.

»Oke, du, ich und vielleicht noch ein paar andere. Das müsste ohnehin über einen längeren Zeitraum passieren, denn zu viel Krach und Dreck würde Enna sicherlich nicht akzeptieren.«

Frauke warf ihr einen empörten Blick zu. »Du bist also in Gedanken schon dabei, uns alle einzuteilen. Das kann doch wohl nicht wahr sein.«

»Soll ich dich also von der Liste streichen?« Jana sah ihrer Freundin direkt in die Augen. »Soll ich?«

»Quatsch!«, fauchte sie. »Das habe ich doch gar nicht gemeint. Natürlich mache ich mit. Ich habe nur darüber nachgedacht, ob du nicht weit über das Ziel hinausschießt.«

»*Wieder einmal* meinst du?«

»Nein. Verdreh mir doch das Wort nicht im Mund.« Frauke stand auf. »Ich muss jetzt arbeiten. Wir sehen uns.«

10

Oke winkte ab. »Frauke kriegt sich schon wieder ein.«

Jana hatte ihm von ihrem kleinen Streit mit Frauke erzählt und Oke um Rat gefragt. »Bist du sicher?«

»Du kennst doch Frauke. Sie ist schnell mal auf hundertachtzig. Sie ahnt auch, dass das mit Enna nicht so leicht wird, und sucht nach einer schnellen, einfachen Lösung. Dass das nicht funktioniert, ist ihr wahrscheinlich in eurem Gespräch klar geworden. Frauke scheint in einer schwierigen Lage zu sein. Hast du nicht erzählt, dass sie Probleme in ihrer Beziehung hat? Diese ganze Geschichte mit Daniel wird doch immer verrückter. Offene Partnerschaft, dass ich nicht lache. Das ist nichts für Frauke. Sie sucht eine feste Beziehung, einen Mann, der voll und ganz zu ihr steht und mit dem sie auch noch in zwanzig Jahren zusammen ist. Von Kindern mal ganz abgesehen.«

»Und deshalb hat sie mit Leon angebandelt?«

»Keine Ahnung, was da in sie gefahren ist.« Oke grinste. »Es scheint zwar einen Trend zu geben, dass sich Frauen erheblich jüngere Männer suchen ...«

Jana stieß ihm spielerisch in die Seite. »Quatschkopf. Kannst du mal ernst bleiben.«

»Ach, lass Frauke doch ihren Spaß. Sie weiß doch, dass Leon bald wieder verschwunden ist und es ihm nur um Sex geht.«

»Was macht dich da so sicher?«

In diesem Augenblick vibrierte Janas Handy. Sie sah aufs Display. Frauke hatte ihr eine Nachricht geschrieben.

Sorry, habe etwas überreagiert vorhin im Café. Bin gerade bei Enna. Es geht ihr gut. Sie hat mir von eurem Termin beim Arzt erzählt. Bis später. Frauke

Jana reichte Oke ihr Handy, er las. »Sag ich doch! Alles im Lot. Frauke ist eine Gute. Sie zieht das mit durch, glaub mir.«

In den nächsten Tagen besuchte Jana Enna mindestens einmal am Tag, um nach ihr zu sehen und nach einer Gelegenheit zu suchen, ihr von dem Arzttermin auf dem Festland zu erzählen.

»Jana, schön, dass du kommst«, begrüßte Enna sie am Montag.

Sie tranken eine Tasse Kaffee, den Enna selbst aufgesetzt hatte, aßen den von Jana mitgebrachten Kuchen und unterhielten sich über das Wetter und den kommenden Herbst und Winter. Enna schien einen guten Tag zu haben, und Jana überlegte, ob sie ihn nutzen sollte. Sie entschied sich schließlich für eine kleine Notlüge.

»Ich war heute Morgen bei Dr. Janssen.«

»Bist du krank, Kind?«

»Nur eine Routineuntersuchung. Aber er hat mir erzählt, dass er einen Termin bei einem Kollegen auf dem Festland für dich gemacht hat. Du erinnerst dich doch, dass er dir das empfohlen hat?«

Enna zog die Augenbrauen zusammen, nickte aber schließlich. »Ich weiß aber gar nicht genau, was ich da soll. Kommst du wieder mit mir?«

»Ja, natürlich. Ich kann Ulferts Auto ausleihen, und dann sind wir schnell in Aurich und auch wieder zurück auf Langeoog.«

Enna nickte ein weiteres Mal und schien beruhigt zu sein. »Dann machen wir das so. Vorsicht ist die Mutter der Porzellankiste – das hat schon immer meine Mutter gesagt. Ich bin ja auch nicht mehr die Jüngste.«

Jana stand auf und notierte den Termin in Ennas Kalender. »Damit du es nicht vergisst. Ich sag dir aber noch einmal vorher Bescheid.«

Enna lächelte und schenkte Jana Kaffee nach.

»Du hast doch unseren Hamburg-Trip nicht vergessen«, sagte Frauke, als sie mit Jana und Oke im Joost zusammensaß. Mia war gegen neunzehn Uhr zu ihnen nach Hause gekommen, hatte Svea ins Bett gebracht und würde bis Mitternacht bei ihr bleiben.

»Hat sie schon nicht«, sagte Oke lachend. »Sie spricht von nichts anderem mehr.«

Jana rollte mit den Augen. »Hör nicht auf den Kasper. Er redet wirres Zeug. Und natürlich habe ich den Termin nicht vergessen.«

»Termin?« Frauke schüttelte den Kopf. »Kurzurlaub! Etwas anderes sehen und hören als den Wind auf Langeoog. Großstadt, shoppen, Musical, ein Zug durch die angesagten Clubs. Ich habe alles organisiert.«

»Klingt nach einem straffen Programm«, warf Oke ein.

»Ach, bleib du auf deiner Insel«, erwiderte Frauke mit einem Augenzwinkern. »Wir brauchen etwas Großstadtluft. Hin und wieder tut das mal ganz gut.«

»Solange es nur Luft ist«, murmelte Oke.

Frauke richtete den Zeigefinger auf seine Brust. »Oke Franzen! Zügele deine Zunge. Sonst muss ich andere Maßnahmen ergreifen.«

Oke grinste breit. »Ich zittere schon vor Angst.« Er griff nach seinem Bierglas und trank einen kräftigen Schluck.

Jana seufzte innerlich auf. Sie ahnte, dass Oke sich mehr Sorgen um Frauke machte, als er zugegeben hatte. Sein gemurmelter Kommentar hatte einen ernsten Hintergrund.

»Jetzt hören wir mal auf mit dem Gezänke«, schlug Jana vor. »Wo ist eigentlich Joost? Hat er die Kneipe inzwischen Lena überlassen?«

»Ganz sicher nicht«, sagte Frauke. »Er ist fast jeden Abend hier. Vielleicht geht es ihm nicht so gut, oder er hat heute seinen freien Tag.«

Die Tür öffnete sich, Leon trat ein, sah sich um und kam auf ihren Tisch zu. »Habt ihr noch Platz für mich?«

»Klar«, sagte Frauke und zeigte neben sich auf die Bank.

Leon warf einen Blick zur Theke und nickte Lena zu, bevor er sich neben Frauke setzte.

Sie beugte sich vor und küsste ihn auf die Wange. »Schön, dass du gekommen bist.«

Leon nickte und schien unschlüssig zu sein, wie vertraulich er mit Frauke umgehen sollte.

Frauke war kurz irritiert. »Die beiden wissen Bescheid.«

»Was wissen wir?«, fragte Oke im nächsten Augenblick.

»Himmel, Oke! Du bist nicht mein Vater. Ja, Leon und ich schlafen zusammen. Zumindest hin und wieder.« Frauke sah ihrem alten Freund direkt in die Augen. »Ist das für dich ein Problem?«

»Nö! Habe ich nicht gesagt. Bisher hattest du mir aber auch noch nichts über ...« Oke schaute zwischen Leon und Frauke hin und her. »... von euch beiden Hübschen erzählt. Bett also. Und noch mehr?«

Frauke stöhnte. »Was wird das jetzt hier?«

Jana warf Oke einen strengen Blick zu und wandte sich wieder an Frauke und ihren Bruder. »Alles gut. Natürlich wissen wir, dass ihr zusammen seid.« Sie schluckte und hätte beinahe ein *oder so* hinzugefügt.

Frauke wandte sich an Leon. »Sind wir ein Paar?«

Leon grinste. »Keine Ahnung. Ist das so wichtig?« Er küsste sie auf den Mund. »Wir leben jetzt und in diesem Augenblick. Alles andere kommt später.«

Oke zog die Augenbrauen hoch, schwieg aber.

»Ihr braucht keine Angst zu haben, noch mal als Trauzeugen antreten zu müssen«, sagte Frauke mit einem schelmischen Lächeln. »Außerdem geht der Trend in Richtung jüngere Lover. Schaut doch mal ins Internet. Unzählige Frauen ...«

»Schon gut!«, fiel Oke ihr ins Wort. »Lass uns das Thema wechseln.«

»Okay«, sagte Frauke. »Wo wir hier gerade so nett zusammensitzen, Jana denkt ja darüber nach, wie wir Ennas Pflege im eigenen Haus organisieren können. Dafür werden wir wohl eine Unterkunft für die Pflegekraft oder sogar Pflegekräfte brauchen. Hier am Tisch sitzen zwei Handwerker – schaffen wir es, bei Enna im Dachgeschoss zwei Zimmer so herzurichten, dass man darin wohnen kann?«

»Klar!«, sagte Leon. »Solange ich noch auf der Insel bin, kannst du auf mich zählen.«

»Die Zimmer sind nicht das Problem«, warf Oke ein, der bereits mit Jana über die Renovierung gesprochen hatte. »Das Bad macht mir mehr Kopfzerbrechen. Da müssen die Fliesen raus, neue Armaturen und Waschbecken, eine Toilette und einen Warmwasserboiler brauchen wir auch. Das macht nicht nur tierisch Dreck, sondern kostet auch. Ich habe das mal überschlagen. Für alles benötigen wir mindestens zehntausend Euro.«

»So in etwa«, sagte Frauke, die sich anhörte, als sei sie zum gleichen Schluss gekommen. »Ich habe Ulfert gefragt. Er würde es vorschießen.«

»Und wie bekommt er es zurück?«, fragte Oke.

»Das habe ich noch nicht so genau mit ihm besprochen«, gab Frauke zu.

»Verschlingt die Pflege nicht Unsummen?«, fragte Leon. Als ihm niemand antwortete, hob er beide Hände. »Ich meine ja nur …«

»Das ist richtig«, sagte Jana. »Und hier liegt das eigentliche Problem. Angenommen, Enna …« Sie brach ab. Bisher hatte sie nur darüber nachgedacht, aber es noch nie laut ausgesprochen. »Also, wenn wir einfach mal davon ausgehen, dass Enna noch fünf Jahre … lebt.« Wieder brach sie ab und musste kurz Luft holen. »Selbst wenn ich im Durchschnitt nur siebentausend Euro im Monat veranschlage, kommen wir auf über vierhunderttausend Euro. Da geht dann noch etwas Geld ab, das vom Staat kommt. Aber nicht viel.«

»Vierhunderttausend?« Leon schaute sie mit großen Augen an. »Das ist mehr als heftig. Wo soll das herkommen?«

»Am Anfang wird es viel weniger als siebentausend sein«, sagte Frauke. »Da kommen wir auch mit dreitausend aus.«

Jana schüttelte den Kopf. »Dafür wird es später, wenn Enna vierundzwanzig Stunden betreut werden muss, teurer. Da brauchen wir mindestens zwei Vollzeitkräfte, die sich abwechseln. Wenn du zusätzlich zu dem Nettolohn noch die weiteren Abgaben als Arbeitgeber rechnest, sind wir schnell bei viertausend pro Pflegekraft.«

»Leute«, warf Leon ein. »Das ist komplett unmöglich zu schaffen.«

Alle schwiegen, bis Lena zu ihnen an den Tisch kam und fragte, ob sie noch etwas trinken möchten. »Was ist das hier überhaupt für eine Stimmung?«

»Wir sprechen gerade darüber, wie Enna zu Hause gepflegt werden kann«, sagte Jana.

Lena nickte nachdenklich. »Schon klar. Verdammt teuer. Ich habe eine Tante, die drei Jahre rund um die Uhr gepflegt wurde. Da sind Summen bei draufgegangen. Der Wahnsinn!«

»Das hilft gerade sehr«, sagte Frauke.

»Sorry. Ich finde es ja auch traurig, wie in unserem Land mit alten Menschen umgegangen wird. Hat Enna eigentlich eine Rente?«

»Knapp achthundert Euro«, sagte Jana. »Aber das Geld geht schon für den täglichen Bedarf drauf.«

»Schwierig.« Lena sah in die Runde. »Soll ich euch noch was bringen?«

Die vier schafften es, für eine Weile nicht an ihr Problem zu denken, tranken Bier und Wein und holten sich Joost, der zwischenzeitlich gekommen war, an ihren Tisch. Er hellte die Stimmung noch weiter auf und erzählte, dass Lena und er planten, die Kneipe auszubauen und in Zukunft auch Essen anzubieten.

»Du willst Koch werden?«, fragte Frauke.

»Hilfskoch vielleicht. Wir wollen erst mal klein anfangen. Ein paar Häppchen für nebenbei. Selbst gebackenes Brot, Käse und Schicken. Solche Sachen. Dann werden wir weitersehen.«

»Ist die Küche nicht zu klein?«

»Schon in Planung«, sagte Joost. »Da lässt sich noch was rausholen. Aber bitte erzählt es noch nicht weiter. Im Moment ist es nur ein Plan. Na gut, ein sehr konkreter Plan.«

»Finde ich super!«, warf Leon ein. »Bringt sicher mehr Gäste. Wenn du Hilfe beim Umbau brauchst, sag einfach Bescheid.«

»Klar. Ich denke an dich.« Er stutzte. »Bleibst du denn so lange?«

Leon zuckte mit den Schultern. »Darüber habe ich noch nicht nachgedacht.«

11

»Kannst du auch nicht schlafen?«, fragte Oke in die dunkle Nacht hinein.

»Nein«, sagte Jana, in der die Gedanken um Ennas Zukunft Purzelbäume schlugen. Alles lief immer wieder darauf hinaus, dass sie nicht die notwendigen finanziellen Mittel hatten, um Ennas Wunsch zu erfüllen.

»Mir gehen Frauke und Leon nicht aus dem Kopf«, fuhr Oke fort. »Ich dachte, das wäre mehr so ein One-Night-Stand. Ein wenig Spaß und Tschüss.«

»Das ist es wohl eher nicht.«

»Und genau das geht gerade nicht in meinen Schädel rein. Und dabei denke ich gar nicht an den Altersunterschied. Der wäre noch halbwegs akzeptabel. Nicht bei den beiden, versteh mich nicht falsch. Aber die passen doch gar nicht zusammen.«

Jana seufzte. Frauke war erwachsen und Leon im Grunde auch. Über kurz oder lang würde Leon Langeoog wieder verlassen. Ihr war ohnehin nicht klar, wieso er überhaupt noch hier war. Spätestens wenn es Herbst und Winter wurde, würde es ihrem Bruder langweilig werden.

»Du sagst nichts dazu?«, fragte Oke.

»Was soll ich denn sagen? Wir wollten uns doch da nicht einmischen.«

»Wären die beiden ein paar Jahre älter. Leon ist doch noch ein halbes Kind. Wenn du mich fragst, hat er sich in Frauke verliebt. Er gibt das nicht so direkt zu – wäre ja auch absolut uncool. Ich habe keine Ahnung, was er in Frauke sieht. Einen Mutterersatz?«

»Frag ihn doch einfach«, sagte Jana. Sie ahnte, was ihr Bruder antworten würde. Alles nur ein netter Urlaubsflirt, sie sollten sich abregen und sich um ihre eigenen Sachen kümmern.

»Das werde ich mal schön bleiben lassen«, murmelte Oke. »Das sieht doch aus, als wäre ich Leons Vater. In die Rolle will ich nun wirklich nicht rein.«

Jana schaltete ihre Nachttischlampe ein. »Sondern? Du meinst doch nicht etwa, dass ich das mal eben regeln soll. Bin ja schließlich die große Schwester und verantwortlich.« Janas Worte hatten ärgerlicher geklungen, als sie beabsichtigt hatte. Sah Oke denn nicht, dass sie genug um die Ohren hatte? Wenn ihm Frauke so wichtig war, sollte er sich doch selbst um sie kümmern.

Oke richtete sich auch im Bett auf. »Nein, so habe ich das doch gar nicht gemeint.«

»Klang aber so, oder?«

Oke stöhnte. »Mag sein. Tut mir leid, irgendwie liegt mir der Abend quer im Magen. Ich hätte nicht damit anfangen sollen.«

Obwohl sie Oke gern in den Arm genommen hätte, rührte sich Jana nicht von der Stelle und schwieg.

»Jetzt sag doch was. Ich weiß doch auch nicht, wie ich damit umgehen soll. Tun wir jetzt einfach so, als hätte Frauke eine neue Liebe gefunden, und alles ist gut? Sie läuft doch gerade ins nächste Chaos hinein. Und war da nicht noch jemand in Oldenburg? Oder sehe ich das zu schwarz?«

»Ich weiß es nicht. Und bin auch zu müde, um noch darüber nachdenken zu können. Lass uns einfach schlafen.« Jana glitt zurück in die Schräglage und schaltete das Licht aus.

»Gestern Abend … also im Bett. Ich wollte mich nicht streiten«, sagte Oke, als sie zu dritt am Frühstückstisch saßen.

»Ist schon in Ordnung«, sagte Jana. »Wir sollten mit Leon reden. Er hat in den letzten Tagen nicht einmal hier geschlafen. Svea braucht ihr Zimmer auch wieder für sich allein.« Sie legte ihrer Tochter die Scheibe Brot, die sie für sie mit Marmelade bestrichen hatte, auf den Teller und schnitt es in kleine mundgerechte Teile.

»Aber dann …« Oke schluckte.

»Er kann die Luftmatratze bei Bedarf im Wohnzimmer aufbauen. Oder im Arbeitszimmer. Eng, aber es geht. Ich spreche heute mit ihm.«

Oke nickte, obwohl Jana ahnte, dass er ihrem Vorschlag nichts abgewinnen konnte.

»Dann frag ihn bitte auch, wie er sich seine nahe Zukunft vorstellt. Wir sind kein Hotel mit Vollpension, wo man kommen und gehen kann, wie man lustig ist. Leon ist jetzt schon über zwei Wochen hier. Entweder sucht er sich etwas anderes oder er fährt zurück nach Hamburg. Wenn Frauke meint, dass er bei ihr schlafen soll oder kann, soll er bitte umziehen.«

»Ja, okay.« Jana strich Svea zärtlich über die Haare. »Es war wirklich nur für ein paar Tage angedacht.«

Jana stellte die letzte Charge Pralinen in die Kühlung und machte sich daran, die Küche aufzuräumen, als sie die Türglocke hörte.

»Hallo! Schwesterherz! Bist du da?«

Leon! Jana hatte ganz vergessen, dass sie ihren Bruder angerufen und ihn gebeten hatte, bei ihr im Laden vorbeizuschauen. Die Küche würde warten müssen. Sie nahm die Schürze ab und ging nach vorne. »Hallo! Möchtest du einen Kaffee? Wir können uns gleich draußen hinsetzen. Warm genug ist es ja.«

Leon nickte. »Kaffee ist gut.« Er zeigte auf die Tür. »Ich warte draußen. Ist das okay?«

Wenige Minuten später folgte Jana ihm mit zwei großen Tassen.

»Milchkaffee. Den trinkst du doch gern, oder?«

»Klar«, sagte Leon und nahm seine Tasse in Empfang.

Jana setzte sich zu ihm. In den letzten Stunden hatte sie immer wieder an das kommende Gespräch gedacht, sich aber keine Strategie zurechtgelegt. Sie wollte Leon nicht vor den Kopf stoßen, musste das Thema aber dennoch ansprechen.

»Ich soll mir was Eigenes suchen, oder?«, kam ihr Leon zuvor.

Jana stutzte. Mit dieser Direktheit hätte sie jetzt nicht gerechnet, aber im Grunde machte es ihr die Sache nur leichter. »Über kurz oder lang wäre das sehr nett. Du schläfst kaum noch bei uns, und Svea braucht ihr eigenes Zimmer.«

»Schon klar.«

»Ist das ein Problem? Oke und ich haben gedacht, dass du für Notfälle die Matratze auch bei uns im Wohnzimmer aufbauen kannst.«

Leon nahm die Tasse in beide Hände, als wollte er sich damit wärmen, trank einen Schluck und setzte sie wieder ab. »Nee, wirklich alles gut. Ich wollte eigentlich ja auch nur ein paar Tage bleiben.« Er zuckte mit den Schultern. »Aber wie das so ist, es kommt erstens anders und zweitens als man denkt.«

Kritisch sah sie zu ihrem Halbbruder. »Du tust so, als hättest du schon was anderes. Du willst aber nicht auf Dauer bei Frauke unterkommen, oder?«

Leon seufzte. »Unterkommen ist schon das richtige Wort. Das wäre ja mehr so eine einseitige Angelegenheit, und irgendwie behagt mir das nicht. Frag mich jetzt nicht, warum.

Ich habe noch nie mit einer Frau zusammengewohnt und schon gar nicht so.«

»So?«

»Frauke ist …« Er holte tief Luft. »Sie ist tough und eigenständig. Ich habe keine Ahnung, was ich für sie bin. Ein ernsthafter Partner oder nur eine Ablenkung vom sonstigen Allerlei.«

Jana sah ihn erstaunt an. Bisher hatte sie angenommen, dass Leon sich ein paar nette Tage und Nächte mit ihrer Freundin machte und nicht im Traum an einer ernsthaften Beziehung interessiert war. Lag sie vollkommen falsch? Hatte Oke recht mit seiner Vermutung, dass ihr Bruder sich ernsthaft in Frauke verliebt hatte?

»Ich weiß auch nicht so genau, wie ich damit umgehen soll«, fuhr Leon fort. »Verdammt, ich bin erst dreiundzwanzig, und Frauke ist acht Jahre älter.« Er hielt inne. »Mit dem Altersunterschied habe ich keine Probleme, nicht dass du mich falsch verstehst. Es ist nur so, ich bin vollkommen mittellos und schnorre mich hier durch, und Frauke …« Er brach ab und senkte den Kopf. »Ich stecke da ganz schön tief im Schlamassel, oder?«

»Hast du dich in Frauke verliebt?«, fragte Jana nach einer Weile. Sie hatte leise gesprochen und war sich nicht sicher, ob sie überhaupt das Recht hatte, ihrem Bruder diese Frage zu stellen.

»Weiß man das immer so genau?«

Jana lächelte. »Je nachdem. Manchmal trifft es einen wie ein Schlag, das andere Mal dauert es etwas länger, bis es klick macht.«

»Dann habe ich wohl das Pech gehabt, dass mich der Schlag getroffen hat. Ob das jetzt Liebe ist, weiß ich nicht. Und was es für Frauke ist, weiß ich noch weniger. Keine gute Ausgangslage, oder?«

»Vielleicht bin ich die Falsche, um mit dir darüber zu reden.«

»Sind große Schwestern nicht genau für so etwas da? Liebeskummer oder was immer das ist. Totale Verwirrtheit, dummes Teenagergerede ... Vielleicht sollte ich einfach abhauen und mir darüber klar werden, was ich überhaupt will.«

»Ich habe es bisher noch nicht gefragt. Vielleicht ist jetzt der richtige Augenblick.« Jana nahm allen Mut zusammen. »Warum bist du überhaupt weg aus Hamburg? Steckt da mehr dahinter, als du mir gesagt hast?«

Leon schwieg lange, trank Kaffee, schloss immer wieder die Augen und vermied es, Jana direkt anzuschauen. »Dir kann man wohl gar nichts verheimlichen«, sagte er mit einem verkrampften Lächeln. »Ich habe Mist gebaut, und mir fiel nichts anderes ein, als abzuhauen. Eigentlich wollte ich nur ein paar Tage zur Ruhe kommen, aber wie das so ist ...«

»Mist gebaut? Hast du Schulden? Oder bist du etwa ...« Jana schluckte schwer. In was war ihr Bruder da hineingeraten?

»Keine Angst, ich habe nichts Schlimmes gemacht.«

»Sondern?«

Leon druckste herum, nahm mehrmals Anlauf, ihr zu antworten. »Wie gesagt ... eine dumme Sache.«

»Leon! Jetzt rück damit raus, verflucht.«

»Was soll ich sagen. Ich habe mit den falschen Leuten Karten gespielt. Um Geld. Die haben mich erst gewinnen lassen. An mehreren Abenden. Und dann hatte ich halt Pech, oder vielleicht waren die Karten auch gezinkt. Ich habe keine Ahnung. Auf jeden Fall habe ich so einen Wisch unterschrieben. Einen Schuldschein.«

»Wie viel?«

»Fast zehntausend Euro.« Leon hatte gleich geantwortet. Er schien erleichtert zu sein, sich endlich jemandem anvertrauen zu können.

»Himmel, Leon. Das kann nicht dein Ernst sein. Und jetzt bist du vor den Leuten geflohen? Sind das Kriminelle?«

»Keine Ahnung. Wahrscheinlich schon.«

»Wissen sie, wo du wohnst?«

Leon stöhnte. »Ich musste ihnen meinen Pass zeigen. Zum Glück steht da noch unsere alte Adresse drin. Ich bin noch nicht dazu gekommen, mich umzumelden.«

Jana atmete erleichtert auf. »Der Name Behrens ist ja zum Glück nicht so selten. Trotzdem, du hast Sandra damit in Gefahr gebracht. Was ist, wenn diese Menschen herausbekommen, wo ihr jetzt wohnt?«

»Weder meine Handynummer noch die von Mama sind im Netz zu finden. Festnetz auch nicht. Die wissen nichts.«

»Und du willst dich jetzt nie wieder in Hamburg blicken lassen? Tolle Strategie. Du musst das klären. Geh zur Polizei und zeig die Typen an.«

Leon schüttelte den Kopf. »Mit denen ist nicht gut Kirschen essen. Anzeigen ist nicht, da kann ich lieber gleich vom Hochhaus springen.«

»Und was willst du machen? Irgendwann finden sie dich. Stell dir vor, sie haben einen Kontakt zur Stadtverwaltung. Dann werden sie schnell herausbekommen, wo du vorher gewohnt hast und mit wem zusammen. Die sind schneller bei Sandra, als du dir denken kannst.«

»Nein. So helle waren die nicht. Sie haben doch keinen wirklichen Verlust. Im Gegenteil, ich habe ja auch mein eigenes Geld verspielt. Für die sind zehntausend Euro nicht viel. Ich hoffe ja, dass die das unter *dumm gelaufen* abhaken werden.«

»Da wäre ich mir nicht so sicher«, sagte Jana. »Wenn sich herumspricht, dass du nicht gezahlt hast, ist das für solche Menschen eine Blamage. Das können sie sich nicht erlauben. Die werden das nicht so schnell abhaken, wie du dir das vorstellst.«

»Dann mache ich eben noch eine Weltreise.«

»Leon!«, fauchte Jana ihren Bruder an. »Hör auf mit dem Unsinn und denk nach. Was könntest du tun?«

Er zuckte mit den Schultern. »Nichts, außer zahlen. Da ich keine zehntausend habe, bleibt nur noch verstecken und auswandern. Mal ganz davon abgesehen, fallen wahrscheinlich jeden Tag horrende Zinsen an. Ich möchte nicht wissen, was die Typen heute von mir haben wollen.«

»Es bleibt die Option Polizei. Die werden dich schützen, wenn du auspackst.«

»Wegen illegalem Glücksspiel werden die sich kein Bein ausreißen. Am Ende stehe ich allein vor dem Kadi, und die warten anschließend noch auf mich, um mir die Beine und Arme zu brechen.«

Jana sah ihn fassungslos an. »Haben sie etwa damit gedroht?«

»Mehr oder weniger. Was genau passiert, haben sie nicht gesagt. Aber ich habe mich erkundigt. Diese Leute sind skrupellos.« Leon stutzte. »Das hast du doch eben selbst auch gesagt. Blamage und so. Vielleicht bin ich da doch etwas zu blauäugig rangegangen, dass ich mich hier auf Langeoog sicher fühle. Aber immerhin ist bisher noch nichts passiert. Ich habe auch gestern mit Sandra telefoniert. Sie hat nichts davon erzählt, dass bei ihr irgendwelche merkwürdigen Typen auf der Matte standen. So clever scheinen die doch nicht zu sein.«

Jana starrte ihn an. War ihr Bruder tatsächlich so naiv zu glauben, Langeoog wäre ein sicheres Versteck? Und wie sollte es weitergehen? Nach Hamburg konnte er auf gar keinen Fall zurück.

»Du bist ein verdammter Idiot«, fuhr Jana ihn an. »Hat dir das schon mal jemand gesagt?«

12

Oke schüttelte mit versteinerter Miene den Kopf. Jana hatte ihm soeben von Leons Schulden erzählt und dabei nichts von dem verschwiegen, was sie inzwischen wusste.

»Was für ein verdammter Kindskopf!«, fluchte Oke. »Der bringt nicht nur sich selbst in Gefahr, sondern auch noch Sandra und im schlimmsten Fall uns drei und vielleicht auch noch Frauke.« Oke stand wütend auf. »Wenn ich den zwischen die Finger bekomme.«

Jana zog ihn zurück aufs Sofa. »Beruhige dich erst mal. Ich habe Leon schon zusammengestaucht. Und zwar reichlich.«

»Bestimmt nicht so, wie ich es machen werde. Schläft er wieder bei Frauke? Hat er sich da verkrochen?«

»Wir brauchen eine Lösung und keine blauen Augen.«

»Und die wäre?« Oke konnte nur mit Mühe seine Wut im Zaun halten.

»Entweder bezahlt Leon, oder er taucht wirklich für eine Weile unter. Und zwar nicht auf Langeoog.«

»Ich bin für die zweite Lösung«, schnaubte Oke. »Und zwar gleich morgen. Ich bringe ihn eigenhändig zur Fähre und warte, bis sie abgefahren ist.«

»Langfristig ist das aber keine Lösung, das ist dir schon klar, oder?«

Oke schwieg. So langsam schien ihm zu dämmern, in welchem Schlamassel nicht nur Leon, sondern letztlich auch sie saßen.

»Ich habe mir überlegt, ob Leon diese Leute anonym anzeigt«, sagte Jana. »Er muss doch wissen, wo sie spielen und wer das ist.«

Oke winkte ab. »Wahrscheinlich kennt er nur ihre Vornamen und vielleicht nicht einmal die richtigen. Und Spielorte kann man wechseln. Das sind Kriminelle, die lassen sich nicht so leicht in die Suppe spucken. Außerdem können sie an zwei Fingern abzählen, wer sie verpfiffen hat. Das macht alles nur noch schlimmer.«

Jana schwieg. Zu dem Ergebnis war sie auch schon gekommen, hatte aber gehofft, dass Oke ihr Hoffnung machen würde.

»Wenn du unbedingt meinst, du müsstest deinem Halbbruder aus der Patsche helfen, dann …«

»Bruder. Ich habe Leon immer als Bruder angesehen. Das weißt du doch.«

Oke zuckte mit den Schultern. »Dann halt Bruder. Wenn du das also meinst, dann bleibt nur noch, dass Leon zahlt.« Er hielt kurz inne und schien zu überlegen. »Wir haben keine zehntausend über und wenn, würden wir sie eher für Enna einsetzen.« Er sah Jana direkt an. »Oder liege ich da etwa falsch?«

»Nein. Wir haben kein Geld und wenn, bräuchte Enna es dringender. Allein die Renovierung würde die Summe verschlingen.«

»Dann bleibt nur noch eine Lösung, um das Geld schnell zu beschaffen. Und die kennst du auch.«

Oke spielte auf Janas leiblichen Vater Sigge Andersen an, der als erfolgreicher Unternehmer überhaupt kein Problem hätte, den Betrag aufzubringen. Als Okes Eltern zwei Jahre zuvor ihr Haus verkaufen wollten, hatte Sigge ihnen Geld geliehen. Eigentlich hatte er es Jana schenken wollen, sie hatte aber darauf bestanden, dass sie einen Kreditvertrag abschließen würden.

»Du meinst Sigge?«

»Kennen wir außer Ulfert noch jemanden, der solche Beträge aus der Portokasse bezahlen könnte?«

»Nein.«

»Sigge und Leon haben sich doch prima verstanden auf der Hochzeit und auch, als Sigge vor einem Jahr auf Langeoog war und Leon uns besucht hat. Sehr gut sogar, würde ich sagen.«

»Ich frage Sigge ganz bestimmt nicht. Das war mir schon damals peinlich, als er uns das Geld angeboten hat.«

»Dann soll es Leon selbst machen. Er kann bei ihm einen Kredit aufnehmen, genau wie wir. Lange Laufzeit, geringe oder keine Zinsen und die ersten Raten Ende nächsten Jahres. Dann hat Leon auch Druck, sich etwas zu suchen, und muss nicht bei älteren Frauen unter…« Oke brach ab, als er Janas Blick bemerkte. »Sorry, war blöd, was ich sagen wollte.«

»Ich überlege es mir«, sagte Jana.

Jana versuchte, sich wieder auf die Erdbeertorte zu konzentrieren, mit der sie vor wenigen Minuten angefangen hatte. So recht wollte ihr das jedoch nicht gelingen. Ein Anruf von Frauke ging ihr noch nach. Frauke hatte gefragt, ob Jana wisse, was mit Leon los sei. Er habe sich so merkwürdig verhalten, wortkarg und mürrisch. Zuerst hatte Jana überlegt, ob ihr an Leon etwas aufgefallen war, bis sie bemerkte, dass sie ihn ja so gut wie gar nicht zu Gesicht bekam. Und dann hatte sie angefangen, sich darüber zu ärgern, dass sie offenbar für alle die Kummertante war, und Frauke erklärt, dass sie weiterarbeiten müsse.

Warum wendet sich alle Welt dauernd an mich, sobald es Probleme gibt oder auch nur danach riecht, fuhr es Jana durch den Kopf. Warum traute sich Frauke nicht, Leon selbst zu fragen? Da war es wohl leichter, kurz Jana bei der Arbeit zu stören und ...

Jana stöhnte laut auf. Hatte sie nicht selbst Schuld, war sie es nicht, die sich um ihre Mitmenschen kümmerte, sich sogar einmischte in Dinge, die sie eigentlich nichts angingen? Konzentrier dich auf deine Familie, auf dein Kind und deinen Mann, sagte sie sich. Sei glücklich mit dem, was du hast. Es ist mehr, als manch einer auch nur aus der Ferne zu sehen bekommt. Ich bin aber nicht allein auf der Welt, entgegnete Jana ihrer inneren Stimme. Meine Freunde sind mir wichtig, sie sind ein Teil von mir. Dann jammere nicht. Freunde sind dafür da, dass man sie um Hilfe bittet. Ja, murrte die Stimme, und wann bin ich einmal dran? Auch du kannst fragen, antwortete sie sich selbst.

Jana schüttelte sich und konzentrierte sich auf die Arbeit. Als sie zwei Stunden später erschöpft auf der Bank vor der Tür saß, klingelte ihr Handy. Ein Blick auf das Display verriet ihr, dass Sigge sie zu erreichen versuchte.

»Hallo Sigge«, begrüßte sie ihn.

»Hast du gerade Zeit? Oder bist du bei der Arbeit?«

»Ich mache gerade eine Pause. Die Torten sind auch fertig. Ich muss nur noch die Küche sauber machen.« Sie hielt kurz inne und fragte mit ängstlicher Stimme: »Dir geht es doch gut?«

»Alles prima! Die nächste Untersuchung ist doch erst in drei Monaten. Die Werte sind auch so stabil, dass ich beruhigt in die Zukunft schauen kann. Sagt zumindest mein Onkologe. Und der wird sich hüten, mir Märchen zu erzählen.«

Jana atmete erleichtert auf. »Das ist gut.« Wenn sich Sigge ungeplant meldete, schwang bei Jana immer Angst mit, dass es schlechte Nachrichten geben würde.

»Ich wollte hören, wie es dir geht. Viel Arbeit?«

»Ja, Saison eben. Ich muss jetzt so viel verdienen, dass es für die mageren Monate reicht. Dann kann ich mich auch ausruhen. So ist das halt hier. Wir leben von den Touristen. Fast alle.«

»Ich weiß. Auf den Schären ist das ja kaum anders. Auch wenn wir bei Weitem nicht so viele Gäste haben wie ihr.«

Jana ahnte, dass Sigge nicht nur wegen dieser einen Frage angerufen hatte.

»Du hast doch ein paar Minuten für mich?«, fuhr er fort.

»Ja, natürlich.«

»Es ist so, Leon, dein Bruder, hat mich angerufen.«

»Wann?«, fragte Jana.

»Gestern Abend. Ich war sehr erstaunt, da er sich bisher noch nie bei mir gemeldet hat. Nicht dass du mich falsch verstehst, ich mag ihn wirklich sehr.«

Jana schwieg. Sie ahnte inzwischen, warum Sigge sie angerufen hatte. Möglicherweise war Leon von allein auf die Idee gekommen, ihren Vater anzupumpen. Er wusste von dem Kredit, den Sigge ihr und Oke gegeben hatte.

»Ich weiß«, sagte Jana. »Was wollte Leon denn von dir?«

»Er ist doch gerade bei euch auf der Insel?«

»Ja, seit über zwei Wochen.«

»Du weißt, worum er mich gebeten hat?«

»Nicht wirklich, aber ich vermute es. Er hat dich um Geld gebeten.«

»Ja, er braucht dreizehntausend Euro, hat er mir gesagt.«

Leon hatte also die Zinsen schon mit eingerechnet. Wie konnte er Sigge anrufen, ohne vorher mit ihr zu sprechen? Ihm musste doch klar gewesen sein, dass sie davon erfahren würde.

»Hat er dir erzählt, wofür er sie braucht?«

»Eine Dummheit, hat er mir gesagt. Er würde ansonsten Ärger mit Kriminellen bekommen. Richtig viel Ärger. Mehr nicht.«

»Ich möchte, dass du weißt, dass ich Leon nicht gesagt habe …«

»Das ist mir schon klar. Du wolltest nicht einmal für dich Geld von mir annehmen. Sag mir nur, wofür Leon das Geld wirklich braucht.«

Jana berichtete ihm kurz, was Leon ihr erzählt hatte. »Ich weiß natürlich nicht, ob das die ganze Wahrheit ist und ob da noch mehr im Busch ist.«

»Im Busch?«

Jana schmunzelte. Sigge sprach gut Deutsch, aber bei manchen Redewendungen hatte er Probleme. »Entschuldige. Das sagt man hier so, wenn man nicht weiß, ob noch mehr dahintersteckt.«

»Ah, verstehe. Was sich sozusagen im Busch versteckt und wir nicht sehen?«

»Genau so. Würdest du ihm das Geld denn geben?«

»Das hängt von dir ab, Jana. Ich habe mir schon so etwas wie Spielschulden gedacht. Das ist kein gutes Zeichen für seine Zukunft, oder?«

»Nein, ich verstehe auch nicht, wie er sich auf diese Leute einlassen konnte. Im schlimmsten Fall steckt er da tiefer mit drin, als er zugegeben hat. Und ob die Geschichte überhaupt so stimmt, kann ich auch nicht sagen. Auf jeden Fall hat Leon es sich wieder einmal sehr einfach gemacht, um an Geld zu kommen. Ich weiß nicht, wie das enden soll.«

»Er ist jung, Jana. Und er sucht noch nach dem richtigen Weg im Leben. Das ist mir auch so ergangen.«

»Hast du jemals mit Kriminellen illegal gepokert?«

»Nein. Das war nie mein Ding. Aber sonst habe ich wohl nicht so richtig viel ausgelassen. Drogen, Autos und noch ein paar andere dumme Dinge.«

»Aber ich vermute mal, dass du dazu gestanden und selbst Verantwortung übernommen hast«, warf Jana ein.

»Ja, so könnte man es sagen.«

»Und das sehe ich bei Leon nicht.«

Sigge zögerte eine Weile, bevor er sich räusperte. »Wenn ich das richtig verstanden habe, sitzt Leon tief in der Klemme und kommt da ohne Hilfe von außen nicht wieder raus. Selbst die Polizei kann er nicht miteinbeziehen. Oder sehe ich das falsch?«

»So scheint es zu sein. Eine üble Zwickmühle. Ohne Geld kann er sich nur verstecken.«

»Dann sollte ich ihm das Geld leihen, oder?«

Jana überlegte. Im Grunde war es eine Angelegenheit zwischen Sigge und Leon. Warum sollte sie sich da einmischen? Auf der anderen Seite hatte Sigge sie nach ihrer Meinung gefragt. Konnte sie sich jetzt noch raushalten?

»Ich kann und will nicht darüber bestimmen, wem du Geld leihst. Allerdings würde ich mir wünschen, dass du es Leon nicht so einfach gibst und er das Geld morgen auf seinem Konto hat.«

»Du meinst, ich soll Bedingungen stellen?«

»Ja. Einen Darlehensvertrag, der auch die Rückzahlung klar einfordert. Und nicht erst in fünf Jahren.«

»Daran hatte ich auf jeden Fall gedacht. Ich will Leon das Geld nicht schenken. Das wäre nicht gut. Soll ich mehr fordern? Dass er zum Beispiel nie wieder spielt?«

»Was wäre das mehr als ein Versprechen? Wie willst du das überprüfen? Ich denke, im Moment wird dir Leon alles zusagen. Lass dir auf jeden Fall den Schuldschein zeigen.« Jana merkte, dass sie schon wieder tief in der nächsten Geschichte mit drinsteckte. Gerade hatte sie sich noch vorgenommen, sich mehr um sich und ihre Familie zu kümmern, und jetzt klärte sie Leons Probleme. »Aber das musst du selbst wissen. Ich will mich da auch gar nicht einmischen.«

Sigge schwieg eine Weile. »Ja, ich verstehe dich schon. Du hast viel um die Ohren und jetzt auch noch Leon. Überlasse es einfach mir. Ich finde schon eine Lösung.«

13

In den nächsten drei Tagen hörte Jana bis auf eine Textnachricht nichts von Leon. Er schrieb ihr, dass er die Sache klären würde und nach Hamburg gefahren sei. Als Jana bei Frauke im Café auf dem Weg zur Kinderkrippe Pause machte, setzte sich ihre Freundin zu ihr an den Tisch.

»Hast du was von Leon gehört?«, fragte Frauke.

Jana schüttelte den Kopf. »Er hat mir nur gesagt, dass er in Hamburg etwas erledigen muss. Wann er wiederkommt, weiß ich nicht.«

»Eigentlich heute. Zumindest war das der Plan. Aber bisher hat er mir noch nichts geschrieben.« In diesem Augenblick vibrierte Fraukes Handy, gleich darauf Janas.

»Ist es bei dir auch Leon?«, fragte Frauke. »Er schreibt, dass er noch zwei Tage braucht.«

»Ja, was anderes habe ich auch nicht«, log Jana. Leon hatte ihr geschrieben, dass so weit alles in Ordnung wäre. Alles Weitere wollte er ihr nach seiner Rückkehr in zwei oder drei Tagen erzählen.

»Alles sehr geheimnisvoll«, murmelte Frauke.

»Vermisst du ihn?«

Frauke lachte laut auf. »Sorry, was ist das für eine Frage? Wir haben Sex, okay, der ist ehrlich gesagt auch nicht schlecht, aber mehr ist da nicht.«

»Und Daniel?«

Sie hob beide Hände als Zeichen, dass sie keine Ahnung habe. »Ruf ihn an und frag ihn. Vielleicht kommt er gerade auch nicht aus dem Bett heraus oder ist tagsüber zu müde, um sich bei mir zu melden.«

»Ist es vorbei mit euch beiden?«

»Wie gesagt, ruf ihn an. Ich weiß es nicht, und ehrlich gesagt interessiert es mich auch wenig.«

»Das heißt, du hast Daniel ein für alle Mal abgeschrieben?«

»Die Formulierung gefällt mir«, sagte Frauke. »Ein für alle Mal. Darf ich sie mir ausleihen?«

Jana wurde nicht mehr schlau aus ihrer Freundin. Entweder hatte sie tatsächlich mit Daniel abgeschlossen und verbarg es hinter ihren flapsigen Bemerkungen oder sie war sich über ihre Gefühle noch nicht im Klaren und wollte es nicht zugeben. Jana beschloss, nicht weiter nachzufragen und Fraukes Entscheidung – wie immer sie auch lauten würde – zu akzeptieren.

Ulfert ging auf das Café zu, trat ein und schien nach Frauke zu suchen. Sie hob die Hand und rief seinen Namen. Er kam mit einem Lächeln auf sie zu. »Darf ich?«

»Warum nicht«, sagte Jana, während Frauke bereits stand, ihren Fast-Ehemann umarmte und ihn auf die Wange küsste. »Einen Latte? Ich kann schnell einen machen.«

Als Ulfert nickte, wandte sich Frauke ab und lief zur Küche. Ulfert setzte sich zu Jana. »Wie geht es dir? Wir haben uns ja schon eine Weile nicht mehr gesehen.«

»Viel Arbeit. Ansonsten ist alles gut. Du warst heute mit Enna dran?«

Ulfert nickte. »Ich habe mit ihr einen Tee getrunken. Sie hat darauf bestanden, ihn selbst zu machen. Sie hat mich auch gleich mit Namen angesprochen und sogar gefragt, wie es meinen Eltern geht.«

»Das freut mich. Jeder gute Tag ist für Enna wichtig. Ich gehe später auch noch kurz bei ihr vorbei.«

»Frauke hat mir erzählt, dass ihr einen Arzttermin auf dem Festland habt.«

»Ja, in etwa zwei Wochen. Ich habe es Enna gesagt und auch in ihrem Kalender notiert. Gestern wusste sie aber nichts mehr davon. Was auch nicht schlimm ist. Ich spreche sie einen Tag vorher an, und dann wird das schon irgendwie klappen. Sag mal, können wir dein Auto für die Fahrt nach Aurich haben?«

»Kein Thema. Hol einfach den Schlüssel bei mir im Büro ab. Ich sage meiner Sekretärin Bescheid. Falls ich nicht da bin.«

Frauke kam zurück und reichte Ulfert das Glas. »Habt ihr über Enna gesprochen?«

»Ja, heute geht es ihr gut. Wir haben Tee getrunken, und ich war eine halbe Stunde bei ihr. Es ist wohl ein guter Tag, sagt Jana.«

Frauke nickte und trank ihren Kaffee. Ulfert wandte sich wieder Jana zu. »Hast du noch einmal über meinen Vorschlag mit der Generalvollmacht nachgedacht? An einem solchen Tag wie heute scheint Enna doch durchaus in der Lage zu sein, das zu unterschreiben.«

»Sehe ich auch so«, warf Frauke ein.

Jana wischte sich eine Haarsträhne aus der Stirn. Sie spürte, wie schon wieder die Wut in ihr aufstieg. »Das ist ganz schwierig«, sagte sie bemüht ruhig. »Ihr verlangt da etwas von mir, das ich nicht machen möchte. Nicht weil mir das mit einer Vollmacht zu viel Verantwortung ist, nein, deshalb nicht. Aber ich glaube nicht, dass Enna verstehen würde, was das für

Konsequenzen nach sich zieht. Schon die Patientenverfügung hat sie nicht gelesen, obwohl sie nicht sehr lang war.«

»Sie vertraut dir halt. Und nicht nur heute, sondern schon lange«, sagte Ulfert. »Das ist doch das Entscheidende. Du stehst dafür, dass es wirklich in ihrem Interesse ist, was weiter geschieht. Wenn wir es nicht jetzt machen, wird wahrscheinlich auch mein Cousin nicht mehr mitmachen. Wenn ich das richtig verstanden habe, denkt Dr. Janssen doch auch, dass es nur noch bergab gehen wird. Wenn ich das mal so salopp sagen darf.«

»Mit hoher Wahrscheinlichkeit hat er recht«, gab Jana zu.

»Pass auf, ich mache mal einen Termin. Der sollte am besten vor dem Facharztbesuch stattfinden. Danach wird es unter Umständen schwierig, Enna noch als voll zurechnungsfähig anzusehen. Rein rechtlich, meine ich. Vielleicht kannst du den Facharzttermin auch etwas nach hinten schieben, das wäre wohl das Beste für alle Beteiligten.«

Jana kam inzwischen der Verdacht, dass Ulfert nicht zufällig im Café vorbeigekommen war. Hatte Frauke ihm Bescheid gegeben?

»Das ist doch ein guter Kompromiss«, sagte Frauke. »Wir haben dann einen Termin, und wenn du wirklich nicht willst, sagen wir ihn einfach ab.«

Jana ließ sich Zeit. Sie hatte in den letzten Tagen immer wieder über die Vollmacht nachgedacht und war letztendlich immer wieder zu dem gleichen Schluss gekommen. Es gab im Grunde keine andere Möglichkeit, als das Haus zu beleihen, um die Finanzierung von Ennas Pflege zu gewährleisten. Und dafür brauchte es diese Vollmacht. »Gut, mach den Termin.« Jana stand auf. »Ich muss jetzt los, Svea abholen.« Sie nickte den beiden zu, wandte sich abrupt ab und lief aus dem Café. Aus dem Augenwinkel sah sie, wie Ulfert seine Hand auf Fraukes legte und sie verliebt ansah. Was war das nun wieder? Spielte Frauke mit Ulferts Gefühlen und machte ihm Hoffnung? Vor dem Café warf sie noch einen letzten Blick durchs Fenster. Frauke beugte sich gerade zu Ulfert und küsste ihn auf den Mund.

Jana und Enna begrüßten sich mit einer innigen Umarmung, setzten sich anschließend auf die Bank in Ennas Garten, sprachen über das Wetter und den kommenden Herbst und darüber, dass es Enna immer schwerer fiel, die Gartenarbeit zu erledigen.

»Ich muss etwas mit dir besprechen, Enna.«

»Was denn, mein Kind?«

»Erinnerst du dich daran, dass wir vor etwa drei Wochen an der Altenwohnanlage vorbeigekommen sind?«

»Ja«, sagte Enna. Es klang aber eher danach, als wenn sie es vergessen hätte.

»Du hast mir gesagt, dass du nie dort reinmöchtest.« Jana hatte sich dazu entschlossen, ihre Empfindung als Ennas Aussage auszugeben.

»Warum sollte ich auch? Hier ist es doch viel schöner. Schau!« Wie zum Beweis ließ sie den Arm über dem Garten kreisen. »Das dort ist kein guter Ort.«

»Du wirst aber älter, Enna. Und irgendwann kannst du dich nicht mehr allein versorgen. Du weißt doch, wie es war, als du aus dem Krankenhaus gekommen bist. Das kann ganz schnell wieder passieren, und dann brauchst du wirklich Hilfe.«

Enna schwieg.

»Ich weiß, dass du hier in deinem Haus bleiben willst. Und ich finde das auch gut und möchte dich unterstützen. Aber wenn du ganz viel Unterstützung brauchst, kann ich das nicht mehr leisten. Und Frauke und die anderen auch nicht mehr.«

Enna schwieg weiter. Jana konnte an ihrer Mimik nicht ablesen, ob sie verstanden hatte, was sie ihr sagen wollte.

»Das wird dann viel Geld kosten. Viel mehr als deine Rente. Deshalb musst du dann bei der Bank einen Kredit aufnehmen. Es könnte aber sein, dass du dann nicht mehr in der Lage bist, das zu machen.«

»Einen Kredit? Auf das Haus?«

»Ja, Enna. Eine andere Möglichkeit gibt es nicht.«

»Aber das hat doch noch viel Zeit«, sagte die alte Dame leise.

»Das hoffe ich doch auch, Enna. Aber was ist, wenn es nicht so ist? Dann muss jemand in deinem Namen unterschreiben können. Und das geht nur, wenn du jetzt bestimmst, wer das sein soll.«

»Du natürlich, Jana. Du machst das schon.«

»Das will ich auch tun. Aber du musst vorher unterschreiben, dass ich das tun kann.«

»Unterschreiben?«

»Leider geht das nur mit einem Notar. Der würde aber zu dir nach Hause kommen. Wäre das in Ordnung, Enna?«

Die alte Dame nickte. »Wenn du meinst, dass ich das machen soll.«

Jana wandte ihr Gesicht ab und wischte sich schnell über die feuchten Augen, bevor sie Enna anlächelte. »Ja, das meine ich.«

»Das klingt doch aber so, als wenn Enna zugestimmt hätte«, sagte Oke, als sie abends im Wohnzimmer zusammensaßen.

»Sie hatte einen guten Tag und hat zumindest im Ansatz verstanden, was ich von ihr wollte. Wirklich beurteilen, was eine Generalvollmacht bedeutet, kann Enna auf keinen Fall.«

»Macht das denn noch einen Unterschied? Du wirst nichts machen, was nicht notwendig ist, um Enna einen ruhigen Lebensabend zu ermöglichen.«

»Ihr macht es euch alle viel zu einfach. Ganz davon abgesehen, dass ich rechtlich belangt werden kann, weil ich die Vollmacht übernommen habe, obwohl mir klar war, dass Enna nicht versteht, was sie da unterschreibt ...«

»Der Notar ist dafür zuständig, das zu beurteilen. Deshalb ist er doch überhaupt dabei. Dir kann nicht wirklich etwas passieren. Wir werden alles haarklein dokumentieren, jede Ausgabe, die wir tätigen, mit Grund und allem Drum und Dran. Außerdem sind wir hier auf Langeoog. Hier wird dich niemand anschwärzen – im Gegenteil, alle werden bewundern, wie du dich für Enna einsetzt. Ja, ich verstehe schon, dass es dir ums Prinzip geht. Das ist auch richtig, aber in diesem Fall steht Enna im Vordergrund und nicht irgendwelche moralischen Erwägungen.«

Jana hatte am Nachmittag ein weiteres Mal mit ihrer Mutter telefoniert und sie um Rat gefragt. So eindeutig wie Oke hatte sie sich nicht geäußert, aber zwischen den Zeilen konnte Jana deutlich heraushören, dass sie, sollte sie selbst je in eine solche Lage kommen, den Schritt zum Notar für richtig halten würde. Ihre Mutter hatte Enna bei mehreren Besuchen kennengelernt und gleich in ihr Herz geschlossen.

»Okay, ich mache es. Aber sollte Enna an dem Tag überhaupt nicht verstehen, um was es geht, kann ich nicht dafür garantieren ...«

»Natürlich nicht«, sagte Oke. »Du entscheidest und musst unterschreiben. Niemand wird es dir übel nehmen, wenn du einen Rückzieher machst.«

Jana war da nicht so sicher, aber damit musste sie leben.

Der Wind hatte über Nacht zugenommen und schob die Wellen der Flut weit auf den Strand. Jana hatte sich nach ihrer Arbeit auf den Weg gemacht, um eine Stunde ganz für sich allein zu haben. Um Fraukes Café hatte sie einen großen Bogen gemacht und war auch keinem der Freunde begegnet. Der Strandübergang, den sie gewählt hatte, war weder durch die Rettungsschwimmer überwacht, noch standen hier Strandkörbe. Jana lief Richtung Osten, blieb hin und wieder stehen und ließ ihren Blick über die Nordsee schweifen. Am Abend zuvor hatte sie Oke gebeten, Ulfert über ihren Entschluss zu informieren. Er hatte kurz mit ihm telefoniert und Ulfert hatte sich, wie Oke ihr berichtete, außerordentlich erfreut gezeigt.

Keiner ihrer Freunde schien zu ahnen, was für eine schwere Last die Vollmacht für Jana sein würde. Sie sahen mehr die Vorteile und die Lösung eines Problems und nicht Enna als Mensch. Jana verstand die Sichtweise, tat sich aber schwer, ihr zu folgen. Den Ausschlag für ihre Entscheidung hatte die Angst gegeben, dass Enna in die Fänge der staatlichen Betreuung käme und am Ende in einem Pflegeheim irgendwo auf dem Festland landen würde. Sie hatte im Internet Berichte von Angehörigen gefunden, die aufgrund fehlender Vollmachten keine wirkungsvolle Hilfe leisten konnten und vollkommen allein dastanden. Vielen blieb am Ende nichts anderes übrig, als die Pflege selbst zu übernehmen, was häufig ihre Kräfte und die der Familie überforderte.

Der Notartermin war das eine, die Entscheidungen, die sie anschließend treffen musste, waren das andere. Sollte sie wirklich mit Ulfert eine Vereinbarung treffen, damit Enna finanzielle Mittel zur Verfügung hatte? Konnte sie ihm trauen und war es überhaupt seriös, einen Vertrag unter Freunden zu machen? Es musste andere Wege geben. Sie würde versuchen, einen ganz normalen Kredit aufs Haus aufzunehmen. Das würde nicht leicht werden, aber die Mutter des Filialleiters der örtlichen Bank war mit Enna befreundet gewesen und inzwischen zu ihrer Tochter aufs Festland gezogen. Sie hoffte, dass Herr Lübbers sie unterstützen und sie auf nicht so viele Hürden stoßen würde.

Nach einer Dreiviertelstunde kehrte Jana um. Bedeutend leichter ums Herz ging sie zurück zum Strandübergang.

14

Jana hörte die Ladenglocke und unterbrach die Pralinenproduktion.

»Hallo! Bist du in der Küche?«, hörte Jana Joosts Stimme.

Jana lief in den Verkaufsraum und begrüßte ihren Freund mit einer Umarmung. »Du warst aber schon lange nicht mehr hier.«

»Stimmt wohl. Ich sollte mich nicht immer nur in meiner Arbeit verkriechen. Sagt zumindest Lena.«

Jana schmunzelte. »Da hat sie wahrscheinlich recht.«

»Du kennst das doch selbst. Als Selbstständiger hat man ständig die Angst im Nacken, dass etwas passieren könnte. Unfall, Krankheit, was weiß ich. Also lieber vorsorgen, Geld zurücklegen, arbeiten, solange es geht und solange Kunden da sind.«

»Bei Lena und dir ist alles in Ordnung?«

»Gute Frage. Im Grunde ja, aber wir beide arbeiten viel. Gut, der Winter kommt, und dann gibt es mehr Ruhe. Aber wirklich genießen kann ich das dann auch nicht. Was bringt das nächste Jahr, reichen die Einnahmen über den Winter hinaus, muss ich was ändern, um auch … Und so weiter und so fort. Immer wieder die gleiche Leier.«

»Im Grunde ja?«, hakte Jana nach.

Joost zuckte mit den Schultern. »Ich will dich nicht mit meinen Miniproblemen belasten. Du hast genug um die Ohren.«

»Wofür sind Freunde sonst da?«, warf Jana ein, die im nächsten Augenblick darüber nachdachte, ob sie wieder einmal eine selbst gesteckte rote Linie überschritt. Würde sie nicht auch wollen, dass Joost ihr zuhören würde, wenn ihr etwas auf dem Herzen lag? Zuhören oder einen Ratschlag geben war keine Einmischung ins Leben des anderen.

Joost zögerte. »Lena und ich lieben uns. Das merkt man wahrscheinlich auch, wenn man uns zusammen sieht.«

Jana ahnte, worauf das Gespräch hinauslief, hielt sich aber zurück. »Soll ich uns einen Kaffee oder Tee machen?«

»Wenn du Zeit dafür hast.«

Wenige Minuten später kam Jana mit einer Teekanne und zwei Tassen zurück, schenkte ein und setzte sich wieder zu ihrem Freund.

»Erzähl schon. Was ist los?«

»Wenn du mir versprichst, nichts weit…«

»Natürlich nicht«, unterbrach Jana ihn. »Nicht einmal Oke erfährt etwas. Versprochen.«

»Ich weiß nicht, ob ich …« Er brach ab, schien zu überlegen. »Lena möchte gern ein Kind.«

»Und du nicht?«

»Ich habe nicht Nein gesagt, aber wohl ist mir bei dem Gedanken nicht. Meine Wohnung ist zu klein, wir haben viel Arbeit, ich bin zu alt und noch tausend Gründe mehr.«

»Dann musst du dich dagegen entscheiden. Niemand zwingt dich.«

Joost schaute sie mit zusammengezogenen Augenbrauen an. »Dein Ernst? Das ist dein Rat?«

»Ja. Wenn du nur zustimmst, weil Lena es will, wird dir die Entscheidung irgendwann auf die Füße fallen. Deine Kneipe kannst du verkaufen und danach was auch immer machen. Ein Kind kann man weder umtauschen noch kann man vor ihm davonlaufen. Es bleibt dein Kind, deine Verantwortung für ewig. Du musst es auch wollen, und dir muss klar sein, was das bedeutet.« Jana hielt inne. »Aber mal unabhängig von den nicht so ganz optimalen Umständen, könntest du dir denn grundsätzlich vorstellen, mit Lena ein Kind zu bekommen?«

»Kann man sich so etwas vorstellen, ohne die Bedingungen miteinzubeziehen?«

»Ja, kann man, und du hast es sicher schon gemacht. Raus damit, Joost.« Sie sah ihm direkt in die Augen. »Eigentlich brauchst du auch nicht zu antworten. Ich sehe es dir auch so an.«

Joost stöhnte theatralisch. »Okay, ich kann es mir vorstellen. Zum ersten Mal in meinem Leben. Vielleicht ist es das, was mir noch mehr Angst macht. Was sind das plötzlich für komische Gefühle, die mich nicht schlafen lassen? Ich wollte nie Vater werden, und jetzt bin ich mir da auf einmal nicht mehr so sicher. Mehr noch, ich kann es mir sogar lebhaft vorstellen.«

»Und jetzt schlottern dir die Beine und du suchst verzweifelt nach Gründen, die gegen ein Kind sprechen? Gut, wenn die Angst dich auffrisst, dann lass es lieber. Wenn du das allerdings in den Griff bekommst – woran ich keinen Zweifel habe –, dann solltest du ernsthaft überlegen – und zwar mit Lena zusammen –, was ihr beide wollt.«

Joost nickte nachdenklich. »Du meinst, meine Gründe sind vorgeschoben?«

»Nicht unbedingt. Die Entscheidung kann man nicht zurücknehmen, also sollte man vorher gut überlegen. Allerdings ist das auch eine emotionale Entscheidung. Und ja, ein Kind ist zeitaufwendig, teuer und ändert alles. Dein Leben mit Kind ist nicht vergleichbar mit dem ohne Kind. Weder im Positiven noch im Negativen.«

»Und was überwiegt?«

»Daran denkst du nicht mehr, wenn das Mädchen oder der Junge erst mal in deinen Armen liegt, wenn es die ersten Schritte macht, zum ersten Mal Papa zu dir sagt, wenn es hinfällt und getröstet werden muss, wenn du sie oder ihn am ersten Tag zum Kindergarten begleitest, später zur Schule.«

Joost lächelte. »Ein anderes Leben?«

»Alles verschiebt sich. Das Kind bestimmt nicht nur deinen Lebensrhythmus, es bestimmt alles. Damit meine ich nicht, dass du dich als Person auflöst – ganz im Gegenteil, du erfährst eine vollkommen neue Dimension des Lebens, von dir selbst. Liebe wird plötzlich ganz anders geschrieben. Ich kann es schlecht erklären, man muss es einfach erleben.« Sie hielt kurz inne. »Gleichzeitig ist es schwer, die Verantwortung, die Sorge, aber das wiegt das Glück nicht auf, einem Kind das Leben geschenkt zu haben, es ins Leben zu begleiten, Vater oder Mutter zu sein. Manchmal, gerade am Anfang, wirst du müde sein, so müde, wie du es dir vorher nicht vorstellen konntest, aber das ist nur die eine Seite. Niemand würde ein weiteres Kind bekommen oder auch nur wollen, wenn Elternsein nur Stress und Arbeit bedeuten würde.«

Sie schluckte. Seit Tagen hatte sie nicht mehr über Okes und ihren Kinderwunsch nachgedacht. Auch Joost schien ihren Stimmungsumschwung bemerkt zu haben.

»Bei euch hat es noch nicht geklappt?«

Jana schüttelte den Kopf. »Nein, aber wir lassen uns Zeit. Immerhin haben wir ja schon Svea.«

»Sorry, wenn ich da etwas aufgerissen habe mit meinen Fragen.«

»Alles gut«, sagte Jana. »Das ist kein Tabuthema für mich. Je offener und lockerer man damit umgeht, desto besser. Es wird schon klappen, über kurz oder lang.«

»Ja, da hast du sicher recht. Bei mir ist es wohl genauso. Ich sollte mehr über meine Gefühle und Gedanken reden und nicht alles mit mir selbst ausmachen.« Er schaute auf die Uhr. »Eigentlich bin ich ja gekommen, weil sich neue potenzielle Kunden bei mir gemeldet haben. Ich wollte mich nur erkundigen, ob du die Produktion nicht doch ausweiten kannst oder ich wirklich absagen muss.«

»Tut mir leid, Joost. Im Moment sehe ich da keine Chancen.«

»Und wenn du noch jemanden einstellst? Ich weiß, das frage ich nicht zum ersten Mal.«

»Woher nehmen? Ganz davon abgesehen erhöhen Angestellte das Risiko. Oke könnte helfen, aber er ist mehr für kurzfristige Arbeitseinsätze da. Du weißt ja um seine Jobs, die er auch gern macht.«

»Ich könnte als stiller Teilhaber einsteigen, dann wäre das Risiko zumindest nicht mehr so groß.«

»Wie lange hast du damals nach einer Aushilfe gesucht?«, fragte Jana. »Und ich bräuchte allenfalls für fünf oder sechs Monate im Jahr jemanden. In der restlichen Zeit schaffe ich das spielend allein.«

»Soll ich mal eine Anzeige schalten? Es gibt da mehrere Portale. Für den Rest der Saison ist das nicht mehr sinnvoll, aber später schon. Und falls du schwanger werden würdest, wäre es doch auch ganz gut, wenn du nicht allein bist.«

Jana zögerte. »Lass mir etwas Bedenkzeit, Joost. Ich muss jetzt leider auch wieder an die Arbeit, sonst macht Lena mir die Hölle heiß, wenn sie später kommt.«

Joost nickte, stand auf und verabschiedete sich mit einer innigen Umarmung.

Auf dem Weg zur Kinderkrippe lief Jana Enna in die Arme. Sie machte auf sie den Eindruck, als wenn sie sich verlaufen hätte. Sie schien nach etwas zu suchen, las das Straßenschild und schüttelte den Kopf.

»Enna, wie schön, dass ich dich hier treffe. Willst du vielleicht mitkommen zur Kinderkrippe? Ich wollte gerade Svea abholen.«

»Svea?«, fragte Enna, die froh zu sein schien, auf Jana getroffen zu sein.

»Meine Tochter. Sie geht doch in die Kinderkrippe, wenn ich arbeite.«

Enna nickte und sah sich dann etwas orientierungslos um. »Ja, ich komme mit dir.«

Sie liefen nebeneinander die Straße zurück, aus der Enna gekommen war. »Wo wolltest du denn gerade hin?«, fragte Jana.

Als Enna nicht antwortete, wiederholte Jana ihre Frage.

»Ich wollte etwas besorgen.«

Jana beließ es dabei. Schon ihre Frage hatte die alte Dame unsicher und nervös gemacht. Wenige Minuten später standen sie auf dem Spielplatz der Kinderkrippe, Svea kam auf sie zugelaufen, begrüßte ihre Mutter und schmiegte sich dann an Enna an.

»Oma Enna! Holst du mich heute auch ab?«

Enna lächelte. »Natürlich, mein Kind. Hast du auch schön gespielt?«

Svea nickte mehrmals. »Mit meinen Freunden. Sie sind aber schon weg.«

»Dann sollten wir jetzt auch nach Hause gehen«, sagte Enna und nahm Svea an die Hand.

Sie gingen zu dritt die Straße hinunter, Enna kam nach kurzem Zögern mit ins Haus und setzte sich an den Küchentisch, während Jana Tee aufsetzte. Svea saß auf dem Schoß der alten Dame und erzählte von ihrem Tag. Beim Mittagessen hatte ein Kind versehentlich den Teller mit Suppe umgestoßen und ein Riesenchaos ausgelöst. Svea wirbelte mit den Händen durch die Luft, als sie in ihrer kindlichen Sprache von dem Durcheinander berichtete. Enna schien sich mit dem kleinen Kind auf dem Schoß wohlzufühlen, lachte und freute sich mit Svea. Als Oke nach Hause kam, erkannte sie ihn sofort, winkte ihm herzlich zu und fragte ihn über seine Arbeit aus.

Zwei Stunden später begleitete Jana die alte Dame nach Hause, kontrollierte, ob sie etwas fürs Frühstück im Haus hatte, und verabschiedete sich nach einer weiteren halben Stunde von ihr.

»Ich habe Svea schon ins Bett gebracht«, sagte Oke, als Jana das Haus betrat. »Sie war müde und ist beim Vorlesen eingeschlafen.«

»Sorry, ich bin noch etwas bei Enna geblieben. Hoffentlich kommt sie allein zurecht. Sicher bin ich mir nicht.«

»Wann ist der Termin mit dem Notar?«

»In drei Tagen. Drück uns allen die Daumen, dass Enna dann einen guten Tag hat. Über alles wird der Notar ganz sicher nicht hinwegsehen.«

»Wann kommt er?«, fragte Oke.

»Wir treffen uns um elf Uhr bei Enna. Ich muss an dem Tag eher in die Küche, damit ich dann spätestens um zehn Uhr dreißig bei Enna bin. Im allerschlimmsten Fall muss ich den Termin halt absagen.«

»Das wird nicht passieren. Wir müssen einfach Glück haben. Enna muss Glück haben.«

»Haben wir noch ein Glas Wein?«

Oke nickte und ging zum Kühlschrank, öffnete ihn und nahm die Weinflasche heraus. »Bist du denn sicher, dass …« Er sprach nicht weiter.

»Ja, bin ich. Heute Morgen habe ich die Regel bekommen.«

Oke nickte, ließ sich seine Enttäuschung nicht anmerken und reichte Jana das gefüllte Glas.

Er hob sein eigenes. »Auf was trinken wir?«

Jana lächelte. »Auf unsere Liebe?«

»Auf unsere Liebe und dass sie noch sehr lange währt.«

Jana beugte sich vor und stieß mit Oke an. »Das tut sie, ganz bestimmt.«

15

Gegen fünf Uhr in der Früh betrat Jana ihren Laden, schloss hinter sich wieder ab und ging in die Küche. Lena würde um Punkt neun Uhr vor ihrer Tür stehen, um die Lieferung für die Nachbarinsel in Empfang zu nehmen. Oke hatte sich den Vormittag freigenommen, würde Svea zur Kinderkrippe bringen und im Supermarkt für die nächsten Tage einkaufen. Anschließend würde er den Notar vom Bahnhof abholen und ihn zu Ennas Haus begleiten. Falls Jana bei Enna Unterstützung brauchen würde, stand Frauke zur Verfügung. Sie konnte von ihrem Café in wenigen Minuten bei Enna sein. Jana hielt es aber für besser, wenn so wenig Menschen wie möglich vor dem Notartermin bei Enna sein würden. Alles Unvorhersehbare würde sie nur beunruhigen und durcheinanderbringen.

Gegen Viertel vor neun stellte Jana die letzte Schachtel mit Pralinen in die Kühlung und sank auf einen Stuhl. Je näher der Termin rückte, desto stärker wurden Janas Bedenken. Die eine Stimme in ihrem Kopf redete ihr gut zu, die andere brachte pausenlos Gegenargumente. »Hört auf«, rief Jana verzweifelt und schüttelte sich kräftig. Die Stimmen verstummten. Es war alles gesagt, jetzt ging es nur noch um Enna und darum, die nächsten Stunden zu überstehen.

Jana klopfte an die Tür, öffnete sie und rief Ennas Namen. Kurz darauf erschien Enna in der Küchentür. Als Jana sah, dass sie ihr Sonntagskleid trug, atmete sie erleichtert auf. Enna schien sich bereits am Morgen an den kommenden Besuch erinnert zu haben und sich dafür entsprechend gekleidet zu haben.

»Du bist aber früh, mein Kind. Der Notar kommt doch erst um elf Uhr. Oder habe ich das jetzt verwechselt?«

»Nein, Enna. Er kommt mit der Fähre. Oke holt ihn ab und begleitet ihn hierher.«

»Wir hätten doch auch aufs Festland fahren können.« Sie lächelte schelmisch. »Dann wäre ich mal wieder von der Insel runtergekommen.«

»Das machen wir bald, Enna. Jetzt trinken wir erst mal eine schöne Tasse Kaffee zusammen und frühstücken. Einverstanden?«

Kurz vor elf klopfte es an der Haustür. Jana stand auf, begrüßte Johann Matthiesen und wechselte ein paar Worte mit ihm. Zusammen gingen sie in die Küche, wo Enna bereits auf sie wartete. Der Notar stellte sich vor und sprach eine Weile mit Enna. Dabei schien er darauf zu achten, keine Themen anzusprechen, die Enna in Verlegenheit bringen könnten. Anschließend erklärte er ihr in einfachen Worten, was eine Generalvollmacht bedeutet, fragte, ob Enna alles verstanden hatte, bevor er zum offiziellen Teil der Beurkundung überging.

Das Verlesen des Urkundentextes dauerte eine Viertelstunde, Matthiesen erkundigte sich ein weiteres Mal, ob Enna alles verstanden oder noch Fragen hatte. Enna schwieg, schaute Jana unschlüssig an und erklärte, nachdem Jana genickt hatte, dass sie alles verstanden habe.

Nachdem sie alle drei das Dokument unterschrieben hatten, trank der Notar noch eine Tasse Kaffee, bevor er sich wieder auf den Weg machte. Wie er Jana an der Tür sagte, wollte er noch kurz bei seinem Cousin vorbeischauen, bevor er die nächste Fähre zum Festland nehmen würde.

Jana verbrachte den Rest des Tages mit Enna, kochte für sie, ging mit ihr am Strand spazieren und blieb bei ihr, bis sie verkündete, dass sie müde sei und ins Bett gehen würde.

»Geht es Enna gut?«, fragte Oke, als sie endlich im eigenen Wohnzimmer saß und tief durchatmete.

»Das war ein anstrengender Tag, aber Enna geht es sehr gut.«

»Soll ich dir etwas zu essen machen?«

Jana schüttelte den Kopf und streckte ihm beide Hände entgegen. »Nein, komm einfach zu mir und halte mich fest im Arm. Das reicht.«

Eine Weile saßen sie schweigend zusammen, Oke hatte seinen Arm um ihre Schultern gelegt und wartete, bis Jana anfing, von dem Notartermin zu erzählen.

»Es war etwas gespenstisch. Ein Außenstehender hätte kaum bemerkt, dass Enna Schwierigkeiten mit der Erinnerung hat. Der Notar war sehr vorsichtig und hat das wirklich gut gemacht. Hätte gar nicht gedacht, dass Ulfert solche netten Menschen in seiner Verwandtschaft hat.«

Oke grinste breit. »Das ist das erste freundliche Wort, das du für Ulfert seit langer Zeit in den Mund genommen hast. Auch wenn er das nicht als Lob erkennen würde.«

»Ich bin so froh, dass wir das geschafft haben.«

»Nicht wir«, korrigierte sie Oke. »Du!«

»Ohne dich und die anderen wären wir nie so weit gekommen. Enna scheint es richtig gutzutun, dass sich täglich jemand um sie kümmert.«

»Ja, das habe ich auch bemerkt. Bei meinen ersten Besuchen war ich regelrecht entsetzt, wie wenig sie mitbekommen hat. Das hat sich aber mit jedem weiteren Besuch verbessert. Ich weiß natürlich, dass das nichts bedeutet, aber zumindest scheint Enna bei guter Betreuung nicht von einem Tag zum anderen abzustürzen.«

Jana war sich da nicht so sicher. Sie hatte im Laufe der letzten Woche mitbekommen, wie Enna schwierige Situationen umschiffen konnte, ohne dass jemand es mitbekam. Sie erkannte inzwischen, wann die alte Dame nur so tat, als wenn sie jemanden wiedererkannte, und wann sie wusste, mit wem sie es zu tun hatte.

»Was ist mit dir?«, fragte Oke etwas irritiert. »Wir können doch etwas aufatmen, oder?«

»Etwas, ja. Sobald ich die Urkunde vom Notar habe, gehe ich zu Herrn Lübbers und spreche mit ihm wegen einem Darlehen.«

»Okay. Du willst also nicht auf Ulferts Angebot eingehen?«

Jana zuckte mit den Schultern. »Das weiß ich noch nicht. Wenn es sich irgendwie umgehen lässt, wäre es besser, wenn ich keine Geschäfte mit Freunden mache. Das könnte schnell zu schlimmen Gerüchten führen. Du weißt doch, wie die Leute sind.«

»Darüber habe ich noch gar nicht nachgedacht.«

»Ich muss aufpassen, dass ich nicht zum Langeoog-Gespräch werde und mir unterstellt wird, ich wolle mich bereichern.«

Oke schluckte. »Verdammt, da hast du vollkommen recht. Das muss selbst Ulfert kapieren. Soll ich mit ihm sprechen?«

»Nein, das muss ich schon selbst machen.« Jana strich ihm zärtlich über die Wange. »Und jetzt atmen wir einmal tief durch und freuen uns, dass wir den ersten Schritt geschafft haben.«

»Hast du etwas von Leon gehört?«, fragte Frauke, als Jana bei ihr im Café vorbeischaute.

»Keinen Ton«, antwortete Jana, die auch davon ausging, dass er sich erst wieder meldete, wenn er seine Spielschuld beglichen hatte und es keine Gefahr mehr für seine Mutter und alle, die er auf Langeoog kannte, gab.

»Du weißt mehr, oder?«

»Ja, aber ich kann dir das nicht erzählen. Das soll Leon selbst machen.«

»Wir sind ja übermorgen in Hamburg. Vielleicht meldet er sich ja bis dahin. Auf meine Nachrichten reagiert er bisher nicht.«

Jana erschrak. Sie hatte ihren Hamburg-Trip vollkommen vergessen.

»Das ist jetzt nicht wahr, oder?«, fragte Frauke, als sie Janas Reaktion bemerkt hatte.

»Ich dachte, es wäre erst nächste Woche«, versuchte sich Jana herauszureden.

»Nein, wir nehmen übermorgen die erste Fähre, fahren dann mit Ulferts Auto nach Hamburg, parken in der Tiefgarage des Hotels und fahren dann in die City, um zu shoppen. Um achtzehn Uhr dreißig sehen wir uns dann ›König der Löwen‹ an. Anschließend ist ein Zug durch die Clubs geplant. Morgens ausschlafen, schön frühstücken und vielleicht noch eine kleine zusätzliche Shoppingtour. Dann ab in die Heimat und zurück mit der letzten Fähre.«

»Strammes Programm«, murmelte Jana und hoffte, dass zumindest Oke den Termin im Kopf gehabt und seine Schichten entsprechend eingeteilt hatte.

»Wir sind jung«, flötete Frauke, »und wollen uns amüsieren.« Sie warf ihr einen strengen Blick zu. »Du machst doch keinen Rückzieher, oder?«

»Nein, natürlich nicht. Ich überlege nur gerade, was ich anziehen soll.«

Frauke winkte ab. »In der Großstadt ist das kein Problem. Da läuft jeder so rum, wie es ihm passt. Kennen tut uns da auch niemand. Also! So what!«

Jana musste unwillkürlich schmunzeln. Vielleicht war der Hamburg-Trip genau das, was sie im Moment brauchte. Andere Umgebung, ein Musical der Extraklasse, shoppen. Auch wenn das Letzte nicht ihre Lieblingsbeschäftigung war, konnte sie sich darauf verlassen, dass Frauke den Nachmittag lustig gestalten würde.

»Ehrlich gesagt, kommt das im Moment genau richtig. Zwei Tage an nichts anderes denken als an mich selbst. Kultur, Musik, schöne Klamotten. Gut, das Letzte ist nicht so mein Ding, aber du würdest sagen, ich brauche dringend eine Rundumerneuerung in Sachen Mode.«

Frauke zeigte ihr den erhobenen Zeigefinger. »So ist es! Ich übrigens auch. Ich weiß gar nicht mehr, wann ich das letzte Mal in einer Boutique war. Ist das schon zwei Jahre her?«

Jana lachte. »Ganz bestimmt nicht. Hast du etwa vergessen, dass du bis vor Kurzem regelmäßig in Oldenburg warst?«

»Stimmt. Da war doch was. Wie hieß der Typ noch?«

Jana rollte mit ihren Augen. »Schau einfach in dein Handy. Da wirst du seinen Namen sicher finden.«

»Nicht. Lustig. Ich weiß sehr wohl, wer Daniel ist.« Sie lächelte bitter. »Und stell dir vor, wer sich gestern reumütig und kleinlaut bei mir gemeldet hat. Na, das errätst du nie.«

»Und? Was schreibt er, der liebe Daniel?«

»Dass er sich nach mir sehnt und mich unbedingt treffen will. Er ist sogar bereit, die unglaublich lange Fahrt auf sich zu nehmen und nach Langeoog zu kommen.«

»Was hast du geantwortet?«

»Nichts. Er hat Glück, dass ich ihn nicht aus meinen Kontakten gelöscht habe. Ich lasse ihn noch etwas schmoren. Vielleicht antworte ich auch gar nicht. Mal sehen.«

Jana war klar, dass Frauke spätestens heute Abend zurückschreiben und ihn nach Langeoog einladen würde. Gern hätte sie ihr empfohlen, ihre Männerschar voneinander getrennt zu halten. Wenn sie sich nicht getäuscht hatte, war Ulfert derzeit wieder im Spiel. Anders konnte sie den zärtlichen Kuss auf den Mund nicht deuten.

»Was denn? Du glaubst mir nicht?«, fragte Frauke.

»Doch, doch. Jedes Wort.«

Dieses Mal war Frauke mit dem Augenrollen an der Reihe. »Schöne Freundin.«

Jana beugte sich vor und umarmte Frauke. »Ich muss jetzt los. Wir sehen uns spätestens übermorgen früh am Bahnhof.«

»Das will ich hoffen, Frau Jaspersen.«

»Klar habe ich an deinen Hamburg-Besuch gedacht«, sagte Oke. »Ich habe mich schon gewundert, dass du noch nichts gepackt hast.«

»Du bist ein Schatz. Ich hätte es beinahe vergessen, wenn Frauke mich nicht heute darauf angesprochen hätte. Sie hat alles minutiös geplant.«

»Das wird sicher lustig. Und beim nächsten Mal machen wir beide einen Kurztrip. Meinst du, Mia würde das schaffen? Vielleicht mit Unterstützung ihrer Mutter?«

»Ich weiß nicht. Ist Svea dafür nicht zu klein? Wir können doch auch einen Familienausflug machen. Tierpark Hagenbeck und vielleicht ins Miniaturwunderland. Das soll richtig gut sein.«

»Eigentlich hatte ich eher an etwas Romantisches gedacht. Schön mit Abendessen und so. Wir müssen ja auch nicht nach Hamburg fahren. Selbst übernachten ist nicht so wichtig. Dann gibt es zwar kein Candle-Light-Dinner, aber ...«

»Lass uns lieber noch etwas warten. Svea ist so klein. Vielleicht machst du mit Ulfert eine Männertour.«

Oke verzog das Gesicht. »Nein, danke. Danach steht mir nun wirklich nicht der Sinn.«

»Gut, dann muss ich noch einmal darüber nachdenken.«

Oke zog sie zu sich und küsste sie. »Fantastisch!«

16

Als Jana um kurz nach sechs Uhr das Haus mit ihrer Reisetasche verließ, wartete Frauke bereits auf der Straße auf sie.

»Kontrollierst du mich etwa?«, fragte Jana mit gespielt strenger Miene.

Frauke lachte. »Das würde mir im Traum nicht einfallen. Ich dachte nur, wir sollten unseren Trip gleich zusammen anfangen.«

Sie liefen nebeneinanderher zum kleinen Bahnhof der Insel, der den Fährhafen mit dem Dorf verband.

»Du siehst etwas blass aus«, sagte Jana. »Geht es dir nicht gut?«

»Nichts Dramatisches. Kleine Magenverstimmung oder so. Dadurch werde ich mir nicht den Tag verderben lassen.«

»Hast du Tabletten mit? Gegen Übelkeit und Durchfall?«

Frauke nickte.

»Du verstehst dich mit Ulfert wieder besser?«, fragte Jana, als der Bahnhof in Sicht kam. Die leuchtenden Farben der Waggons, die in Blau, Gelb, Grün und Rot angestrichen waren, waren von Weitem zu sehen.

»Warum auch nicht. Wir hätten immerhin um ein Haar geheiratet. Die Vergangenheit ist vergessen. Die Insel ist zu klein, um sich aus dem Weg zu gehen. Außerdem setzt er sich ziemlich ein, wenn es um Enna geht. Hast du auf der Liste gesehen, wie oft er sich eingetragen hat?«

Jana nickte. »Hat mich auch gewundert. Rechne ich ihm hoch an.«

»Es geht ihm nicht so gut. Aber sag es nicht weiter.«

Jana blieb stehen. »Ist er krank?«

»Das nicht. Psychisch. Er hat unsere Trennung immer noch nicht ganz überwunden. Ich kann das absolut nachvollziehen, da ich auch eine Weile daran geknabbert habe. War ja auch eine schräge Nummer. Es gibt wohl niemanden auf Langeoog, der nicht darüber geredet hat. Auf diese Art Berühmtheit hätte ich allerdings, und ganz sicher auch Ulfert, gern verzichtet.«

Sie liefen weiter und stiegen in einen der bereitstehenden Waggons, der vollkommen leer war. Die erste Fähre mitten in der Woche wurde nur von wenigen Touristen genutzt. Die meisten Gäste waren Insulaner, die etwas auf dem Festland zu tun hatten und noch am gleichen Tag zurück zur Insel fahren wollten.

»Ulfert machte auf mich einen sehr stabilen Eindruck«, nahm Jana das Gespräch wieder auf.

»Alles Show. Du kennst ihn doch. Die Fassade ist ihm wichtiger als alles andere. Oder sie war es. Allmählich scheint Ulfert auch aufzugehen, dass Leben etwas mehr ist.«

»Und wie kommt er mit seiner Tochter zurecht?«

»Ich glaube, das läuft ganz gut. Aber viel gesprochen haben wir darüber nicht. Ist halt noch so ein Tabuthema zwischen uns beiden.«

Inzwischen waren einige Fahrgäste auf dem Bahnhof erschienen und hatten sich auf die einzelnen Waggons verteilt. In spätestens zehn Minuten würde der Zug sich für die kurze Strecke zum Fährhafen in Bewegung setzen. Jana lehnte sich zurück. Sie hatte sich fest vorgenommen, die zwei Tage zu genießen. Oke würde sich nicht nur um Svea kümmern, sondern auch zweimal am Tag bei Enna vorbeischauen. Ulfert und Lena waren ebenfalls für die Tage eingeteilt.

»Hast du Daniel eigentlich noch geantwortet?«, fragte Jana, als der Fährhafen bereits aus dem Zugfenster zu sehen war.

»Ja. Wir haben telefoniert.« Fraukes Stimme klang nicht so, als wäre es ein erfreuliches Gespräch gewesen.

»Und?«

Sie zuckte mit den Schultern. »Dass er mich vermisst, weißt du ja schon. Wir haben etwas geplaudert, aber keinen Termin abgemacht.«

»Termin? Das klingt nach Zahnarzt.«

»Mag sein.«

»Also vorbei?«, nahm Jana das Gespräch wieder auf, als sie sich im Zwischendeck der Fähre einen Platz gesucht hatten.

»Vorbei? Was meinst du?«

»Daniel. Oldenburg. Zukunft.«

»Keine Ahnung. Hat das Ganze je eine Zukunft gehabt? Als Übergang war das ganz lustig. Mehr aber auch nicht.«

Jana schwieg verwundert. Frauke war zu Beginn ihrer Beziehung mit Daniel die treibende Kraft gewesen. Sie war es gewesen, die regelmäßig nach Oldenburg gefahren war, während Daniel sich nur hin und wieder auf Langeoog sehen ließ. Auf Jana hatte sie den Eindruck gemacht, als wenn sie über beide Ohren in ihn verliebt gewesen wäre.

»Dann ist es wohl wirklich beendet«, warf Jana ein.

»Du hast uns doch nie eine große Chance eingeräumt, oder? Sei ehrlich, dir ist Daniel nicht ganz koscher.«

»Mag sein, dass ich voreingenommen bin. Trotzdem hätte ich mir gewünscht, dass du mit Daniel den Richtigen gefunden hast. Ich hätte mich wohl mehr zurückhalten sollen. Sorry, aber ich konnte nicht darüber wegsehen, dass es für mich ein Ausschlusskriterium ist, wenn mein Partner kategorisch ablehnt, zu mir zu ziehen. Er sollte doch zumindest darüber nachdenken, oder?«

»War es doch auch für mich. Eigentlich. Ich hätte viel eher eine rote Linie ziehen müssen und nicht so nachgiebig sein sollen. Aber ich war wohl froh, überhaupt jemanden zu haben. Shit happens. Lassen wir das Thema für heute und auch für morgen. Wir machen uns zwei schöne Tage. Versprochen?«

»Machen wir.«

Jana hatte am Vortag Leon angeschrieben und gefragt, ob er noch in Hamburg sei, aber keine Antwort bekommen. Bei einem Gespräch mit Sandra hatte ihre Mutter einige Tage zuvor erwähnt, dass Leon bei ihr schlafen würde, sie aber nichts Genaues über seine Pläne wisse. Jana hoffte inständig, dass ihr Bruder das Problem mit den Spielschulden in den Griff bekommen hatte. Sigge hatte sich nicht wieder gemeldet, aber sie vermutete, dass er Leon das Geld geliehen hatte.

Als die Fähre abgelegt hatte, stand Frauke auf, um Kaffee zu besorgen. Jana sah aus dem Fenster und beobachtete, wie Langeoog langsam im Morgendunst verschwand.

»Kaffee!« Frauke stellte den Becher vor Jana ab und setzte sich wieder zu ihr. »Was grübelst du schon wieder vor dich hin?«

Jana lachte. »Habe ich nicht. Ich freue mich auf unseren Hamburg-Trip und verspreche hoch und heilig, nicht zu grübeln.«

»Okay und wehe doch.«

Sie tranken schweigend ihren Kaffee, gingen anschließend aufs Oberdeck an die Reling und ließen sich die frische Morgenluft ins Gesicht blasen.

»Herrlich!«, rief Frauke, deren lange Haare wild durcheinanderwirbelten. »Wir sollten das öfter machen.«

Jana nickte. Sie hatte gerade einen ganz ähnlichen Gedanken und nahm sich vor, den nächsten Ausflug mit Oke zu machen. Svea war alt genug, um auch einmal mit jemand anderem zwei Tage zu verbringen. Vielleicht kam auch Okes Mutter zu Besuch, die in Emden wohnte. Svea liebte sie heiß und innig und würde ihre Eltern kaum vermissen.

»Ich finde es übrigens toll, dass du jetzt das mit der Vollmacht gemacht hast«, sagte Frauke. »Ulfert hat mir davon erzählt.«

»Enna hatte einen guten Tag. Ich glaube, sie hat zumindest geahnt, dass es richtig ist, was sie da macht beziehungsweise unterschreibt.«

»Hast du denn jetzt den Arzttermin verlegt?«

Jana nickte. »Um zwei Wochen nach hinten. Da war zum Glück gerade etwas frei geworden. Ich wollte, dass Enna etwas Ruhe hat, bevor wir zum Arzt gehen. Das wird sicher anstrengend.«

»Soll ich mitkommen?«

Jana schüttelte den Kopf. »Lieber nicht. Je mehr Menschen um sie herum sind, desto unruhiger wird Enna.« Sie seufzte. »Ich habe schon Panik vor dem Termin. Es lässt sich ja nicht vermeiden, dass wir da warten müssen. Dann Aurich, Parkplatzsuche, zum Arzt gehen. Das ist für Enna ziemlicher Stress, und ich weiß nicht, wie sie reagieren wird.«

»Enna kann also froh sein, dass sie auf so einem überschaubaren Raum wie Langeoog lebt?«

»Genau.« Jana erzählte ihr, wie ihr Enna auf dem Weg zur Kinderkrippe begegnet war und es so aussah, als wenn sie sich verlaufen hätte. »Ich glaube, das passiert ihr inzwischen häufiger. Wenn wir spazieren gehen, verlässt sie sich vollkommen auf mich, schlägt nicht vor, hier oder da hinzugehen. Und sie wirkt häufig so, als wenn sie sich sehr interessiert umschauen würde.«

»Das ist mir bisher überhaupt nicht aufgefallen. Aber ich habe auch nicht darauf geachtet.«

»Enna vermeidet Situationen, die für sie nicht oder nur schwer zu bewältigen sind. Wenn man nicht genau hinschaut, merkt man es überhaupt nicht. Früher hätte sie nie zugelassen, dass ich für sie einkaufe. Heute scheint sie froh zu sein, wenn ich das vorschlage.«

Frauke nickte nachdenklich. »Da kommt noch einiges auf uns zu, oder?«

»Wir brauchen Unterstützung. Am besten von Pflegekräften, die sich mit Demenz auskennen. Ich habe gelesen, dass man eine Menge machen kann, um die Demenzfolgen etwas zu verlangsamen und die Lebensqualität hoch zu halten. Aber das steht und fällt mit der Betreuung.«

»Verstehe.« Frauke sah Jana fragend an. »Aber da sind wir ja auf einem guten Weg, oder?«

»Zumindest haben wir den ersten Schritt gemacht. Nicht mehr, aber auch nicht weniger.«

»Du bist in der letzten Zeit so pessimistisch, Jana. Wo ist die alte Jana geblieben, die alles und jedes angepackt hat und immer einen Weg gefunden hat, wenn es Probleme gab?«

»Meinst du?«, fragte Jana. Sie war verunsichert. Sie hatte in den letzten zwei Jahren auch bemerkt, dass sie ängstlicher geworden war. Hing es mit Svea zusammen? Reagierte man als Mutter automatisch anders als zuvor? Sah sie wirklich überall nur noch Probleme und keine Lösungen?

»Das war jetzt vielleicht etwas zugespitzt, aber im Prinzip ist es schon so«, fügte Frauke hinzu.

Jana zuckte mit den Schultern. »Mag sein, dass ich vorsichtiger geworden bin, seitdem wir Svea haben. Ich bin nicht mehr nur für mich allein verantwortlich. Das färbt wahrscheinlich auf mein ganzes Leben ab.«

»Ja, vielleicht ist es das.« Frauke hakte sich bei Jana ein. »Aber in den nächsten zwei Tagen vergessen wir das mal alles. Versprochen?«

Jana nickte, entfernte das Haargummi und ließ sich die Haare vom Wind durcheinanderwirbeln.

Um kurz nach acht saßen Jana und Frauke in Ulferts neuem BMW, den Frauke aus der Garage in der Nähe des Fährhafens geholt hatte, und fuhren Richtung Esens. Sollten sie am Elbtunnel nicht in einen Stau kommen, würden sie in drei Stunden am Hotel in Hamburg ankommen, anschließend einchecken und dann mit einem Taxi zur Hamburger Shoppingmeile fahren.

»Schickes Teil«, jubelte Frauke und gab Gas.

»Führerschein! Du bist dreißig zu schnell.«

Mit einem theatralischen Stöhnen verringerte Frauke die Geschwindigkeit. »Jawohl, Mama!«

»Wir wollen doch heil ankommen, oder?«

Frauke kicherte wie ein Teenager. Jana rollte mit den Augen, lachte aber schließlich über Fraukes kleines Schauspiel.

»Glück gehabt«, murmelte Frauke, als sie den Elbtunnel hinter sich gelassen hatten und auch in der Großbaustelle hinter der Elbe keine Probleme bekamen. Wie geplant parkten sie kurz nach elf in der Tiefgarage des Hotels, fuhren mit dem Fahrstuhl in den ersten Stock und checkten ein. Frauke hatte eine Suite mit Schlaf- und Wohnzimmer gemietet. Im sechsten Stock hatten sie einen herrlichen Ausblick über die Dächer von Hamburg.

Frauke ließ sich aufs Bett fallen. »Wow! Scheint eine bequeme Matratze zu sein.«

Jana legte sich neben sie und stimmte ihr zu. Frauke sprang aus dem Bett und hielt ihrer Freundin die Hand hin. »Auf geht's ins Gewühl.«

Eine Viertelstunde später stiegen sie aus dem Taxi und suchten in gefühlt hundert Boutiquen und großen Warenhäusern nach Hosen, Röcken und Oberteilen.

Gegen fünfzehn Uhr legte Jana ein Veto ein und zeigte auf ihren Bauch. »Wenn ich jetzt nichts zu essen und zu trinken bekomme, kippe ich um.« Sie hielt die beiden Tüten hoch, die sie in der Hand hielt. »Was machen wir damit?«

Frauke gab einen undefinierbaren Laut von sich. »Daran habe ich tatsächlich nicht gedacht. Uns bleibt wohl nichts anderes übrig, als kurz zum Hotel zurückzufahren und mit dem gleichen Taxi zu den Landungsbrücken. Da fährt irgendwo die Fähre ab, die alle Gäste auf die andere Seite der Elbe bringt.« Sie sah auf die Uhr. »Aber erst mal essen wir eine Kleinigkeit. Dafür reicht die Zeit noch. Und dann geht es los.«

Frauke suchte im Internet nach dem nächsten Taxistand und fand direkt einen am Rathausmarkt. »Wir müssen zurück und gleich die nächste rechts rein. Dann sollten wir auf die Taxis treffen.«

Kurz nachdem sie auf die Mönckebergstraße abgebogen waren, gingen sie an den weit geöffneten Türen einer Parfümerie vorbei. Frauke wich vom Bürgersteig auf die Straße aus und hielt sich die Nase zu. Jana ging weiter, fand aber nicht, dass der Duft aus dem Geschäft unangenehm oder zu stark war.

»Was war das denn?«, murmelte Frauke, als sie wieder nebeneinander gingen. »Das war ja kaum auszuhalten.«

»Seit wann bist du so empfindlich?«

»Ich? Unsinn!«

Jana zeigte nach vorne. »Da steht ein Taxi. Vielleicht können wir das schon nehmen.«

17

Pünktlich zur Abfahrt der ersten Fähre über die Elbe standen sie am Anleger Landungsbrücken und überquerten kurz darauf den breiten Fluss. Die Wartezeit bis zum Beginn des Musicals verbrachten sie mit einem Getränk in der Hand auf Liegestühlen, die vor dem Musicalgebäude aufgestellt waren.

»Hast du immer noch nichts von Leon gehört?«, fragte Frauke und ließ es wie nebensächlich klingen.

»Nein, kein Wort. Ich weiß aber, dass er in Hamburg ist. Ich habe mit Sandra gesprochen.«

»Er wird doch nicht vor mir geflüchtet sein?«

»Das glaube ich kaum.«

»Jetzt mach es nicht so spannend. Du weißt doch, weshalb er nach Hamburg zurück ist.«

Jana seufzte. »Vielleicht ahne ich es, aber ich kann dir das nicht sagen. Wenn Leon zurück nach Langeoog kommt – und davon gehe ich hundertprozentig aus –, wirst du ihn fragen müssen.«

»Steckt er in Schwierigkeiten?«, fragte Frauke unverdrossen weiter.

»Das will ich nicht hoffen«, antwortete Jana ausweichend. Warum konnte ihre Freundin nicht einfach akzeptieren, dass sie nichts sagen konnte und wollte?

»Braucht Leon Hilfe?«

»Du hast ein Handy. Ruf ihn an. Bei mir geht er nicht ran. Vielleicht hast du ja mehr Glück.«

Frauke kramte ihr Handy aus der Handtasche, drückte auf die Kurzwahltaste und ließ es lange klingeln, bevor sie genervt den Versuch abbrach. »Männer!«, zischte sie verächtlich. »Du hast echt den einzig normalen Mann abbekommen. Und ich dumme Kuh wollte Oke nicht haben.«

Jana grinste. »Die Einsicht kommt leider zu spät. Oder sollte ich sagen: zum Glück.«

Frauke reagierte nicht auf Janas Kommentar, trank ihr Glas leer und stand auf. »Möchtest du auch noch was?«

Gleich zu Beginn der Aufführung kam Jana nicht mehr aus dem Staunen heraus. Von allen Seiten strömten die als Tiere verkleideten Schauspieler auf die Bühne, sangen und tanzten. Sie gingen auf Stelzen, trugen beeindruckende Tierköpfe und steckten zu zweit in einem Elefantengerüst mit riesigem Rüssel. Jana hatte Mühe, alle Details aufzunehmen und zu verarbeiten. Frauke schien es genauso zu gehen.

»Das ist ja der Wahnsinn«, sagte Frauke nah an ihrem Ohr.

Nach dem Einstand der Tiere ging es zunächst ruhiger weiter, steigerte sich langsam wieder, bis es im Finale zum Höhepunkt kam. Der Löwe Simba kehrte als König zurück ins »Geweihte Land«.

Die beiden Freundinnen gingen beseelt von den Bildern und der Musik nach draußen, warteten, bis sie mit der Fährpassage an der Reihe waren und legten anschließend die wenigen Kilometer zur Innenstadt zu Fuß zurück. In einem kleinen spanischen Restaurant hatte Frauke für sie einen Tisch bestellt. Sie aßen Tapas und tranken Rotwein dazu.

»Du musst die Gambas al pil pil unbedingt probieren«, sagte Frauke und schob ihren Teller über den Tisch.

Jana nahm sich der Tapas an und revanchierte sich mit einer ihrer Chorizos à la sidra. Nach einer Stunde bestellten sie sich einen Café solo und bezahlten anschließend die Rechnung.

Vor dem Restaurant sah Frauke auf die Uhr. »Kurz vor Mitternacht. Genau die richtige Zeit, um noch etwas in einem angesagten Club abzuhängen.«

»Bist du sicher?«, fragte Jana vorsichtig.

»Sehr sicher.« Sie zog Jana mit und schien den Weg genau zu kennen.

»Warst du schon mal da?«

»Nein, die Clubs wechseln doch fast monatlich. Ich habe mir den Weg vom Restaurant eingeprägt.« Sie zeigte mit dem Finger auf ihre Stirn. »Alles einprogrammiert. Vertrau mir einfach.«

Jana drehte sich stöhnend im Bett herum und warf einen Blick auf den Wecker. Kurz nach zehn Uhr. Sie richtete sich langsam auf und schaute auf die andere Seite. Frauke schien schon aufgestanden zu sein. Sie hatten sich bis um drei Uhr in der Nacht in dem Club aufgehalten. Mit dem Alkohol hatte sich Jana, aber auch Frauke, zurückgehalten, da sie gegen Mittag zurückfahren wollten.

Als sich Jana gerade die Decke über den Kopf zog, um sich vor dem beißenden Licht der Sonne zu schützen, hörte sie die Würgegeräusche. Sie richtete sich wieder auf und horchte. Sie kamen eindeutig aus dem Bad, das direkt vom Schlafzimmer abging. Jana stieg aus dem Bett und öffnete die leicht angelehnte Tür. Frauke kniete vor der Toilette und übergab sich. Sie eilte zu ihr und berührte sie vorsichtig am Rücken.

»Kann ich was machen?«

Frauke schüttelte den Kopf.

»Wie lange bist du schon hier?«

»Halbe Stunde«, flüsterte Frauke. »Hast du nichts?«

»Nein, überhaupt nichts. Wir haben doch quasi das Gleiche gegessen. Und auch getrunken. Nur die beiden Tapas waren unterschiedlich. Und die haben wir doch auch beide probiert.«

»Keine Ahnung«, sagte Frauke mit heiserer Stimme und richtete sich langsam auf. »Es geht auch schon wieder.«

Jana half ihr auf und hakte sie unter, als sie zurück ins Schlafzimmer gingen.

Frauke setzte sich aufs Bett. »Du musst wohl fahren. Ich glaube nicht, dass ich das schaffe.«

»Kein Problem. Das klappt schon.«

Frauke nickte und ließ sich nach hinten auf das Bett fallen.

Jana starrte sie an. Ihr war wieder eingefallen, wie empfindlich ihre Freundin am Vortag auf die geöffnete Tür der Parfümerie reagiert hatte.

»Wann hattest du deine letzte Regel?«

Frauke richtete sich leicht auf. »Was soll denn die blöde Frage? Mir geht's dreckig und du …« Sie brach ab und schien erst jetzt verstanden zu haben, warum Jana sie das gefragt hatte. »Ich weiß nicht, wann das war«, murmelte sie.

»Trägst du es nicht ein? In eine App oder im Kalender?«

»Normalerweise ja.« Frauke griff nach ihrem Handy, öffnete die App und reichte es Jana. »Kannst du nachgucken?«

Jana zwang sich, ruhig zu bleiben, suchte nach dem letzten Eintrag und rechnete die Zeiten weiter.

»Vor ungefähr zwei Wochen hättest du die Regel haben müssen. Hattest du sie?«

Frauke schloss die Augen und schüttelte schließlich den Kopf.

»Ganz sicher?«

»Ja, verdammt«, stieß sie hervor.

»Soll ich einen Schwangerschaftstest holen? Hier um die Ecke ist eine Apotheke. Die haben die sicher vorrätig.«

Frauke atmete schwer und sah sie mit weit aufgerissenen Augen an. »Das kann nicht sein. Ich habe aufgepasst. Ich will doch nicht schwanger werden.«

Jana stand auf und zog sich an. Frauke schaute ihr mit glasigen Augen zu und schien immer noch nicht ganz verstanden zu haben, wo Jana hinwollte. »Du musst das nicht machen. Das ist unnötig«, murmelte sie.

»Erinnerst du dich an gestern? Dieser Parfümladen. Du bist regelrecht vor dem Duft davongelaufen.«

Frauke griff nach dem neben ihr liegenden Kissen und drückte es sich aufs Gesicht.

»Ich bin gleich wieder da«, rief Jana ihr zu und lief aus dem Schlafzimmer.

Eine Viertelstunde später reichte sie Frauke den Test. »Weißt du, wie das funktioniert?«

Sie nickte schweigend, stand auf und ging ins Badezimmer. Kurz darauf kam sie mit dem Stäbchen zurück und legte es vor Jana auf den Tisch. Gemeinsam starrten sie auf die beiden Öffnungen. In der untersten erschien ein roter Strich. In der zweiten war noch nichts zu sehen.

»Nur wenn in jedem Fenster ein Strich ist, bis…«

»Weiß ich doch«, fiel Frauke ihr ins Wort.

Die Sekunden krochen dahin und fühlten sich wie Stunden an. Frauke atmete schnell und auf ihrer Stirn bildeten sich kleine Schweißperlen.

»Da kommt nichts«, flüsterte sie. »Da kommt nichts.«

Im nächsten Augenblick war ein leicht rosa Strich zu erkennen, der Sekunde um Sekunde dunkler wurde, bis er an Form und Farbe dem ersten in nichts mehr nachstand.

»Das ist eindeutig«, sagte Jana leise. »Du bist schwanger.«

»Das kann nicht sein«, murmelte Frauke.

Jana griff in ihre Tasche und holte einen weiteren Test heraus. »Willst du es wiederholen?«

Frauke nickte kaum merklich, griff nach der Schachtel und verschwand wieder im Bad.

Kurz darauf saßen sie erneut gebannt am Bettrand und starrten auf die beiden Fenster. Das Ergebnis war das Gleiche. Frauke war schwanger.

»Leon?«, fragte Jana, die sich mit der Frage nicht mehr zurückhalten konnte.

»Woher soll ich das wissen?«, fauchte Frauke sie an.

»Kommt denn noch jemand infrage?«

Frauke schwieg.

»Daniel«, sagte Jana. »Es kommt darauf an, in welchem Monat du bist. Vielleicht ist er es ja.« In ihrer Stimme klang leise Hoffnung mit.

»Oder noch jemand anders«, flüsterte Frauke.

»Wer denn noch?«

Wieder schwieg Frauke eine gefühlte Ewigkeit. »Wer wohl.« »Ulfert?«

Frauke nickte. »Es ist einfach so passiert. Frag mich nicht, wie.«

»Vor Leon?«, fragte Jana, als sie ihre Atmung halbwegs wieder unter Kontrolle hatte.

»Auch. Verflucht. Das war nur dreimal. Wir haben ein Gummi benutzt. Ich habe aufgepasst. Bei Leon und Daniel doch auch.«

»Du bist aber schwanger, Frauke.«

Sie ließ sich zurück ins Bett fallen und hielt die Hände vors Gesicht.

Jana wartete eine Weile, stand schließlich auf und packte ihre Sachen und anschließend Fraukes. »Wir müssen die Suite räumen. Willst du noch duschen oder dich nur anziehen?«

Langsam erhob sich Frauke. Ihr war der Schock ins Gesicht geschrieben. Kreidebleich und mit hängenden Schultern schleppte sie sich ins Bad. Kurz darauf hörte Jana die Dusche. Sie trat ans Fenster und öffnete es. Der Lärm der Straße klang wie Meeresrauschen. Sie schloss die Augen und dachte an Oke und ihre Tochter.

18

Jana zeigte auf das Schild, das eine Autobahnraststätte ankündigte. »Pause?«

Frauke zuckte mit den Schultern. Während der gesamten Fahrt hatte sie schweigend aus dem Seitenfenster gestarrt und nicht ein einziges Mal zu Jana geschaut. »Keine Ahnung«, murmelte sie, ohne sich umzudrehen.

Jana setzte den Blinker und fuhr ab. Die Raststätte kurz hinter Bremen war die letzte, bevor sie kurz vor Wilhelmshaven die Autobahn verlassen würden. Eine weitere Stunde Schweigen würde Jana nicht durchhalten.

»Lass uns einen Kaffee holen und uns irgendwo draußen einen Platz suchen. Ich brauche frische Luft.« Jana stieg aus und wartete, bis Frauke langsam die Seitentür öffnete. Als sie nicht ausstieg, ging Jana ums Auto herum und reichte ihrer Freundin die Hand. »Jetzt komm schon. Wir müssen reden.«

Zehn Minuten später saßen sie im Freibereich auf einer Bank, einen großen Becher Milchkaffee in der Hand.

»Da habe ich wohl ziemlichen Mist gebaut«, sagte Frauke, die auf ihren Kaffee schaute, als wenn sie überlegen würde, wie der Becher in ihre Hand gekommen war.

»Bist du ganz sicher, dass auch Daniel infrage kommt?«

Frauke zuckte mit den Schultern.

»Wann wart ihr das letzte Mal zusammen?«

»Keine Ahnung.« Fraukes Stimme klang verzweifelt. »Vier Wochen oder so. Und jetzt frag mich nicht, ob schon meine letzte Regel ausgeblieben ist. Ich zermartere mir schon die ganze Zeit den Kopf darüber.«

»Nimmst du die Pille nicht mehr?«

»Nein. Meine Frauenärztin meinte, ich sollte eine Pause einlegen. Deshalb habe ich doch auch so viel abgenommen. Ist dir das nicht aufgefallen?«

Jana hatte bemerkt, dass Frauke ein paar Kilo weniger mit sich rumtrug, war aber nicht auf die Idee gekommen, dass es mit der Pille zu tun haben könnte. Sie war nie gertenschlank gewesen und probierte regelmäßig die neusten Diäten aus.

»Wenn ich jetzt nichts unternehme, bin ich bald kugelrund«, fuhr Frauke fort. »Ich habe ein Foto meiner Mutter im achten Monat gesehen – wenn das bei mir auch so ist, sterbe ich.«

»Willst du das Kind denn?«

»Wenn ich nicht einmal weiß, wer der Vater ist? Soll ich jetzt zu den dreien gehen und …« Sie brach ab. »Was für eine demütigende Situation. Ich kann es nicht bekommen. Das wäre der Wahnsinn.« Frauke sah Jana direkt an. »Du weißt doch am besten, was das bedeutet. Ihr seid zu zweit, und trotzdem hat Svea euer Leben vollkommen auf den Kopf gestellt.«

Oder auf die Füße, fügte Jana in Gedanken hinzu. Aber Frauke hatte recht. Drei potenzielle Väter, von denen vermutlich nur einer sich auf ein Kind freuen würde, waren keine gute Ausgangslage.

»Deine Frauenärztin kann dir sagen, in welchem Monat du bist, und dann lässt sich auch der ungefähre Zeitpunkt errechnen, an …«

»… dem ich so dämlich war?«, unterbrach Frauke sie.

Jana trank den letzten Schluck Kaffee, stand auf und warf den Pappbecher in die nahe Mülltonne. Zurück auf der Bank nahm sie Fraukes Hand in ihre. »Ich bin sogar schwanger geworden, obwohl ich die Pille genommen habe. Es gibt keine hundertprozentige Verhütungsmethode. Deine Situation ist nicht einfach, und ich kann mir vorstellen, dass du vollkommen durcheinander bist. Das würde jeder Frau so gehen.«

»Aber? Es kommt doch jetzt ein *aber*, oder?«

»Ja, es kommt ein *aber*. Wenn der erste Schock vorbei ist und du weißt, in welchem Monat du bist, wirst du eine Entscheidung treffen müssen. Du weißt, wie nahe ich schon vor einem Schwangerschaftsabbruch gestanden habe. Und meine Situation damals war eigentlich gar nicht so schlecht. Ich wollte es nur nicht sehen und habe mich nur darauf fokussiert, das Problem aus der Welt zu schaffen. Aber so einfach ist das nicht.«

Frauke nickte und schloss die Augen. »Ich weiß nicht mal, wen ich mir als Vater lieber vorstellen soll. Leon? Der ist doch viel zu jung. Wenn er hört, dass er Vater wird, ist er über alle Berge. Und Daniel? Der würde durchdrehen. Bleibt noch Ulfert. Der hat schon ein Kind ohne Familie. Das Ganze ist der totale Irrsinn. Und das weißt du auch, Jana. Im Grunde ist es sehr einfach. Ich muss es wegmachen lassen.«

Jana war bei dem Wort *wegmachen* innerlich zusammengezuckt und wäre, wenn es sich nicht um ihre beste Freundin handeln würde, aufgestanden und weggegangen. »Egal, wie du dich entscheidest, du kannst auf meine Hilfe zählen.«

»Ich weiß. Und glaub mir, wäre ich heute allein im Hotelzimmer gewesen, hätte ich mich aus dem Fenster gestürzt.«

Jana umarmte Frauke. Eine Weile saßen sie eng umschlungen auf der Bank, Frauke schluchzte leise.

»Einen Schritt nach dem anderen. Wir fahren jetzt erst mal zurück nach Langeoog, ich bringe dich nach Hause und komme morgen früh bei dir im Café vorbei. Du hast doch Dienst, oder?«

»Ja, aber ich weiß nicht, ob ich das schaffe.«

»Dann hänge ich einfach ein Schild in die Tür, dass morgen geschlossen ist. Am Nachmittag kann ich dann vielleicht einspringen. Das hängt von Okes Arbeit ab.«

Frauke strich Jana sanft über die Schulter. »Lass nur. Ich bin nicht krank. Vielleicht tut mir die Arbeit ganz gut. Irgendwie muss ich ja einen klaren Kopf bekommen.« Frauke goss ihren Kaffee ins Gras. »Nicht mal der schmeckt mir mehr.«

Jana stand an der Reling und schaute auf die auflaufende Nordsee. Die erste Viertelstunde hatte sie bei Frauke im Zwischendeck gesessen und ihr schweigend Gesellschaft geleistet. Glücklicherweise hatte Oke keinen Dienst auf der Fähre. Er hätte sofort gesehen, dass etwas passiert sein musste.

»Dachte ich mir doch, dass du hier bist«, hörte Jana Fraukes Stimme im Rücken.

Sie drehte sich um. »Ich brauchte etwas frische Luft.«

Frauke lächelte matt. »Schon wieder?«

Jana nickte. »Sorry, dass ich dich allein gelassen habe.«

»Du musst dich nicht entschuldigen. Du ganz bestimmt nicht.« Frauke trat zu Jana an die Reling. »Worüber machst du dir denn Gedanken? Oder sollte ich besser fragen, worüber machst du dir denn *im Moment* Gedanken?« Frauke atmete einmal tief durch. »Gründe dafür gäbe es wohl genug. Leon, Enna, Oke … jetzt auch noch ich …«

Jana drückte kurz den Arm ihrer Freundin. »Tatsächlich geht es gerade um Oke. Weißt du, ich fürchte, ich kann ihm nichts vorspielen. Er wird so lange drängeln, bis ich es ihm schließlich sage. Du kennst ihn doch. Im schlechtesten Fall errät er sowieso, was los ist.«

»Du kannst es ihm erzählen. Er wird es sicher für sich behalten.«

»Ganz sicher sogar«, sagte Jana.

»Er wird mich für verrückt erklären, aber was soll's. Wie heißt es immer so schön? Ist der Ruf erst ruiniert, lebt es sich ganz ungeniert. Ob ich dann noch das Kind bekomme, spielt auch wohl keine große Rolle mehr.«

»Und wenn Ulfert der Vater wäre?«

»Ach, Jana. Sei ehrlich, kann das klappen? Ich habe es doch nach der großen Pleite noch einmal mit ihm versucht. Es hat nicht funktioniert.«

»Vielleicht hat Ulfert sich geändert?«

Frauke hob den Kopf und ließ ihr Haar vom Fahrtwind aufwirbeln. »Natürlich hat er das. Aber ich auch. Das war so ein Retroding, dass wir wieder im Bett gelandet sind. Er hat mir leidgetan, und vielleicht dachte ich auch für einen klitzekleinen Augenblick, dass ich die Uhr zurückdrehen könnte.«

»Und Leon?«

Frauke ließ sich Zeit für ihre Antwort. »Er ist ein lieber Junge, aber doch fast noch ein Kind. Wäre das nicht die schlechteste Variante? Ich würde ihn ins Unglück reißen. Es bringt nichts, mir die potenziellen Väter schönzureden. Es passt bei keinem.«

»Wie würde Daniel reagieren?«, fragte Jana.

Frauke holte ihr Handy aus der Tasche und öffnete den Messenger-Dienst. Bevor Jana sie davon abhalten konnte, hatte sie bereits eine Nachricht eingetippt und sie losgeschickt. Jetzt reichte sie Jana das Handy. »Ob er antwortet?«

Jana las.

Hey, habe eine Überraschung für dich. Ich bin schwanger.
Vielleicht bist du der Vater.

Jana hielt für einen langen Moment die Luft an. Hatte ihre Freundin die Nachricht wirklich an Daniel verschickt? Bevor sie fragen konnte, erschien auf dem Display eine Antwort.

Ein Scherz, oder?

»Was soll ich schreiben?«, fragte Frauke, als sie die Nachricht gelesen hatte.

Jana schwieg. Die Situation überforderte sie. Wollte Frauke Daniel provozieren oder ihn bloßstellen? Bevor sie etwas sagen konnte, tippte Frauke bereits etwas ein, schickte es ab und zeigte es daraufhin Jana.

Nein, kein Scherz. Ich bin schwanger und du einer der Kandidaten. Freust du dich?

»Was?«, fragte Frauke, die Janas Entsetzen bemerkt haben musste. »Ist es nicht das, was Daniel will? Offen und ehrlich miteinander umgehen. Er hat Sex mit anderen, ich habe Sex mit anderen. Da kann es schon mal passieren, dass diese Gummiteile ein Loch haben.«

Wieder poppte eine Nachricht auf. Frauke las und reichte Jana ihr Handy.

Kann ich dich anrufen?

Frauke aktivierte den Sprachmodus. »Hallo Daniel. Im Moment ist es schlecht mit Telefonieren. Ich bin auf der Fähre und weiß es auch noch nicht lange. Das mit der Schwangerschaft, meine ich. Ich habe zwei Tests gemacht, und beide waren positiv. Ich brauche erst mal Zeit, das zu verdauen. Vielleicht telefonieren wir morgen?«

Frauke verschickte die Sprachnachricht und stellte anschließend ihr Handy auf stumm. »Aus die Maus. Soll er etwas schmoren. So ganz unschuldig ist er auch nicht an meinem Dilemma.«

Jana brummte der Kopf. War das Frauke, ihre Freundin, die gerade die Nachrichten verschickt hatte? Sie hatte sie noch nie so rabiat erlebt. Sie selbst wäre niemals auf die Idee gekommen, einen potenziellen Vater ihres Kindes so zu behandeln. Aber was hatte sie schon von Fraukes Beziehung zu Daniel mitbekommen? Hin und wieder hatte Frauke etwas erzählt, aber offensichtlich nicht alles. Der Ton zwischen den beiden schien rauer geworden zu sein beziehungsweise Frauke war zu dem Ergebnis gekommen, dass sie anders als zuvor mit Daniel umgehen musste. Alles auf eine Karte und abwarten, was passiert. Vielleicht war das tatsächlich die richtige Methode, um Daniel zu einer Entscheidung zu zwingen. Erst wenn er sich von Frauke lossagen würde, konnte sie einen Schlussstrich unter die Beziehung ziehen. Oder war es nicht so einfach?

»Du grübelst zu viel«, sagte Frauke. »Ich habe genug von Männern, die sich nicht entscheiden können, die nicht die Wahrheit sagen oder nur auf eine schnelle Nummer aus sind. Egal, ob ich das Kind in mir behalte oder nicht. Ich will so nicht weitermachen. Das ist mir heute klar geworden.« Sie warf Jana einen flehenden Blick zu. »Jetzt sag doch was! Habe ich nicht recht?«

»Ja, hast du. Und du hast bei Daniel lange genug deine Bedürfnisse hintangestellt. Ich weiß nicht, ob diese Hardcore-Nummer vorhin richtig war – dazu kenne ich Daniel zu wenig. Aber dass du etwas ändern willst, ist auf jeden Fall richtig. Ich habe schon lange gesehen, dass du unter der Situation leidest.« Jana fiel erst jetzt auf, dass die Fähre kurz davor war, in den Langeooger Hafen einzulaufen.

Auch Frauke schien es inzwischen bemerkt zu haben. »Wir sind gleich da«, sagte sie und atmete tief durch. »Ich fasse es immer noch nicht, dass ich schwanger bin. Kannst du mich mal kneifen?«

19

Oke starrte Jana mit offenem Mund an. »Schwanger? Und Ulfert ist auch ein …« Er brach ab und schüttelte entsetzt den Kopf.

»Frauke hat zwei Tests von verschiedenen Firmen gemacht. Sie wird sicher in den nächsten Tagen zu ihrer Frauenärztin gehen, ich glaube aber nicht, dass da ein anderes Ergebnis bei herauskommt.«

»Aber kann man nicht zumindest den Zeitpunkt berechnen, wann es zur …« Oke brach ab.

»Zeugung gekommen ist«, half Jana aus.

»Ja, genau. Dann könnte Frauke doch zwei ausschließen.« Er stockte. »Hoffe ich doch zumindest.«

»Auf den Tag genau geht das nicht. Wenn überhaupt, dann wird der Zeitraum ein oder zwei Wochen umfassen.«

»Und einen Vaterschaftstest? Kann man das jetzt schon machen?«

»Im Prinzip ja, aber in Deutschland ist das vor der Geburt immer noch verboten. Frauke könnte natürlich ins Ausland fahren, aber ich glaube nicht, dass sie ihre Entscheidung davon abhängig macht, wer der Vater ist.«

»Sie will das Kind nicht?«

»Oke, Frauke weiß erst seit ein paar Stunden, dass sie schwanger ist. Sie ist vollkommen durcheinander. Das habe ich dir doch eben erzählt.«

»Ja, schon gut. Aber …« Oke schüttelte den Kopf. »Was für eine verrückte Geschichte. Weiß Ulfert denn schon davon?«

»Nein, und du sagst bitte niemandem, was ich dir erzählt habe. Frauke hat mir erlaubt, es dir zu sagen, aber sie will nicht, dass es jemand anders erfährt.«

Oke nickte. »Klar, ich halte meinen Mund. Versprochen.«

»Frauke braucht etwas Zeit, um erst mal zu begreifen, vor welchen Entscheidungen sie jetzt steht. Das wird alles verdammt schwer für sie.«

»Und die drei dürfen nichts dazu sagen? Ich meine, sie sind doch eventuell die Väter … also einer von ihnen natürlich.«

»Nein, wenn Frauke es allein entscheiden will, ist das ihr Recht. Niemand kann ihr vorschreiben, dass jemand anders mitbestimmt.«

»Gut, dann bleibt nur noch warten und schweigen.« Oke starrte eine Weile ins Nichts. »Eine verrückte Geschichte. Das hat uns gerade noch gefehlt.«

Jana fragte nicht nach, was genau er damit meinte.

Jana stand vor Fraukes Café. Da die Tür verschlossen war, versuchte sie, durch eins der Fenster hineinzuschauen. Eigentlich sollte Frauke um diese Zeit schon in der Küche sein, um das Frühstücksbüfett vorzubereiten. Jana klopfte ans Fenster, ohne dass sich etwas im Café rührte. Nach dem Blick auf die Uhr entschied sie, zu Fraukes Wohnung zu gehen, die nur wenige Gehminuten entfernt lag.

Erst nachdem Jana zum vierten Mal die Klingel gedrückt hatte, summte der Türöffner. Sie drückte die Tür auf und lief hinauf in den ersten Stock. Die Wohnungstür war angelehnt, im Flur kein Licht. Jana rief Fraukes Namen und betrat die

Wohnung. Weder in der Küche noch im Bad fand sie ihre Freundin. Das kleine Wohnzimmer war verwaist.

»Was willst du schon wieder von mir?«, rief Frauke ihr aus dem Schlafzimmer entgegen, dessen Tür nur einen Spalt geöffnet war.

»Kann ich reinkommen?«, fragte Jana und schaute ins Zimmer hinein. Die Vorhänge waren zugezogen, das Licht ausgeschaltet.

»Ich bin müde«, sagte Frauke, deren Stimme klang, als habe sie getrunken.

Janas Augen hatten sich inzwischen an das Dämmerlicht gewöhnt. Frauke lag im Bett und zog jetzt die Decke übers Gesicht.

»Soll ich einen Kaffee machen?«

»Mach, was du willst«, kam es leise unter der Decke hervor.

Jana zog die Vorhänge einige Zentimeter auf und verließ das Schlafzimmer, um zur Küche zu gehen. Ein Blick genügte ihr, um zu wissen, was mit Frauke los war. Eine leere Weinflasche und eine halb volle standen auf der Spüle neben einem Glas. Im geöffneten Pizzakarton lagen die Reste von Fraukes Abendessen. Sie brühte einen starken Kaffee auf, ging zurück ins Schlafzimmer und setzte sich auf die Bettkante. Frauke hatte sich inzwischen aufgerichtet und sah Jana mit glasigen Augen an. »Ich habe keine Kraft zum Arbeiten. Nix mit Kopf freikriegen. Guck nicht so blöd – ich habe etwas getrunken. Aber ich hatte auch allen Grund dazu, oder?«

»Ja, hattest du, aber in der frühen Phase ist das halb so wild«, versuchte Jana die Wogen zu glätten. »Soll ich Lisa anrufen, damit sie früher kommt?«

Frauke zuckte mit den Schultern, was Jana als Bestätigung nahm. Sie stand auf, ging in die Küche und rief Fraukes Mitarbeiterin an. Lisa erklärte sich für die Übernahme der

Schicht bereit, nachdem sie gehört hatte, dass Frauke krank im Bett lag.

Als der Kaffee durchgelaufen war, schäumte Jana Milch auf und ging mit zwei vollen Bechern zurück ins Schlafzimmer. Frauke saß inzwischen im Bett und lächelte matt, als Jana ihr den Kaffee reichte. Sie roch daran und trank einen Schluck.

»Zum Glück war das gestern eine Ausnahme«, spielte Frauke auf den Kaffee der Raststätte an. »Ich dachte schon, mir würde der Kaffee nicht mehr schmecken. Ohne Koffein halte ich das Ganze noch weniger durch.«

Jana hatte sich einen Stuhl ans Bett gezogen und trank schweigend ein paar Schlucke. »Warum fragst du nicht?«, sagte Frauke nach einer Weile. »Du willst doch sicher wissen, ob ich mit Daniel telefoniert habe.«

»Du wirst es mir schon erzählen, wenn du es möchtest.«

»Verdammt, Jana, müsstest du mich nicht zusammenstauchen, dass ich mich gestern volllaufen lassen habe? Du hast doch sicher die Flaschen in der Küche gesehen.«

»Deine Entscheidung«, sagte Jana. »Ich werde das ganz sicher nicht kommentieren.«

»Was ist mit dir los? Ist das eine neue Strategie?«

»Nein. Wenn du Hilfe brauchst, kannst du dich auf mich verlassen. Aber ich bin nicht dein Kindermädchen und schon gar nicht deine Mutter.«

»Du kannst beruhigt sein. Ich habe gerade mal zwei Gläser getrunken. In der einen Flasche war nicht mehr viel drin und die andere …« Frauke schluckte. »Ist das ein Problem fürs Kind?«

»Nein, das glaube ich nicht. Wann hast du den Wein denn getrunken?«

»Zuerst konnte ich nicht schlafen, dann bin ich um vier Uhr morgens aufgewacht und hatte Durst. Da stand dann die Flasche im Kühlschrank. Ich habe probiert, ob der Wein noch gut ist, und ihn dann weggeschüttet. Blöderweise stand da noch eine weitere Flasche, die ich schon vor unserem Hamburg-Trip kalt gestellt hatte.«

»Du musst dich nicht rechtfertigen, Frauke. Mir gegenüber schon gar nicht. Zwei Gläser Wein sind kein Problem. Wir haben in Hamburg doch auch etwas getrunken. Viele Frauen wissen in deinem Stadium gar nicht, dass sie schwanger sind.«

»Aber du bist doch immer so vorsichtig, obwohl du gar nicht weißt, ob es geklappt hat.«

»Du kennst mich doch«, wiegelte Jana ab. »Ich bin immer übervorsichtig. Mit allem.«

Frauke atmete erleichtert auf. Jana registrierte verwundert, dass es ihrer Freundin tatsächlich wichtig zu sein schien, dem Fötus nicht zu schaden. Im Umkehrschluss hieße das, dass sie sich noch nicht für einen Abbruch der Schwangerschaft entschieden hatte.

»Daniel hat bestimmt fünf- oder sechsmal angerufen«, fuhr Frauke fort. »Ich hatte aber nicht den Mut, das Gespräch anzunehmen.«

»Pass auf. Du duschst jetzt, ruhst dich noch etwas aus und machst dann einen langen Spaziergang. Lisa ist im Café. Wenn du da am frühen Nachmittag auftauchst und sie ablöst, ist das sicher in Ordnung.«

Frauke nickte.

»Ich muss jetzt leider los. Wenn was ist, ruf mich an oder komm einfach direkt vorbei. Okay?«

Frauke nickte ein zweites Mal und lächelte Jana zum Abschied zu.

Mit Mühe schaffte Jana es, die bestellten Pralinen bis zum Abholtermin fertigzustellen. Erschöpft sank sie auf die Bank vor dem Ladengeschäft und blieb so eine gefühlte Ewigkeit mit geschlossenen Augen sitzen.

»Moin, Schwesterherz!«

Jana öffnete die Augen. Vor ihr stand Leon mit einem verschmitzten Lächeln. »Hier bin ich wieder. Mit reiner Weste und leeren Taschen. Hast du noch einen Platz für mich? Oder soll ich uns schnell einen Kaffee machen? Du siehst ja vollkommen fertig aus.«

»Kaffee wäre gut. Du weißt ja, wo die Sachen stehen.«

Jana blieben zehn Minuten, um sich von der Überraschung und dem anstrengenden Vormittag zu erholen, bevor Leon ihr einen Becher reichte und sich zu ihr setzte.

»Du arbeitest zu viel«, sagte er.

»Und du zu wenig«, antwortete Jana mit bissigem Unterton.

»Schon klar«, konterte Leon selten gelassen. »Ich suche mir auch einen Job. Die Geschichte – du weißt, wovon ich rede – hat mir doch etwas die Augen geöffnet.« Seine verzagte Miene sagte Jana, dass ihr Bruder keinen Scherz gemacht hatte, sondern es ernst meinte. »Sogar etwas mehr geöffnet, wenn ich ehrlich bin«, fügte er hinzu.

Jana trank einen Schluck des heißen und starken Kaffees. »Wie ist es gelaufen?«

»Ganz gut, würde ich sagen.« Er sah sie direkt an. »Wie ich dich kenne, weißt du inzwischen, dass Sigge mir Geld geliehen hat?«

»Ja, er hat mich angerufen und gefragt, was ich davon halte.«

»Oh, hätte ich mir denken können. Danke, dass du zugestimmt hast.«

Jana schüttelte den Kopf. »Habe ich nicht. Ich will mich nicht in deine Angelegenheiten einmischen und habe Sigge gesagt, dass er das selbst entscheiden muss.«

Leon warf ihr einen erstaunten Blick zu. »Sieh an, umso besser. Ich habe auch einen Darlehensvertrag mit Sigge gemacht. Zwar einen sehr humanen, aber ich zahle ihm das Geld zurück. Versprochen.«

»Wie gesagt, nicht meine Baustelle. Du bist erwachsen und Sigge ohnehin. Ihr regelt das schon.«

»Du bist also nicht sauer, dass ich dich übergangen habe?«

»Nein, im Gegenteil. Mir ist klar geworden, dass du das selbst regeln musst. Also – alles gut.«

Leon atmete erleichtert auf. »Zumindest bin ich deinem Rat gefolgt und habe mich an die Polizei gewandt. Deshalb hat es auch alles so lange gedauert und war ziemlich kompliziert. Ich habe die Bu… also die Polizisten darum gebeten, mich vollkommen rauszulassen. Ich werde weder vor Gericht aussagen noch sonst wie zur Verfügung stehen.«

»Und das haben sie akzeptiert?«

»Ja, mehr oder weniger. Ich hoffe mal, es gibt keinen Maulwurf bei der Polizei, der mich an diese Typen verpfeift. Ansonsten sollte ich raus sein aus der Nummer. Ich habe alles haarklein erzählt, die Typen benannt und beschrieben und geschildert, wie sie mich angesprochen haben und wie alles ablief. Was die jetzt draus machen, ist nicht meine Sache.«

»Aber du hast gezahlt?«

Leon verzog das Gesicht. »Zwölftausend. Das war bitter. Aber was sollte ich machen? Die hätten mich weiterverfolgt und auch gleich gewusst, dass ich sie an die Polizei verpfiffen habe.« Er hielt kurz inne, bevor er fortfuhr. »Und ob du es glaubst oder nicht, die Typen wollten mich doch gleich zu einem weiteren Spiel überreden. Die sind echt krank. Haben die keine anderen Einnahmequellen, oder machen die sich nur einen Joke daraus, solche Idioten wie mich zu verarschen? Schwamm drüber. In einem halben Jahr muss ich mit den Ratenzahlungen bei Sigge anfangen. Erst mal zweihundert im Monat. Dann sehen wir weiter.«

»Du solltest dir Hilfe suchen wegen der Spielerei.« Jana legte ihm die Hand auf die Schulter. »Sei ehrlich, das war doch nicht das erste Mal, oder?«

Leon zögerte, nickte aber schließlich. »In Mexiko bin ich damit in Berührung gekommen. Irgendein Typ aus Spanien hat mich in so eine Runde mitgeschleppt. Es lief ganz gut und hat mir ein paar Tausender eingebracht. In Brasilien bin ich aber auf die Schnauze gefallen. Ich musste mich dann auch vom Acker machen und bin weitergezogen.«

»Du spielst also schon eine Weile?«, fragte Jana, obwohl sie die Antwort bereits kannte.

»Ja, verdammt. Und du hast recht. Ich habe auch schon daran gedacht, mir Hilfe zu suchen.« Er sah sich um. »Auf dieser kleinen Insel wird es wohl keine Pokerrunden geben. Hier bin ich relativ sicher.«

»Das ist keine Lösung. Und das weißt du auch.«

»Nein, wohl nicht. Und ausreichend Arbeit werde ich hier auch nicht finden.«

»Du fährst also nach Hamburg zurück?«

»Wenn du mir noch ein paar Tage gibst.« Er hob schützend die Hände hoch. »Keine Angst, ich bleibe nicht mehr lange. Ob du es glaubst oder nicht: In Hamburg war ich schon bei drei Betrieben und habe mich vorgestellt. Ich warte sozusagen stündlich auf eine Zusage. Oder natürlich Absage. Aber alle drei waren interessiert und haben gleich gefragt, wann ich anfangen kann. Ich habe ihnen den nächsten Ersten genannt. Also frühestens in zwei Wochen. Jetzt heißt es abwarten.«

»In Hamburg?«

Leon nickte. »Zumindest zwei, ein Betrieb hat den Sitz in Elmshorn. Der hat mir eigentlich am besten gefallen. So eine Art selbstverwaltete Schreinerei. Fünf Leute, die das aufgebaut haben und jetzt Mitarbeiter suchen. Es besteht sogar eine Option, später einmal mit einzusteigen. Aber gut, dafür fehlt mir das Startkapital. Ist auch ohnehin Zukunftsmusik.«

Jana musste an Fraukes Schwangerschaft denken und daran, wie ihr Bruder auf die Nachricht reagieren würde. Er schien

gerade auf einem guten Weg zu sein. Wenn jetzt das Kind …
Jana wagte nicht, den Gedanken bis zu Ende zu denken.

»Was ist? Freust du dich gar nicht?«, holte Leon sie auf die
Bank vor ihrem Laden zurück.

»Doch, natürlich. Sehr sogar.«

20

Jana lief am Strand entlang und atmete tief die salzige Nordsee ein. Leon war jetzt seit vier Tagen zurück auf der Insel und wohnte seitdem bei Frauke. Zwar hatte Jana sie mehrmals getroffen und einen Kaffee bei ihr im Café getrunken oder war ihr auf der Straße begegnet, aber sie hatte das Gefühl, als wenn ihre Freundin ihr aus dem Weg gehen würde. Auf ihre Frage zu Daniel und dem Termin bei ihrer Frauenärztin antwortete sie ausweichend. Erst bei ihrem letzten Gespräch hatte sie mehr über Daniel erzählt. Aber weder Leon noch Ulfert schienen von Fraukes Schwangerschaft zu wissen. Jana kam es vor, als hätte jemand die Uhr um zwei Wochen zurückgedreht.

Enna hatte bei ihren Besuchen weder verwirrt noch vergesslich gewirkt. Sie hatte sie und Svea jedes Mal erkannt und nach Oke gefragt. Selbst auf Sigge war sie zu sprechen gekommen und schwärmte von ihrem Gespräch mit ihm auf Janas Hochzeit.

»Es geht ihr gut«, sagte Oke, als er am Abend des vierten Tages von Enna zurückkam und berichtete. »Wenn ich es nicht besser wüsste, würde ich von einer Spontanheilung ausgehen.«

»Enna scheint es gutzutun, dass regelmäßig jemand bei ihr vorbeischaut und ihr Gesellschaft leistet, aber ich fürchte, die nächsten schlechten Tage werden nicht lange auf sich warten lassen. Auf ein Wunder können wir wohl kaum hoffen.«

Oke nickte. »Wahrscheinlich nicht. Trotzdem ist es schön, sie so zu erleben.«

»Ja, auf jeden Fall. Ich freue mich für Enna um jeden guten Tag. Sie hat es wirklich verdient.«

»Sag mal, hast du morgen nicht den Termin bei der Bank?«

»Ja. Direkt nach der Arbeit. Drück mir die Daumen, dass das klappt.«

»Für die Renovierung habe ich alles notiert, was wir brauchen. Das Material für die beiden Zimmer kommt auf etwa tausendfünfhundert Euro. Da habe ich schon eine neue Matratze fürs Bett mit eingerechnet. Dann der Flur. Die Dielen sollten wir abschleifen, die Wände müssen tapeziert werden. Das beläuft sich auf etwa fünfhundert Euro.«

»Das ist ja günstiger, als du bisher gedacht hast, oder?«

»Ich bin ja noch nicht fertig. Meinst du, dass wir die Fliesen im Bad lassen können?«

»Das ist teuer, oder?«

Oke nickte. »Die alten müssen raus, die neuen rein. Aber es gibt eine Alternative. Ich könnte sie mit Fliesenfarbe streichen. Da kommen wir dann mit vierhundert Euro davon. Dann brauchen wir ein neues Waschbecken, eine Toilette und den ganzen Krimskrams. Olaf Heinzen habe ich schon Fotos von dem Bad gezeigt. Er meinte, mit zweitausend sind wir dabei. Rechne ich noch dies und das dazu, komme ich auf nicht einmal fünftausend Euro. Vorausgesetzt, wir machen bis auf die Klempnerarbeiten alles allein.«

»Klingt doch gut. Wir müssen nur ein paar Freunde finden, die dir helfen. Allein kannst du das nicht schaffen.«

»Sobald das mit dem Kredit von der Bank läuft, gehe ich auf die Suche.« Oke hielt inne. »Auf Leon kann ich jetzt wohl nicht mehr zählen?«

»Eher nicht. Er wird kaum seinen Urlaub dafür opfern, um bei Enna zu renovieren. Er kennt sie ja nicht einmal.«

»Er bleibt also nicht hier?«

»Du meinst, als liebevoller Vater und Ehemann? Oke, du solltest Leon inzwischen etwas kennen. Er hat jetzt den Job in Elmshorn und mit einer Selbsthilfegruppe in Hamburg hat er auch Kontakt aufgenommen. Wenn ich an Fraukes Stelle wäre, würde ich ihm nichts sagen und …« Jana stockte. Stellte sie sich das nicht zu einfach vor? Aus und vorbei, es war schön mit dir, aber jetzt kannst du gehen. Inzwischen war sie sich sicher, dass zumindest auf Leons Seite Gefühle im Spiel waren, und bei Frauke tippte sie auch darauf, dass die Beziehung mit Leon für sie mehr war als ein Urlaubsflirt. Außerdem hatte sie beschlossen, sich nicht einzumischen. »Aber das muss Frauke selbst entscheiden.«

»Und Leon. Wann will Frauke endlich mit den dreien reden?«

»Daniel weiß es inzwischen. Frauke hat sogar mit ihm gesprochen.«

»Das hast du mir gar nicht erzählt.«

»Weiß ich erst seit heute. Daniel hat reagiert, wie ich es mir gedacht habe. Er will kein Kind, und wenn Frauke es bekommen sollte, möchte er nicht einmal Kontakt zu seinem Sohn oder seiner Tochter.«

»Bezahlen würde er aber?«

»Oke, das Geld ist doch zweitrangig. Im Übrigen kommt er da gar nicht drum herum. Die Sätze sind allerdings so gering, dass es hinten und vorne nicht reicht.«

»Also Daniel ist raus?«

»Sieht ganz so aus. Ob er das jetzt nur im ersten Schock gesagt hat und es sich möglicherweise doch noch anders überlegt, weiß ich natürlich nicht.«

Oke grinste. »Vielleicht hat ihn ja gewurmt, dass er nicht der einzige Kandidat ist.«

»Ruf ihn an und frag ihn einfach. Wenn er wirklich bei dieser Meinung bleibt und sich nicht um das Kind kümmern würde, ist er für mich gestorben. Und für Frauke sicher auch.«

»Will Frauke das Kind denn überhaupt behalten?«, warf Oke ein. »An ihrer Stelle würde ich wirklich über einen Abbruch nachdenken.«

»Oke, das ist nun wirklich nicht unsere Sache. Sprich Frauke auf keinen Fall darauf an, und wenn sie fragt, sag einfach, es wäre ihre Entscheidung, die ihr niemand abnehmen kann.«

»Das weiß ich doch. Aber unter uns kann ich doch darüber nachdenken. Ich weiß doch inzwischen, was es bedeutet, ein Kind zu haben. Wenn ich mir vorstelle, damit allein dazustehen …«

»Frauke hat ihre Eltern, die auf Langeoog wohnen, sie hat ihre Freunde. Wie viele Frauen weltweit leben mit dem Vater des Kindes zusammen, ohne dass es einen großen Unterschied macht bei der Kinder- und Hausarbeit?« Jana hielt inne. »Aber jetzt diskutieren wir über Fraukes Entscheidung. Und das noch ungefragt. Das führt zu nichts.«

Oke seufzte. »Mag sein. Ich schaue einfach mal morgen bei ihr rein. Vielleicht ist das im Moment die beste Unterstützung.«

Hajo Lübbers begrüßte Jana und führte sie in sein Büro. Nachdem er ihr etwas zu trinken angeboten hatte, fragte er, was er für sie tun könne. Jana legte ihre Generalvollmacht vor, der Filialleiter fertigte Kopien an und setzte sich wieder zu Jana an den Tisch.

»Frau Rolfs kann nicht selbst kommen?«, war die erste Frage, nachdem Jana nach den Konditionen eines Kredits gefragt hatte.

»Kann ich mich darauf verlassen, dass Sie unser Gespräch absolut vertraulich behandeln?«, fragte Jana.

»Selbstverständlich ist alles, was wir hier besprechen, vertraulich. Ihre Vollmacht ist notariell beglaubigt, und Sie sind natürlich berechtigt, in Frau Rolfs' Namen Geschäfte abzuschließen. Meine Frage hatte eher privaten Charakter.«

»Es zeichnet sich ab, dass Frau Rolfs in absehbarer Zeit Unterstützung braucht. Auf Dauer wird es so sein, dass eine Pflegekraft im Haus wohnen muss. Aus dem Grund möchte ich schon jetzt vorsorgen und im ersten Stock zwei Zimmer und das Bad renovieren. Die Arbeitszeit, die mein Mann und einige unserer Freunde in die Renovierung stecken, ist natürlich unentgeltlich. Aber es fallen Kosten für das Material und für bestimmte Arbeiten im Badezimmer an.«

»Frau Rolfs weiß darüber Bescheid?«

Jana konnte nicht mehr darüber hinwegsehen, dass der Filialleiter ihr misstraute. Sollte sie in die Offensive gehen oder das Gespräch abbrechen? »Nein, aber ich werde mit ihr darüber sprechen. Frau Rolfs ist zwar noch in der Lage, sich mit geringer Hilfe selbst zu versorgen, aber auf Dauer wird das nicht möglich sein.« Jana sah auf. »Wie alt sind Ihre Eltern?«

Hajo Lübbers zögerte eine Weile und schien zu überlegen, ob er auf die private Frage antworten solle. »Mein Vater ist verstorben, meine Mutter ist fünfundachtzig.«

»Kann sie sich noch allein versorgen?«

»Sie ist vor zwei Jahren zu meiner Schwester aufs Festland gezogen. Ob sie hier noch allein zurechtkommen würde, kann ich nicht sagen.«

»Frau Rolfs hat keine nahen Verwandten, die ihr zur Seite stehen könnten. Wenn meine Freunde und ich uns nicht jeden Tag um Enna kümmern würden, hätte sie mit Sicherheit erhebliche Probleme, allein zurechtzukommen.« Jana hatte bewusst zu Ennas Vorname gewechselt, weil sie davon ausging, dass der

Filialleiter von der Bekanntschaft seiner Mutter mit Enna wusste. »Wir können das aber auf Dauer – schon gar nicht, wenn es Enna schlechter gehen sollte – nicht leisten. Alles steht und fällt mit der Finanzierung: die Renovierung, die Pflege und alles Weitere. Genau deshalb bin ich hier. Ich benötige nicht nur für den Umbau Kapital, sondern werde vor allem die Pflegekräfte bezahlen müssen. Es ist Ennas Wunsch, in ihrem Haus zu bleiben und nicht in ein Alters- oder Pflegeheim ziehen zu müssen.«

Hajo Lübbers nickte. »Meine Fragen kommen vielleicht als Misstrauen gegenüber Ihrer Person rüber, aber verstehen Sie mich bitte nicht falsch, ich bin verpflichtet, mich umfassend zu informieren.«

»Dafür habe ich ja Verständnis. Frau Rolfs würde nicht verstehen, was ich hier mache. Sie denkt immer noch, dass sie nicht krank ist und es keinen Grund zur Sorge gibt. Ich muss aber vorausschauender handeln, um Frau Rolfs' vertraute Umgebung auf Dauer für sie zu erhalten. Glauben Sie mir, ich werde jeden Cent, den ich ausgebe, genau dokumentieren. Ich weiß natürlich, dass es ungewöhnlich ist, dass sich jemand wie ich, die nicht mit ihr verwandt ist, um all diese Sachen kümmert. Und ja, es wird vielleicht Gerede geben, aber ich frage Sie persönlich: Was wäre, wenn Ihre Mutter keine Kinder gehabt hätte und auch sonst keine Verwandten sich um sie kümmern würden?«

Hajo Lübbers rieb sich mehrfach mit dem Finger über die Nasenwurzel. »Frau Rolfs ist dement? Habe ich das so richtig verstanden?«

»Ich bin keine Ärztin, aber ihr Hausarzt, Dr. Janssen, geht davon aus. In Kürze werde ich mit Frau Rolfs zu einem Facharzt auf dem Festland gehen. Im Moment geht es Frau Rolfs gut und sie kommt mit etwas Hilfe zurecht. Aber das wird sich nach Einschätzung von Dr. Janssen früher oder später ändern. Dafür möchte ich vorsorgen.«

»Dabei denken Sie sicher an eine Art Hauskredit.«

»Ja, genau. Wäre das möglich?«

»Nein, nicht in der Form, wie Sie Hauskredite kennen. Die sind ja darauf angelegt, dass der geliehene Betrag zurückgezahlt und nicht nach und nach der Wert des Hauses beliehen wird. Ein wesentlicher Faktor eines solchen Kredits – wie eigentlich auch jeglicher Kredite – ist, dass der Kunde so liquide ist, dass er die monatlichen Raten auf Dauer bezahlen kann. Wenn Frau Rolfs lediglich eine kleine Rente bezieht, die sie ja vermutlich für den täglichen Bedarf benötigt, kann sie unmöglich aus eigenen Mitteln die Monatsraten begleichen. Alles andere wäre von uns unseriös und nicht im Sinne des Erfinders, wenn ich das mal so salopp sagen darf.«

»Frau Rolfs' Haus schätze ich auf mindestens siebenhunderttausend Euro. Das wäre doch verrückt, dass Frau Rolfs solche Werte besitzt und trotzdem keinen Kredit bekommt.«

»Tut mir leid, so sieht es leider aus«, sagte Hajo Lübbers. »Die einzige Chance, an einen höheren Geldbetrag zu kommen, wäre der Verkauf. Aber das schließen Sie ja aus.«

»Habe ich Sie richtig verstanden, es gibt keine Möglichkeit, dass Frau Rolfs einen Kredit bekommt?«

»Da haben Sie mich falsch verstanden. Aber Sie oder jemand anders müsste für den Kredit bürgen. Soweit ich gehört habe, läuft ihr Geschäft mit den Pralinen sehr gut.«

»Wie hoch könnte der Kredit dann sein?«, fragte Jana, die inzwischen jegliche Hoffnung auf einen guten Ausgang verloren hatte.

»Das ist schwer genau zu beziffern. Ich müsste dafür sämtliche Daten haben und natürlich die Bürgschaften und die Gehaltsabrechnung beziehungsweise bei Ihnen ihre letzte Steuererklärung.«

»So ungefähr. Völlig unverbindlich.«

»Nach vorsichtiger Schätzung würde das zwischen zwanzig- und dreißigtausend Euro liegen.«

»Das würde bei Weitem nicht reichen«, sagte Jana.

»Dann bleibt Ihnen nur noch der Verkauf des Hauses. Allerdings könnte Frau Rolfs dann nicht weiter in ihrem Haus wohnen. Zumindest ist mir kein Konzept bekannt, mit dem das zu realisieren wäre. Oder Sie fänden einen sehr geduldigen Investor, der auf weiter steigende Immobilienpreise spekuliert und Frau Rolfs gegen eine bezahlbare Miete dort wohnen ließe.«

»Das geht nicht oder ist völlig unrealistisch«, murmelte Jana.

»Ich würde Ihnen ja gern helfen. Sehr gern sogar, da ich sehr wohl nachvollziehen kann, in welcher ausweglosen Situation Sie im Moment stecken.« Er hielt inne. »Einzig ein Privatkredit käme noch infrage. Aber das Risiko ist letztlich sehr hoch. Frau Rolfs könnte noch viele Jahre leben und würde das Haus somit blockieren. Das sind nicht meine Gedanken, ich wollte Ihnen nur die Sicht eines Investors schildern.«

»Und sagen, dass es ausweglos ist, was ich da gerade plane.«

»Wenn Frau Rolfs nicht gewillt ist, aus ihrem Haus auszuziehen, dann wird es in der Tat schw…«

»Sollte sie dazu gezwungen werden«, fiel Jana ihm ins Wort, »käme das einem Todesurteil gleich.«

»Das ist jetzt aber eine sehr zugespitzte Formulierung«, warf Hajo Lübbers ein. »Es gibt sehr gute Senioreneinrichtungen.«

»Hätten Sie Ihre Mutter in eine solche Einrichtung gesteckt?« Jana hatte *solche Einrichtung* besonders betont.

Hajo Lübbers zog die Augenbrauen zusammen. Es war deutlich, dass ihm Janas Frage zu weit zu gehen schien. »Das lenkt jetzt doch etwas vom Thema ab, Frau Jaspersen. Ich berate Sie gern, und Sie wie Frau Rolfs sind ja auch Kundinnen unserer Bank. Aber ich verbitte mir diese persönlichen Angriffe.«

Jana stand auf. »Dann verbitten Sie mal schön weiter. Vielen Dank für Ihre Zeit.« Sie nickte Hajo Lübbers zu, wandte sich abrupt ab und verließ das Büro des Filialleiters.

21

Haus verkaufen und ausziehen. Schön einfach und sauber. Was spielte es schon für eine Rolle, wie wichtig gerade für Demenzkranke die gewohnte Umgebung ist. Dieser Zahlenmensch kann mir gestohlen bleiben. Warum lebt seine Mutter nicht auf Langeoog? War es ihm zu aufwendig oder einfacher, sie zur Schwester abzuschieben? Lübbers hatte nicht mal einen Moment darüber nachgedacht, ob es eine Lösung für ihr Problem geben würde. Er war froh gewesen, als sie ihm den Rücken gekehrt hatte.

»Jana!«

Jana blieb stehen, drehte sich um und sah ins Gesicht vom lächelnden Joost.

»Du siehst ja aus, als hättest du gerade ein Gespenst gesehen.«

»So fühle ich mich auch«, murmelte Jana.

Joost hakte sich bei ihr unter und zeigte auf den Außenbereich eines Cafés. »Du brauchst einen starken Espresso.« Er zog sie mit, platzierte sie an einen freien Tisch und bestellte für sie beide.

»Jetzt erzähl. Was ist passiert?«

»Es geht um Enna. Ich wollte bei der Bank einen Kredit aufnehmen, um die Renovierung und später ihre Pflege finanzieren zu können.«

»Und?«

»Keine Chance. Zwanzigtausend wollte der mir anbieten. Eventuell und auch nur, wenn ich persönlich dafür bürge. Der kann mir gestohlen bleiben, dieser Kasper.«

»Hajo Lübbers?«

Jana nickte.

»Der geht kein Risiko ein. Ich habe seinetwegen auch schon die Bank gewechselt.«

»Er beruft sich da auf die Vorschriften. Vielleicht hat er tatsächlich keinen Spielraum. Kredite sind nun mal dafür da, dass sie zurückgezahlt werden, und nicht, um den Lebensabend von Enna zu finanzieren.«

»Man kann auch mal über seinen eigenen Schatten springen und Fünfe gerade sein lassen. War nicht sogar seine Mutter mit Enna befreundet?«

Jana nickte. »Die lebt aber inzwischen bei ihrer Tochter auf dem Festland.«

»Ach, sieh an. Abgeschoben?«

»Ja, das habe ich in meiner Wut auch schon gedacht. Aber vielleicht tun wir ihm damit unrecht, und seine Mutter wollte unbedingt zur Tochter. Am Schluss ist es auch egal. Ich brauche Geld und weiß nicht, woher.«

»Und wenn wir alle zusammenlegen?«, warf Joost ein.

»Im ersten Zug rechne ich mit fünfzigtausend Euro, später brauchen wir unter Umständen noch mal das Vier- bis Achtfache.«

»Keine Chance. Das bekommen wir nie zusammen.«

Eine junge Frau brachte ihnen die zwei doppelten Espresso, Joost bezahlte. »Irgendetwas muss man doch machen können.«

Jana zuckte mit den Schultern. »Privatkredit. Lübbers meinte, ich sollte mich …« Sie stockte. Wusste der Filialleiter, dass Sigge ihr einen Kredit gegeben hatte? Hatte er darauf angespielt?

»Was meinte er?«, fragte Joost.

»Ach, lass uns über etwas anderes reden«, schlug Jana vor. »Hast du jetzt mit Lena wegen ihres Kinderwunschs gesprochen?«

»Ja, habe ich. Und das war gut so. Wir haben nichts entschieden, aber zumindest das Schweigen durchbrochen. Wer weiß, vielleicht …« Joost ließ offen, was passieren könnte. »Sag mal, was ist eigentlich mit Frauke los? Sie ist doch nicht schwanger?«

Jana erschrak. Wie kam Joost denn auf die Idee? »Wieso das?«

»Keine Ahnung. Sie trinkt plötzlich keinen oder nur ganz wenig Alkohol. Ach, dummes Zeug. Wahrscheinlich macht sie nur eine Pause. In der letzten Zeit war sie diesbezüglich ja nicht gerade zurückhaltend. Den Wirt freut es, aber als Freund habe ich mir manchmal schon Sorgen gemacht. Irgendwie scheint bei ihr nicht alles so ganz rundzulaufen.«

»Ist wohl nicht so einfach mit Daniel«, wich Jana ihm aus.

»Dieser Typ aus Oldenburg? Ich bin ihm nur ein paarmal bei mir in der Kneipe begegnet, aber ich habe keinen Draht zu ihm gefunden.«

»Ich kenne Daniel auch nicht gut.«

»Zumindest scheint Frauke sich wieder mit Ulfert besser zu verstehen. Ich finde ja nach wie vor, dass die beiden gut zusammenpassen.«

Jana sah auf die Uhr. »Ich muss weiter.« Sie stand auf. »Grüß Lena von mir. Ich sehe sie ja morgen zur üblichen Zeit, wenn sie die Schachteln abholt.«

Joost stand jetzt neben Jana. »Kann sein, dass ich das übernehme. Wir haben beschlossen, uns die Arbeiten etwas anders aufzuteilen. Gehst du zur Kinderkrippe? Das ist auch meine Richtung. Ab wie viel Jahren nehmen die eigentlich die Kids auf? Muss man sich da lange im Voraus anmelden, oder geht das so auf Zuruf?«

Jana schmunzelte. Joost schien sich nach ihrem letzten Gespräch ernsthaft Gedanken um ein eigenes Kind zu machen. Auf dem Weg erzählte sie ihm von der Krippe, er kam mit in die Gruppe, schaute sich um und half Svea schließlich dabei, ihre Jacke und die Schuhe anzuziehen.

»Wie ist es gelaufen?«, fragte Oke, der von der Fähre aus anrief, auf der er an diesem Tag für drei Fahrten den Kiosk betreute.

»Kein Kredit. Wir brauchen es auch bei keiner anderen Bank versuchen. Unter den Bedingungen bekommen wir nirgendwo Geld.«

»Damit habe ich jetzt aber nicht gerechnet«, sagte Oke. »Verdammt, was machen wir jetzt?«

»Lass uns das später besprechen. Sonst alles gut bei dir?«

»Klar, was sollte schon sein. Dann mache ich mal hier weiter. Bis später, Jana.«

»Papa?«, fragte Svea, die aufmerksam zugehört hatte.

Jana lächelte. »Ja, er ist auf der Fähre.«

Das kleine Mädchen nickte und schien mit der Antwort zufrieden zu sein. Jana saß im Kinderzimmer und baute die Lego-Eisenbahn mit ihr zusammen auf. Svea jubelte, als sie endlich alle vorhandenen Schienen zusammengesteckt hatten und die Lok ihre erste Runde fahren konnte. Sie hängten nach und nach Waggons an, die sie zuvor mit unterschiedlich farbigen Legosteinen bepackt hatten. Anschließend baute Jana mit Sveas Hilfe einen kleinen Bahnhof, vor dem der Zug nach jeder Runde eine Pause machte.

Als jemand an der Tür klopfte, ging Jana in den Flur. Leon kam ihr entgegen, wurde gleich darauf von Svea in Beschlag genommen und musste mit ihr ein weiteres Haus bauen, vor dem der Zug ebenfalls bei jeder Runde Station machte.

Als Svea sich anschließend eine CD einlegte, gönnten sich Jana und Leon eine kleine Pause in der Küche.

»Kaffee?«

Als Leon nickte, stellte Jana Wasser auf, füllte den Filter und goss das kochende Wasser hinein. Kurz darauf reichte sie Leon den Becher und setzte sich zu ihm.

»Alles klar bei dir? Genießt du die letzten Tage auf Langeoog?«

»Mehr oder weniger.«

Jana sah ihn fragend an, er zuckte mit den Schultern. »Frauke ist irgendwie anders. Ich weiß nicht, was mit ihr los ist.«

Jana schwieg und trank einen Schluck aus ihrem Kaffeebecher.

»Ist sie etwa krank?«, fuhr Leon fort.

»Nicht dass ich wüsste.«

»Sondern?« Leon sah Jana durchdringend an. »Du weißt doch mehr, oder?«

Jana zögerte. Sie hatte geahnt, dass sie irgendwann vor ihrem Bruder sitzen würde, der ihr genau diese Frage stellen würde. »Mag sein, Leon, aber am besten, du fragst Frauke selbst.«

»Habe ich doch. Sie antwortet nicht.«

»Dann wirst du wohl warten müssen.«

Leon stand auf und lief in der Küche herum. »Ich verstehe das alles nicht. Hat es was mit dem Mist zu tun, den ich in Hamburg gemacht habe? Hast du Frauke davon erzählt?«

»Natürlich nicht. Aber vielleicht wäre es deine Aufgabe gewesen, das zu machen.«

»Von wem kann sie es sonst erfahren haben?«

»Von niemandem, und sie hätte mich auch darauf angesprochen. Hat sie aber nicht. Und jetzt lassen wir das Thema. Erzähl mir lieber etwas über deinen neuen Job. Was, wie, wo?«

Leon lachte. »Alles und noch viel mehr. Die Firma scheint gut im Geschäft zu sein. Großaufträge lehnen sie ab, weil die Konkurrenz der Billiganbieter einfach zu groß ist. Dachstühle, Carports, aber auch ganz viel im Holzhausbau. Das ist jetzt stark im Kommen. Du hast sicher davon gehört.«

»Ich war zwar noch nie in einem dieser modernen Holzhäuser, habe aber einen langen Artikel im Internet gelesen. Klang richtig gut.«

Leon kam ins Schwärmen, erzählte ihr, dass die Schreinerei mit mehreren Architektenbüros zusammenarbeiten und regelmäßig gute und vor allem interessante und innovative Aufträge bekommen würde.

»Du klingst ja richtig begeistert«, sagte Jana. »Das finde ich toll. Vielleicht ist das ja wirklich was für dich.«

Leon nickte. »Auf jeden Fall kann ich da noch viel lernen. In meinem Ausbildungsbetrieb haben wir mehr Nullachtfünfzehn-Aufträge gehabt, und das auch noch quasi im Akkord.«

Svea kam in die Küche gelaufen, setzte sich auf Leons Schoß, während Jana ihr einen Kakao zubereitete. Kurz darauf kam Oke nach Hause und begrüßte Leon mit einer Umarmung. Später brachte Jana Svea ins Bett und setzte sich wieder zu den zwei Männern.

»Leon hat mir gerade von seinem neuen Job erzählt. Coole Sache«, sagte Oke. »Da werde ich ja ganz neidisch.«

Leon lachte. »Blödsinn! Du hast doch hier den total coolen Mix. Im Sommer am Strand oder auf der Fähre, im Winter in der Werkstatt. Und meine Schwester wacht über alles.«

Jana stieß ihn sacht in die Seite. »Hast du etwas gegen starke Frauen?« Sie wusste im gleichen Augenblick, dass sie das falsche Thema angesprochen hatte.

»Nein, ganz und gar nicht«, erwiderte Leon ruhig. »Aber ich weiß nicht, ob meine Traumfrau mich überhaupt noch will.«

Jana schwieg, während Oke sich räusperte und sich Leon zuwandte. »Das solltest du lieber mit Frauke klären. Von ihr redest du doch, oder?«

»Von wem sonst.« Leon schaute zwischen Oke und Jana hin und her. »Ihr beide wisst mehr.« Er sprang auf. »Na wunderbar. Ich dachte, ihr seid wenigstens anders drauf. Aber nein, alles eine Soße.« Er wandte sich abrupt ab, lief aus der Küche und knallte kurz darauf die Eingangstür hinter sich zu.

»Was war das denn?«, fragte Oke verblüfft.

Jana stöhnte. »Leon hat mich vorhin gefragt, was mit Frauke los sei. Was sollte ich da schon antworten? Ich habe ihm das Gleiche gesagt wie du gerade.«

»Frauke wieder. Kannst du mir mal sagen, wie das enden soll? Warum geht sie nicht offener mit der Schwangerschaft um? Wir haben jetzt den Ärger, weil sie keinen Mut hat, damit herauszurücken.«

»Ist halt schwierig für alle Beteiligten. Ich habe dir doch erzählt, wie Daniel reagiert hat. Vielleicht denkt Frauke sich, dass Leon sowieso nur noch ein paar Tage hier ist und dann …« Jana brach ab.

»Und dann?«, fragte Oke. »Frauke ist schwanger, verflucht. War sie überhaupt schon bei ihrer Frauenärztin? Ich verstehe die Welt nicht mehr. Und warum rennt Leon jetzt hier wutentbrannt raus?« Oke stand auf, ging zum Kühlschrank und schenkte sich einen Aquavit ein, den er in einem Zug trank. »Du auch einen?«

Jana schüttelte den Kopf. »Ich immer mit meinen blöden Fragen. Warum musste ich bloß mit den *starken Frauen* anfangen.«

Oke setzte sich wieder an den Tisch. »Quatsch! Leon ist ein Kindskopf. Hier einfach rauszustürmen, als wenn wir Ungeheuer wären.«

»Er ist durcheinander. Die erste wirklich große Liebe, und jetzt verschweigt ihm Frauke etwas. Ich rufe ihn morgen an.«

»Nein, du solltest mit Frauke reden und ihr mal gehörig den Kopf waschen. Das geht so nicht weiter.«

»Erinnerst du dich, dass sie mir – eigentlich uns beiden – damals geholfen hat? Hätte sie nicht Sigge angerufen, hätten wir Svea heute nicht. Und ob wir noch zusammen wären, steht auch in den Sternen.«

»Das war doch etwas ganz anderes«, sagte Oke.

»Ich schaue morgen bei ihr vorbei. Aber den Kopf waschen werde ich ihr bestimmt nicht.«

»Okay, ich halte mich da am besten raus.« Oke fuhr sich mit der Hand über die Haare. »Jetzt fällt mir erst wieder ein, dass wir ja wegen dem Kredit telefoniert haben. Ist es wirklich ausgeschlossen, Geld geliehen zu bekommen?«

Jana erzählte ihm ausführlich von ihrem Gespräch mit Hajo Lübbers. »Ich habe inzwischen im Internet gegoogelt und einen Freund aus Berliner Tagen angerufen. Er arbeitet bei der Bank oder hat da gearbeitet. Auf jeden Fall hat er mir bestätigt, dass es quasi unmöglich ist, einen Kredit auf sein Haus zu bekommen, selbst wenn es schon abbezahlt ist, aber man ihn letztendlich nicht zurückbezahlen kann. Was ja bei Enna der Fall wäre.«

»Na super. Waren wir mal wieder zu naiv. Und was jetzt?«

»Ich weiß es auch noch nicht. Am Ende wird uns wirklich nur Sigge helfen können. Aber ihn will ich nun wirklich nicht schon wieder um Geld angehen. Es war mir schon bei unserem Kredit höchst peinlich. Es muss eine andere Lösung geben.«

22

»Enna!«, rief Jana in den Hausflur hinein. Nachdem sie keine Antwort bekommen hatte, schaute sie in der Küche nach, anschließend im Wohnzimmer und Bad und als Letztes im Schlafzimmer. Weder fand sie die alte Dame noch einen Hinweis, wo sie sein könnte. Sie eilte nach oben in den ersten Stock, aber auch hier war Enna nicht zu finden.

Nachdem sie im Garten gesucht hatte, ging Jana davon aus, dass die alte Dame zum Einkaufen gegangen war. Sie wählte die Nummer von Ennas Handy, das sie ihr eine Woche zuvor besorgt hatte, und hörte gleich darauf im Haus einen Klingelton. Das Seniorenhandy lag im Wohnzimmer in einem der Regale. Enna musste es beim Verlassen des Hauses vergessen haben.

Jana ging zurück in den Garten und setzte sich auf die Holzbank, auf der sich Enna gern nach der Gartenarbeit ausruhte. In spätestens einer halben Stunde musste sie Svea von der Kinderkrippe abholen. Wenn Enna nicht kurz vor ihrem Erscheinen aus dem Haus gegangen war, müsste sie bald wieder zurück sein.

Ihr Handy kündigte vibrierend eine Nachricht an. Jana warf einen Blick aufs Display. Leon hatte ihr eine Nachricht geschrieben.

Moin Schwesterherz, sorry für meinen Ausraster bei
euch in der Küche. War nicht so gemeint. Oke habe ich
auch schon geschrieben. War echt daneben, was ich mir
geleistet habe. Sorry noch mal. Leon

»Wenigstens etwas«, murmelte Jana und steckte das Handy
zurück in die Tasche. Hatte Frauke endlich den Mut gefunden,
Leon reinen Wein einzuschenken? Oder war Leon aus eigenem
Antrieb klar geworden, dass er auf die Falschen wütend gewesen
war?

Ihre Gedanken schweiften ab zu der ungeklärten
Finanzierung von Ennas Pflege. Auch bei einer erneuten
Recherche im Internet hatte sie außer dem bekannten Modell
keine anderen Angebote gefunden. Was blieb, war einzig der
Verkauf des Hauses oder ein Privatdarlehen. Zwar hatte sie
über Ulferts Vorschlag nachgedacht, war aber immer wieder
zum gleichen Ergebnis gekommen. Das Geld würde über kurz
oder lang nicht reichen, und die Raten, die zu bezahlen waren,
würden einen Teil des Auszahlungsbetrags wieder auffressen.
Am Schluss würde es aufs Gleiche hinauslaufen wie ein sofor-
tiger Verkauf. Enna würde das Haus verlassen müssen, weil die
Mittel nicht ausreichten, um ihre dauerhafte Pflege zu bezahlen. Sie wog noch einmal alle Argumente ab. Es schien kein
Weg an einem Privatdarlehen vorbeizuführen. Der Einzige, der
dafür infrage kam, war ihr leiblicher Vater Sigge Andersen. Ihm
würde der Betrag nicht wehtun, sie könnten die Verträge von
einem Notar ausarbeiten lassen und jede Ausgabe dokumentieren. Zunächst würde auch ein Betrag von fünfzigtausend Euro
oder sogar weniger reichen. Es war im Moment noch gar nicht
absehbar, ab wann Enna eine Rundumbetreuung benötigen
würde.

Der Handywecker klingelte wie jeden Werktag. Das war das Zeichen, dass Jana zur Kinderkrippe aufbrechen musste. Sie verließ Ennas Haus und nahm sich vor, später noch mal vorbeizukommen.

»Kannst du Svea heute ins Bett bringen?«, fragte Jana beim Abendessen.

»Klar, kann ich machen.« Oke musterte Jana. »Du bist die ganze Zeit schon so angespannt. Ist es wegen Enna? Willst du noch einmal zu ihr gehen?«

»Ja, irgendwie habe ich ein schlechtes Gefühl. Ich habe schon dreimal auf ihrem Festnetzanschluss angerufen, aber Enna nimmt nicht ab.«

»Ich muss aber um kurz vor zwanzig Uhr los. Du weißt doch, dass wir die Vorstandssitzung vom Boßelverein haben.«

»Ich beeile mich auch. Wahrscheinlich bin ich in einer Viertelstunde zurück«, sagte sie und hoffte, dass sie recht behalten würde. Wirklich glauben konnte sie es nicht. Schließlich verließ Enna nie einfach so für Stunden das Haus.

»Geh ruhig. Ich räume hier auf.«

Jana drückte Oke einen Kuss auf die Wange und strich Svea zärtlich über den Kopf. »Papa bringt dich nachher zu Bett. Wenn ich zurück bin, komme ich noch zu dir.«

Svea winkte ihr zu, als sie die Küche verließ. Sie griff nach ihrer Jacke und lief raus ins Freie. Der Wind hatte am Nachmittag zugenommen und war dabei, die Wärme des Tages zu vertreiben. Später würde es sicher kälter werden als in den Nächten zuvor.

Die Tür war noch offen, als Jana bei Enna ankam, was sie noch mehr beunruhigte. Jana betrat den Flur und rief laut nach Enna. Niemand antwortete. Wie am Nachmittag suchte sie alle Räume ab und fand zu ihrem Entsetzen niemand. Auch im Garten konnte sie Enna nicht finden. Das Handy lag noch am

176

gleichen Platz wie einige Stunden zuvor, nichts wies darauf hin, dass Enna zwischenzeitlich im Haus gewesen war. Weder war der Kühlschrank aufgefüllt, noch konnte sie neue Einkäufe im Hauswirtschaftsraum ausmachen.

Sie zog ihr Handy aus der Tasche und rief Oke an. »Enna ist nicht hier. Ich glaube, sie war auch zwischenzeitlich nicht da. Was mache ich jetzt nur?«

»Kann sie bei einer Freundin sein?«, fragte Oke.

»Glaube ich nicht. Sie hat kaum noch Kontakt. Aber ausschließen kann ich es natürlich nicht.«

»Hast du die Nummern der Freundinnen?«

»Die stehen in ihrem Telefonbüchlein. Das liegt auf der Kommode im Flur. Du meinst, ich sollte alle anrufen?«

»Ja. Wenn sie nicht da ist, müssen wir Alarm auslösen.«

»Ich melde mich gleich wieder bei dir.«

Jana lief in den Flur und rief nacheinander alle ihr bekannten Freundinnen und Freunde an. Nach einer halben Stunde und zehn kurzen Gesprächen stand fest, dass Enna nicht auffindbar war.

Völlig ausgelaugt rief sie erneut bei Oke an. »Hörst du, ich konnte Enna nicht finden.«

»Hast du alle erreicht?«

»Ja, natürlich.« Janas Stimme klang panisch. »Der Supermarkt macht auch gerade zu. Ich gehe jetzt noch einmal den Weg dahin ab. Wenn ich sie nicht finde, rufe ich bei der Polizei an.«

»Ja, ist in Ordnung. Ich versuche mal, Mia zu erreichen. Vielleicht kann sie ja auf Svea aufpassen, dann kann ich zu dir kommen.«

Jana eilte durch die Straßen, schaute sich nach allen Seiten um und stand wenige Minuten später vor dem verschlossenen Edeka-Markt. Sie wollte sich gerade umdrehen, als jemand die Seitentür öffnete und herauskam. Jana erkannte die Verkäuferin, erinnerte sich aber nicht an ihren Namen. »Wir haben leider schon geschlossen.«

»Das weiß ich«, antwortete Jana. »Ich suche Frau Rolfs. Sie kennen sie doch sicher.«

»Sicher, sie kauft doch seit einer Ewigkeit bei uns ein.«

»War sie heute bei Ihnen?«

»Ich bin erst kurz nach Mittag gekommen. Es wäre mir sicher aufgefallen, wenn sie im Laden gewesen wäre. Klar, ich war zweimal wegen einer Pause im Aufenthaltsraum, aber …« Sie hielt inne. »Suchen Sie die alte Dame?«

»Ja, sie scheint seit heute Nachmittag nicht mehr zu Hause gewesen zu sein.«

Die Verkäuferin nickte nachdenklich. »Frau Rolfs war in den letzten Wochen, eigentlich schon Monaten nicht so ganz bei der Sache, wenn ich das mal so sagen darf. Sie stand manchmal häufig vor einem der Regale und schien lange zu überlegen, was sie jetzt nehmen will. Das war früher nie so. Ich glaube, sie hat mich auch nicht erkannt, wenn ich sie gegrüßt habe. Zumindest nicht immer.«

»Sie hielt sich also länger im Laden auf als gewöhnlich?«

»Viel länger. Deshalb bin ich mir auch fast sicher, dass sie heute nicht da war. So lang ist meine Pause auch nicht.« Sie hielt inne. »Soll ich vielleicht eine Kollegin anrufen? Sie war immer im Geschäft, wenn ich Pause gemacht habe.«

»Das wäre sehr nett.«

Die Verkäuferin zog ein Handy aus der Tasche und trat ein paar Schritte zurück. Kurz darauf kam sie zu Jana zurück und schüttelte den Kopf. »Leider nein. Aber Ella meint, sie gesehen zu haben, als sie nach Hause ging. Sie musste heute früher los, weil … egal.«

»Wo hat sie Frau Rolfs gesehen?« Jana wurde immer nervöser.

»Ella war sich nicht so sicher, aber es muss hier in der Gegend gewesen sein. Sie war in Eile und hat sie auch nur aus dem Augenwinkel gesehen.«

»Wann war das?« Jana zwang sich, ruhig zu bleiben.

»So gegen halb drei am Nachmittag würde ich sagen. Ja, das sollte hinkommen.«

Jana bedankte sich, wartete, bis die freundliche Frau außer Hörweite war, und rief erneut Oke an.

»Wie sieht es aus?« Okes Stimme klang besorgt. »Mia ist schon auf dem Weg. In ein paar Minuten kann ich kommen. Wo bist du?«

»Beim Supermarkt. Ich habe gerade mit einer Verkäuferin gesprochen. Enna war heute nicht hier, aber eine ihrer Kolleginnen hat sie hier ganz in der Nähe gesehen. Das war gegen halb drei.«

»Kommt das hin? Mit der Zeit, meine ich. Wann warst du bei ihr?«

»Wenn sie eine halbe Stunde früher aus dem Haus raus ist, hätte ich sie gerade verpasst.«

»Aber sie kann doch nicht seit …« Oke schien auf die Uhr zu schauen. »… seit weit über vier Stunden durch die Gegend irren.«

»Wo sollte sie sonst sein, Oke? Wir müssen was unternehmen.«

»Ruf du die Polizei an. Gerd wird wissen, was zu tun ist. Sag ihm aber, dass Enna auch sehr schlechte Tage hat. Ich klappere ein paar Leute zusammen und lotse sie alle zum Supermarkt. Ist das okay?«

»Ja, so machen wir es.«

Mit zitternden Händen wählte Jana die Handynummer von Gerd Ovens, dem Leiter der Polizeistation auf Langeoog.

»Ovens!«

»Moin, hier ist Jana Jaspersen. Es geht um Enna Rolfs. Kennen Sie Enna?«

»Ja, natürlich. Eine sehr nette alte Dame. Allerdings bin ich ihr schon eine Weile nicht mehr begegnet. Um was geht es?«

Jana atmete tief durch und erzählte dem Inselpolizisten in wenigen Worten, dass Enna in den letzten Wochen häufiger Aussetzer hatte und sich an schlechten Tagen auch schon mal auf Langeoog verlief. »Ich fürchte, dass sie nicht mehr nach Hause findet. Sie muss irgendwo auf der Insel herumirren.«

»Kann sie nicht bei einer Freundin sein?«

»Ich habe bereits alle abtelefoniert.« Jana erzählte ihm von dem Gespräch mit der Verkäuferin.

»Das klingt ernst. Sie wissen sicher, dass ich eigentlich allein die Polizeiwache betreue und nur jetzt in der Hochsaison zwei Kollegen vom Festland zusätzlich auf Langeoog arbeiten. Ich informiere sie gleich, und wir kommen zu Ihnen. Sie stehen noch beim Supermarkt?«

Im Laufe der nächsten zwanzig Minuten trudelten immer mehr Insulaner bei Jana ein. Oke hatte seinen Boßelverein aktiviert und Gerd Ovens zusätzlich die Feuerwehr, die mit weiteren zehn Mann und drei Fahrzeugen anrückte. Frauke, Leon, Ulfert, Lena und vier weitere Freunde von ihnen, die bei der Betreuung von Enna halfen, waren auch vor Ort. Joost würde nachkommen, sobald er die Kneipengäste dazu bewegen konnte, in ein anderes Lokal zu wechseln. Insgesamt schätzte Jana die Gruppe auf fast dreißig Personen.

Gerd Ovens hatte eine große Karte von Langeoog an eins der Fenster des Supermarkts geheftet und teilte jetzt sechs Gruppen ein.

»Alle hier kennen Enna Rolfs«, rief er mit lauter Stimme. »Wir müssen den gesamten Strand abgehen. Tamme kommt mit seiner Gruppe von Süden, Wolfgang von Osten. Sie steigen auf Höhe der Meierei ein. Weiter ist Enna bestimmt nicht gekommen. Ihr fahrt mit dem Transporter der Feuerwehr. Achtet bitte während der Fahrt darauf, ob Enna rechts oder links der Straße zu sehen ist.«

Beide Gruppen machten sich direkt auf den Weg. Eine weitere Mannschaft würde die Straßen des Dorfes ablaufen, eine schickte der Inselpolizist zum Hafen, eine weitere sollte die Dünenlandschaft absuchen. Diese Gruppe hatte eine Drohne der Feuerwehr dabei, ohne die sie die unübersichtlichen Braundünen, die sich über mehr als zwei Kilometer entlang des Strandes zogen, nicht in der noch verfügbaren Zeit absuchen konnten. Weitere drei Personen schickte Gerd Ovens Richtung Flugplatz.

»Alle anderen kommen mit zum Wald. Wir haben nur noch zwei Stunden Zeit, bis es dunkel wird.«

23

Jana hatte sich der Gruppe, die den Langeooger Wald absuchen sollte, angeschlossen. Das runde Wäldchen grenzte im Westen an den Strand, im Osten an den Golfclub der Insel, im Norden endete es am Dorf und im Süden folgten ein paar Wiesen, die vor dem Fährhafen lagen. Neben dem Hauptweg durch den Wald gab es mehrere kleinere Wege, die sich zum Teil mit anderen kreuzten oder im Hauptweg endeten.

»Wir haben das doch wohl unterschätzt«, sagte Frauke, die neben Jana ging. Sie waren für den Ostteil des Waldes eingeteilt.

»Ja, vielleicht. Vor allem ich hätte es kommen sehen müssen.« Jana blieb stehen, weil sie meinte, zwischen den Bäumen etwas gesehen zu haben. Sie zeigte in die Richtung. »Ich laufe mal kurz da rein.«

Sie hastete zwischen den Bäumen durchs Unterholz, blieb immer wieder kurz stehen, schaute sich um und lief weiter. Nach einer Minute kehrte sie um.

»War da was?«

Jana schüttelte den Kopf. »Nein.«

»Enna könnte doch hier überall sitzen oder liegen. Wenn sie keine Kraft mehr gehabt hat und müde geworden ist, wird sie …«

Der Inselpolizist unterbrach Frauke mit einem Abruf über Funk. »Wie weit seid ihr beiden?«

Jana, die das Funkgerät in der Hand hielt, meldete sich. »Die Hälfte sind wir durch. Ich dachte gerade, ich hätte etwas tiefer im Wald entdeckt, und bin rein. Wir gehen jetzt weiter.«

»Meldet euch, wenn ihr auf den nächsten Weg stoßt.«

»Alles klar.«

Jana sah sich noch einmal um und lief weiter. Frauke folgte ihr.

»Wie lange bleibt es noch hell?«

Jana zuckte mit den Schultern. »Der Himmel ist zum Glück wolkenlos. Das könnte noch eine gute Stunde sein.«

»Und dann?«

»Die Feuerwehr hat starke Taschenlampen dabei.« Wieder blieb Jana stehen. War das ein Geräusch gewesen? Hatte jemand gerufen? »Hast du das auch gehört?«

Frauke schüttelte den Kopf und flüsterte. »Nein. Vielleicht war es ein Tier. Kaninchen oder so. Oder ein Hund, die laufen hier manchmal frei herum.«

»Lass uns weitergehen«, schlug Jana vor.

»Und jetzt?«, fragte Frauke.

Sie waren am Ende des Wäldchens angekommen. Vor ihnen lag die Hafenstraße, dahinter führten die Schienen der Inselbahn zum Fährhafen und zurück.

»Wenn Enna hier war, wird sie bestimmt nicht über die Schienen gegangen sein.«

»Bist du hier schon einmal mit ihr spazieren gegangen?«

»Ja, aber meistens waren wir am Strand«, sagte Jana. »Aber ich glaube nicht, dass sie da allein hingegangen ist. Bei unseren letzten Spaziergängen am Strand hat sie sich ängstlich umgeschaut und sich voll und ganz auf mich verlassen. Allein ist sie eigentlich nur noch zum Einkaufen. Von daher wäre das Wäldchen schon die richtige Richtung. Wenn sie am Supermarkt vorbeigelaufen ist oder eine Parallelstraße genommen hat, wäre sie kurz darauf auf den Wald gestoßen.«

Jana rief den Inselpolizisten über Funk an und gab ihren Standort durch. »Wo sollen wir jetzt suchen?«

»Rechts ab bis zur Störtebekerstraße. Dann solltet ihr eigentlich auf die andere Gruppe treffen.«

»Wir gehen weiter«, sagte Jana.

Kurz darauf führte der Weg wieder in den Wald. Nach einem knappen Kilometer trafen sie auf die Querstraße, meldeten sich bei Gerd Ovens, der sie bat, auf die andere Gruppe zu warten und anschließend die Straße zurück zum Ausgangspunkt zu gehen.

»Schaut zu beiden Seiten, ob Enna dort irgendwo im Wald sitzt«, fuhr der Inselpolizist fort. »Wenn sie sich verlaufen hat, ist sie vielleicht mehrfach im Kreis herumgeirrt und hat nicht wieder rausgefunden.«

»Machen wir«, sagte Jana. »Haben die anderen noch …«
Ihr Hals fühlte sich trocken und kratzig an. Es fiel ihr schwer, weiterzusprechen.

»Nein, überhaupt keine Spur von Enna«, sagte Gerd Ovens. »Die Kollegen haben auch Passanten befragt. Niemand hat sie gesehen.«

»Sind sie denn schon den ganzen Strand entlanggelaufen?«

»Nein. Und ich weiß auch nicht, ob sie das vor Einbruch der Dunkelheit schaffen. Das sind fast zwölf Kilometer Fußmarsch.«

»Ich weiß. Wir gehen dann weiter.«

Sie teilten die jetzt größere Gruppe auf, um den nahen Waldrand mit absuchen zu können. Langsamer als gedacht kamen sie eine Stunde später am Ausgangspunkt an. Gerd Ovens wartete auf sie und schüttelte verzagt den Kopf, als Jana ihn nach den anderen Suchtrupps fragte.

»Nichts. Tut mir wirklich leid. Wir suchen natürlich auch weiter, wenn es dunkel ist, aber letztlich können wir die Wege nur alle noch einmal ablaufen.«

Jana schaute in den Himmel. Die Dämmerung hatte bereits eingesetzt, in spätestens zwanzig Minuten würde es so dunkel sein, dass sie ohne Taschenlampen nicht mehr weitersuchen konnten.

»Ich brauche eine Lampe oder am besten zwei.« Sie warf einen Blick zu Frauke, die ihr zunickte.

»Kommt sofort«, sagte der Inselpolizist, lief zu dem Fahrzeug der Feuerwehr und kam kurz darauf mit zwei Stablampen zurück. »Wollt ihr den gleichen Weg noch einmal machen?«

Jana nickte. »Wir haben auf halber Strecke etwas gehört, sind aber davon ausgegangen, dass es ein Tier war. Ich habe keine Ruhe, bevor ich da nicht noch mal genau nachsehe.«

Jana nickte dem Inselpolizisten zu und gab Frauke einen Wink, dass sie jetzt gehen würde.

»Finden wir die Stelle wieder?«, fragte Frauke, als sie die ersten Meter in den Waldweg hineingegangen waren. Die Dämmerung behinderte ihre Sicht mehr als beim ersten Durchgang. Jana schaltete die Stablampe an und stellte mit Erleichterung fest, dass der Lichtstrahl weit in den Wald hineinleuchtete.

Langsam gingen Frauke und sie den Weg entlang, hielten zwischendurch immer wieder an und tasteten sich tief durch das Unterholz hindurch.

»Glaubst du wirklich, dass Enna hier irgendwo sein könnte?«, fragte Frauke, der Jana die Erschöpfung ansah.

Sie blieb stehen. »Du siehst ganz blass aus. Vielleicht gehst du lieber zurück zu Gerd Ovens, der kann dich nach Hause bringen.«

»Es geht schon. Ich bin schwanger und nicht krank.« Frauke schien selbst über ihren Spruch erschrocken zu sein und fügte schnell hinzu: »Blöder Spruch, ich weiß.«

»Du wirst sicher die für dich richtige Entscheidung treffen«, sagte Jana mit Blick auf den Lichtkegel der Stablampe, die sie in den Wald gerichtet hatte. Im Moment konnte sie sich nicht mit Fraukes Problemen beschäftigen. Ihr ganzer Fokus war auf die Suche nach Enna gerichtet. Je länger es dauern würde, sie zu finden, desto größer würde der Schaden sein. Sie hatte im Internet gelesen, dass einschneidende Erlebnisse einen Schub der Krankheit auslösen können. Schon jetzt schien Enna Angst zu haben, sich unter fremden Menschen zu bewegen. Wie würde es erst nach einer Nacht des Herumirrens aussehen?

Als Jana sich zu ihrer Freundin umwandte, stand Frauke mit den Händen auf den Knien nach vorne gebeugt da und atmete kurz und stoßweise.

»Du musst jetzt abbrechen«, entschied Jana. »Lass uns zurückgehen.«

»Es geht gleich wieder«, sagte Frauke. »Lass mich nur kurz ausruhen.«

»Nein, wir gehen.« Als sich Frauke aufrichtete, hakte sich Jana bei ihr unter und zog sie mit in Richtung Ausgangspunkt ihrer Suche. Frauke widersprach nicht, ließ sich stützen und später ohne Gegenrede ins Feuerwehrfahrzeug setzen. Gerd Ovens versprach, sie sofort in ihre Wohnung zu bringen. Jana rief Leon an und bat ihn, sich um Frauke zu kümmern.

Zurück im Wald startete sie an der Stelle, an der sie zuvor abgebrochen hatte. Es war inzwischen dunkel geworden, was wider Erwarten die Suche mit der Stablampe erleichterte. Der konzentrierte Lichtkegel leuchtete bis weit zwischen den Bäumen hindurch. Jana rief immer wieder nach Enna und horchte jedes Mal lange auf Antwort. Minute um Minute arbeitete sie sich weiter vor, wechselte alle paar Meter die Seite des Weges und telefonierte zwischendurch mit Leon, der ihr versicherte, dass es Frauke wieder besser ging.

»Enna!« Jana stoppte den Lichtkegel der Lampe. War da etwas Weißes zwischen den Bäumen aufgeblitzt? Sie rief erneut nach Enna und lief in den Wald hinein. Abrupt blieb sie stehen, als sie ihr Ziel aus den Augen verloren hatte. Sie leuchtete zwischen den Baumstämmen hindurch, trat einen Meter nach rechts und gleich darauf nach links. War da ein Stöhnen zu hören? Sie hielt den Atem an und lief weiter. Das Stöhnen wurde lauter, sie blieb wieder stehen, um besser hören zu können. Gleichzeitig leuchtete sie die Umgebung ab. Jemand rief leise ihren Namen, Jana stürmte los, suchte hinter jedem Baum und fiel auf die Knie, als sie eine zusammengekauerte Person hinter einem breiten Baumstamm fand.

Enna hob den Kopf und bewegte ihre Lippen.

Jana strich ihr über die Schulter. »Bleib ruhig liegen. Du bist jetzt in Sicherheit. Ich hole sofort Hilfe.« Sie griff nach dem Funkgerät, gab durch, dass sie Enna gefunden hatte, und beschrieb ihren Standort. Minuten später hörte sie ein Fahrzeug den sandigen Waldweg entlangfahren und sah die markanten Farben des Rettungswagens. Sie stand auf, wedelte mit der angeschalteten Stablampe hin und her, der Rettungswagen hielt auf ihrer Höhe an, zwei Personen sprangen aus dem Auto und kamen kurz darauf mit einer Trage durch den Wald auf sie zugelaufen.

24

Dr. Janssen reichte Jana die Hand. »Machen Sie sich keine Sorgen. Frau Rolfs schläft jetzt bis morgen. Ich habe ihr ein Beruhigungsmittel gespritzt.«

»Ist sie nicht unterkühlt?«

»Sie hatte sich zum Glück eine Jacke angezogen. Ich habe keine Symptome von Unterkühlung gefunden. Eventuell bekommt sie eine Erkältung, im schlimmsten Fall eine Blasenentzündung, da sie wohl lange im Wald auf dem Boden gesessen hat. Insgesamt denke ich aber, dass sie rechtzeitig gefunden worden ist.«

»Danke, Dr. Janssen. Ich werde bis morgen früh hierbleiben, und anschließend kommt eine Freundin. Soll ich morgen mit Frau Rolfs zu Ihnen in die Sprechstunde kommen?«

Der Arzt schüttelte den Kopf. »Nein, spätestens in der Mittagspause schaue ich hier vorbei. Ruhe ist für Frau Rolfs jetzt wichtig. Auch wenn sie körperlich glimpflich davongekommen ist, wird sie unter Umständen Zeit brauchen, um sich von diesem für sie einschneidenden Erlebnis zu erholen. Es könnte auch sein, dass sie in den nächsten Tagen, vielleicht sogar Wochen stärker beeinträchtigt ist als bisher. Ich wage da keine Prognose.« Dr. Janssen hielt kurz inne. »Wann haben Sie den Termin beim Kollegen auf dem Festland?«

»In knapp zwei Wochen.«

»Gut. Ich werde mich kurz zuvor mit dem Kollegen kurzschließen, um ihn über den aktuellen Stand zu informieren. Der Befund wird mir dann auch zugeschickt. Wenn Sie noch Fragen haben, können Sie mich gern kontaktieren.«

Sie verabschiedeten sich, Jana schloss ab und bereitete sich im Wohnzimmer ihr Schlaflager vor. Oke hatte ihr eine Luftmatratze gebracht und sie aufgepumpt. Anschließend war er nach Hause gegangen, um Mia abzulösen. Morgen würde er Svea zur Krippe bringen.

Frauke hatte darauf bestanden, Jana früh abzulösen und bis zum Mittag bei Enna zu bleiben. Anschließend würde Lena kommen, die bis zum Abend Zeit hatte. Ob eine weitere Nachtschicht notwendig sein würde, wollten sie morgen entscheiden.

Jana starrte an die dunkle Decke. An Schlaf war nicht zu denken, zu viel ging ihr durch den Kopf. Hatten sie und ihre Freunde zu lange gewartet und Enna nicht engmaschig genug betreut? Hätten sie verhindern können, dass Enna über Stunden in dem Wäldchen herumirrte? Wie sollte es weitergehen? Lange würden sie eine Rund-um-die-Uhr-Betreuung nicht durchhalten. Es musste etwas geschehen, und das schnell.

»Hast du noch Zeit für eine Tasse Tee?«, fragte Frauke, als sie am nächsten Morgen Jana ablöste. »Ich könnte schnell Wasser aufsetzen.«

»Ja, ich mache mich währenddessen frisch. Enna schläft noch immer. Dr. Janssen meinte, wir sollen sie nicht wecken.«

»Alles gut. Ich bin dann in der Küche.«

Jana wusch sich das Gesicht, kämmte ihre Haare und putzte die Zähne. Oke hatte zum Glück daran gedacht, ihr nicht nur die Luftmatratze zu bringen, sondern auch ihren gefüllten Kulturbeutel.

Als sie im Flur auf die Küche zuging, duftete es herrlich nach frischem Tee. Frauke hatte vom Bäcker Croissants und Brötchen mitgebracht und den Frühstückstisch gedeckt.

»Sorry, dass ich gestern so einen Durchhänger hatte«, sagte Frauke. »Irgendwie war das wohl alles zu viel für mich. Nicht nur gestern, sondern auch die Tage davor.«

Sie schenkte Jana Tee ein und reichte ihr das Sahnekännchen. Schweigend aßen sie jede ein Croissant, tranken Tee und horchten hin und wieder in den Flur nach Enna.

»Du fragst gar nichts«, durchbrach Frauke schließlich die Stille zwischen ihnen.

»Was sollte ich fragen?«

»Ob ich es Leon schon erzählt habe, ob Ulfert Bescheid weiß, ob ich mir Gedanken wegen des Schwangerschaftsabbruchs gemacht habe, was mit Daniel ist.«

»Wenn du es mir erzählen willst, wirst du es schon irgendwann machen. Ich will dich nun wirklich nicht unter Druck setzen.«

»Vielleicht wäre mir das lieber«, sagte Frauke leise.

»Aber mir nicht, Frauke. Die Entscheidungen, die du treffen musst, sind so weitreichend und schwer, da will ich dir nicht reinreden. Ich bin da, wenn du Hilfe brauchst. Genau wie du für mich da warst, als ich dich brauchte.«

Frauke schwieg eine Weile, und Jana hatte schon die Befürchtung, dass sie ihr die Zurückhaltung übel nehmen würde. Schließlich nickte sie. »Ich habe mich mit Daniel in Oldenburg getroffen.«

»Okay.«

»Er will kein Kind, keine Beziehung mit einer Frau, die ein Kind hat, und nach Langeoog will er schon gar nicht ziehen. Um es kurz zu machen: Er hat Schluss gemacht.«

»So hat Daniel dir das gesagt?«

»Etwas mehr Worte hat er schon gemacht. Du kennst ihn doch. Reden kann er. Und um ein gutes Argument war er noch nie verlegen. Zumindest klingen sie alle gut im ersten Augenblick. Und logisch.«

»Hat Daniel denn in den Jahren zuvor auch immer Kinder ausgeschlossen?«

Frauke zuckte mit den Schultern. »Darüber haben wir nie gesprochen. Aber er hat mich regelmäßig gefragt, ob ich die Pille nehme, und als ich sie abgesetzt habe, war er derjenige, der übervorsichtig war. Ich kann nur hoffen, dass er damit Erfolg hatte.«

»So kann man es natürlich auch sehen«, sagte Jana mit einem matten Lächeln.

»Ich weiß, über zwei verlorene Jahre. Warum war ich so blind und habe mich an diesen Mann geklammert? Habe ich überhaupt kein Gespür dafür, wer mir guttun würde?«

»Wenn du mich fragst, hat Daniel dir – zumindest zu Beginn eurer Beziehung – durchaus gutgetan. Du hast vielleicht den richtigen Zeitpunkt für den Absprung nicht gefunden. Das ist uns allen doch schon passiert. Vielleicht hat es ja auch seine gute Seite, dass dir die Augen über Daniel geöffnet wurden.«

»Du bist wirklich eine hoffnungslose Optimistin.« Frauke stand auf und umarmte Jana. »Was würde ich nur ohne dich tun.«

Jana küsste ihre Freundin auf die Wange. »Und ich ohne dich. Vergiss Daniel erst mal. Und hoffe, dass er nicht der Vater ist.«

»Womit wir bei der entscheidenden Frage sind«, sagte Frauke. »Will ich das Kind überhaupt?«

Jana trank einen Schluck Tee.

»Hättest du mich vor zwei Wochen gefragt, hätte ich eine klare Antwort gehabt«, fuhr Frauke fort. »Keine Ahnung, ob es die Hormonumstellung ist, aber mir geht es im Moment richtig gut. Das Treffen mit Daniel habe ich ohne große Blessuren überstanden, mehr noch, ich war froh, dass er endlich Klartext geredet hat.«

»Ja, das ging mir damals ähnlich. Zumindest, als ich letztendlich die Entscheidung für das Kind getroffen hatte.«

»Dein Fall lag schon etwas anders«, gab Frauke zu bedenken.

»Klar, so gesehen hat jede Frau ihre individuellen Beweggründe, warum sie ein Kind bekommt oder auch nicht. Deshalb ist es auch so schwer, einen Rat zu geben.«

»Ökonomisch betrachtet ist es in meinem Fall der reinste Wahnsinn. Dann noch ohne Partner. Doppelter Wahnsinn. Wie kann ich auch nur einen klitzekleinen Moment darüber nachdenken, das Kind zu behalten?«

Jana schwieg. Was sollte sie auch dazu sagen? Es würde für Frauke nicht leicht werden. Trotzdem würde Jana Fraukes Situation nicht gleich als Wahnsinn bezeichnen wollen. Ihr Leben würde auf den Kopf gestellt werden, aber war es nicht bei jeder Frau so? Ihre Eltern würden sie nach dem ersten Schock tatkräftig unterstützen, von den Freunden einmal ganz abgesehen. Trotzdem konnte Jana ihre Freundin verstehen, sollte sie sich für einen Schwangerschaftsabbruch entscheiden.

»Schon klar, du sagst nichts dazu«, fuhr Frauke fort. »Aber sich vollkommen raushalten ist doch eigentlich nicht deine Art.«

»Ich bin gerade dabei, es zu lernen. Du hast mir nicht nur einmal vorgeworfen, dass ich mir zu sehr um andere Menschen Gedanken mache und ein Helfersyndrom habe.«

Frauke winkte ab. »Das war so dahergeredet. Lange vergessen!« Sie schenkte Jana Tee nach und trank nach der ersten Tasse selbst Wasser. Wenn Jana die Verhaltensweisen ihrer Freundin richtig deutete, war noch lange nicht klar, dass sie sich für einen Abbruch entscheiden würde.

»Der erste Schritt wäre, offen mit der Situation umzugehen. Leon und Ulfert haben ein Recht darauf zu erfahren, dass du schwanger bist und eventuell einer von beiden der Vater ist.«

»Leichter gesagt als getan.«

»Spätestens wenn dein Bauch wächst, werden Fragen kommen. Wenn du dich gegen das Kind entscheidest, müssen die potenziellen Väter nicht unbedingt informiert werden. Du musst aber ab dann mit der Situation zurechtkommen, dass du ihnen deine Schwangerschaft verschwiegen hast. Was soll ich sagen, ich wollte selbst Oke nicht erzählen, dass ich schwanger bin. Natürlich kann ich dein Schweigen nachvollziehen.«

»Ich weiß, nur ich kann entscheiden. Da nützen mir gute Ratschläge wenig bis gar nichts.« Frauke sah auf die Uhr. »Du musst los, wenn du deine Arbeit noch schaffen willst.«

Jana nahm ihr Geschirr in die Hand, stellte es aber zurück, als Frauke den Kopf schüttelte. »Geh ruhig. Ich mache das schon.«

Jana sank erschöpft auf die Bank vor ihrem Haus. Selten war ihr die Arbeit so schwergefallen wie an diesem Tag. Gefühlt hatte sie zwanzig Mal bei Frauke angerufen und kurz bevor sie durchgestellt wurde, wieder aufgelegt. Frauke würde sie sofort informieren, sollte es Enna schlechter gehen. In spätestens einer halben Stunde würde Lena sie ablösen, und für den späten Nachmittag hatte sich Ulfert zur Verfügung gestellt. Sobald Jana Svea ins Bett gebracht hatte, würde sie ihre nächste Nachtschicht bei Enna antreten.

Jana sah auf und entdeckte ihren Bruder, der auf sie zukam.

»Hallo Schwesterherz!«, begrüßte er sie und setzte sich zu ihr.

»Ich kann dir nichts zu Frauke sagen«, sagte Jana ohne Umschweife. »Bitte akzeptier das doch.«

»Wollte nicht fragen, und ich akzeptiere es natürlich«, antwortete Leon leicht verschnupft.

»Okay. Dann lag ich wohl falsch. Sorry.«

»Alles gut. Du hast ja recht. Ich komme immer angelaufen, wenn es Probleme gibt.« Er grinste frech. »Aber ist dafür nicht eine große Schwester da?«

»Und der kleine Bruder ist dafür da, seiner großen Schwester einen Kaffee zu machen.« Sie zeigte auf die Eingangstür. »Du weißt, wo alles steht?«

»Aye, aye, Käpt'n! Bin gleich wieder zurück.« Leon verschwand im Laden und kam wenige Minuten später mit zwei Bechern heraus. Er reichte seiner Schwester einen. »Ich hoffe, das war nicht zu viel Kaffeepulver. Frauke hat zu Hause so einen fetten Vollautomaten. Damit mache ich exzellenten Latte macchiato.«

»Kunststück.« Sie nahm den Becher entgegen und probierte. »Geht doch. Etwas stark, aber genau richtig für mich.«

Leon probierte und nickte.

»Jetzt rück schon raus damit. Was ist los?«

»Wenn du so fragst …« Er ließ sich Zeit, trank noch einen Schluck Kaffee und stellte die Tasse schließlich auf die Fensterbank. »Ich hatte es mir leichter vorgestellt. Ich meine, meine Abschiedstage. Von der Insel, von Frauke, von allem.«

»Du kannst uns jederzeit besuchen kommen. So weit ist Hamburg ja nun auch nicht.«

»Alle zwei Wochen eineinhalb Tage. Gute Idee. Ein Leben auf der Autobahn.«

»Du hast doch gar kein Auto.«

»Nein. Wenn ich wenigstens das hätte. Mit der S-Bahn zum Hauptbahnhof, in Bremen umsteigen in den Bus nach

Bensersiel, dann die Fähre und die Inselbahn. Und jetzt rate mal, wie lange das dauert.«

»Fast fünf Stunden«, sagte Jana, die schon mehrfach die Strecke gefahren war.

»Klingt doch verlockend, oder?«

»Geht es wirklich um die Entfernung zwischen Hamburg und Langeoog?«

»Nein. Es geht um Frauke. Um wen sonst. Vielleicht ist es romantischer Quatsch, aber …« Er brach ab und wischte sich mit dem Handrücken über die feucht gewordenen Augen und wandte sich ab.

Jana hatte ihren Bruder noch nie so emotional werden sehen. Er schien bis über beide Ohren in Frauke verliebt zu sein. Wenn er in dieser Situation erfahren würde, dass Frauke schwanger war und er als Vater infrage kam, würde er ganz sicher auf den neuen Job verzichten und weiter auf Langeoog bleiben wollen.

»Was hältst du davon, mit Oke darüber zu sprechen? Er kann dir sicher besser etwas raten als ich.«

»Ab nach Hamburg und werde erst mal erwachsen«, imitierte Leon Okes Stimme. »Er war doch selbst eine Ewigkeit in Frauke verknallt. Wie soll er mir da etwas raten können?«

»Ich bin Fraukes beste Freundin, und du bist mein kleiner Bruder. Ich weiß nicht, was ich zu eurer Beziehung sagen soll. Ich halte mich da vollkommen raus. Ich will weder dich verlieren noch Frauke. Die Gefahr ist immer da, wenn man sich in Beziehungsdingen einmischt.«

»Ich verstehe dich ja.« Er atmete tief durch. »Aber ich drehe gerade komplett am Rad. Ich weiß nicht mehr, wo oben und unten ist, und habe Angst, die falsche Entscheidung zu treffen. Jobs gibt es genug in meiner Branche, Frauke ist aber einmalig.«

Jana nahm Leon den leeren Becher ab und stand auf. »Ich kann dir nur einen Rat geben. Geh gegenüber Frauke offen mit deinen Gefühlen für sie um. Verschweig deinen Zweifel nicht und sei einfach ehrlich.« Sie wandte sich ab. »In ein paar Minuten kommt Joost, um die Pralinen abzuholen. Ich muss mich beeilen, ein Teil steht in der Kühlung und muss noch eingepackt werden.«

25

Jana begrüßte Ulfert mit einem Nicken, als er ihr auf dem Flur entgegenkam. »Wie geht es Enna?«, fragte sie leise.

»Ich bin kein Arzt, aber sie scheint immer noch eine Art Schock zu haben. Sie hat kein Wort mit mir gesprochen, mit Frauke übrigens auch nicht. Und etwas zu essen hat sie auch abgelehnt.«

»Und heute Mittag?«

»Lena meinte, dass sie nur ganz wenig von der Kürbissuppe gegessen hat. Und eine halbe Scheibe Brot.«

»Aber getrunken hat sie?«, fragte Jana.

»Ja, das zumindest. Tee und Mineralwasser. Saft wollte sie nicht.«

»Im Wohnzimmer?«

Ulfert nickte. »Vorhin ist Enna wieder kurz eingenickt. Aber ich glaube, sie ist wach geworden, als ich aus dem Zimmer gegangen bin.«

»Danke, Ulfert. Du bist wirklich eine große Hilfe. Kannst du morgen wieder zur gleichen Zeit?«

»Ja, ich habe schon einen Termin verschoben und kann auch etwas früher kommen. Wie ist es mit fünfzehn Uhr?«

»Ich notiere mir das gleich«, sagte Jana. »Ich denke, das passt.«

Ulfert griff nach seinem Jackett, das im Flur an der Garderobe hing. »Sag mal, jetzt wird es ja wohl ernst. Hast du noch einmal über meinen Vorschlag nachgedacht?«

»Jetzt nicht, Ulfert. Lass uns da später drüber sprechen. Ich habe wirklich anderes im Kopf.«

»Schon gut. Wir sehen uns dann morgen?«

Jana ging ins Wohnzimmer. Enna saß in ihrem Sessel und schien zu schlafen. Jana setzte sich aufs Sofa und sprach sie leise an. Enna öffnete die Augen, schloss sie aber gleich wieder.

»Wie geht es dir?«, fragte Jana leise, bekam aber keine Antwort.

Jana holte sich einen Stuhl aus der Küche, setzte sich neben Ennas Sessel und legte ihre Hand auf ihre. So saßen sie lange nebeneinander, die alte Dame atmete ruhig und gleichmäßig, und wer sie nicht kannte, hätte annehmen können, dass sie tief schläft. Aber Jana ahnte, dass Enna nicht nur wach war, sondern auch mitbekommen hatte, dass die Betreuungsperson gewechselt hatte.

Jana strich ihr über die Hand. »Soll ich uns ein kleines Abendessen zubereiten?«

Enna sah auf. Ihre Augen waren feucht, ihr Blick ins Leere gerichtet. Als sie etwas sagte, verstand Jana sie nicht sofort.

Jana beugte sich näher zu ihr. »Was hast du gesagt?«

»Ich will nicht ins Heim.« Ennas Stimme klang verzweifelt. »Ich will nicht ins Heim.« Tränen liefen über ihre Wangen, sie sah Jana flehend an. »Ich will nicht ins Heim.«

Jana schluckte schwer und unterdrückte ihre eigenen Tränen. »Enna, du bleibst hier in deinem Haus. Hörst du?«

Nach einer Weile nickte die alte Dame kaum merklich, Jana stand auf und ging vor dem Sessel in die Knie, um Enna in den

Arm nehmen zu können. Nah an ihrem Ohr flüsterte sie: »Ich verspreche dir, dass du hier in deinem Haus bleiben kannst. Du musst nicht ausziehen.«

Waren es bisher nur wenige Tränen, liefen sie jetzt in Strömen. Enna schluchzte leise und legte den Kopf auf Janas Schulter. Nach einer gefühlten Ewigkeit sah sie auf, lächelte matt und flüsterte: »Danke.«

Eine halbe Stunde später saßen sie in der Küche. Jana hatte Tee aufgesetzt und ein paar Schnittchen geschmiert. Enna trank einen Schluck Tee, setzte die Tasse wieder ab und nahm sich nach kurzem Zögern eins der Brote, biss einmal ab und legte es auf ihren Teller.

»Du musst etwas essen, Enna.«

Die alte Dame nickte, rührte das Brot aber nicht wieder an. Jana wartete und versuchte es nach einer Weile wieder. Enna nahm erneut die Schnitte mit Käse und biss ab. Nach und nach verzehrte sie drei der belegten Brotscheiben und bat um weiteren Tee.

Gegen zehn half Jana ihr beim Ausziehen und bestätigte ihr mehrfach, dass sie über Nacht bleiben würde.

Jana reckte sich. Sie hatte unruhig geschlafen und war immer wieder wach geworden. Erst in den Morgenstunden war sie vor Erschöpfung in einen tiefen Schlaf gefallen.

Sie griff nach ihrem Handy. In einer Stunde würde Frauke sie ablösen. Schlief Enna noch? Aus der Küche waren leise Geräusche zu hören. Jana zog sich an und stellte die Luftmatratze an die Wand im Flur, bevor sie die Küche betrat.

Enna stand angezogen an der Küchenzeile und schien darauf zu warten, dass das Wasser kochte.

»Guten Morgen«, sagte Jana und trat zu ihr.

Enna lächelte. »Bist du wach geworden? Möchtest du Rührei zum Frühstück?«

»Gern, aber das kann ich doch machen, Enna.«

»Mir geht es besser«, sagte die alte Dame und holte eine Pfanne aus dem Schrank.

Jana zögerte. Enna sah zwar noch etwas blass aus, ihre Bewegungen wirkten aber normal. Jana holte Teller aus dem Schrank, deckte den Tisch und blieb in der Nähe.

Kurz darauf saßen sie zusammen am Tisch und frühstückten, als wäre in den letzten eineinhalb Tagen nichts passiert.

»Erinnerst du dich daran, dass du dich im Wald verlaufen hast?«, fragte Jana, als Enna ihr Besteck auf den Teller legte.

»Hast du mich gefunden?«, wich Enna ihr aus.

»Ja, es war schon dunkel, und du hast hinter einem Baum gesessen.«

Enna schwieg.

»Du hast dich schon häufiger verlaufen, oder?«

»Ja.«

»Du brauchst Unterstützung, Enna.«

Die alte Dame reagierte nicht.

»In deinem Alter kommt es häufig vor, dass man sich nicht mehr an alles erinnert und sich auch mal verläuft.«

»Ich komme schon zurecht«, flüsterte Enna.

»Meistens ja«, sagte Jana. »Aber manchmal eben nicht. Als du aus dem Krankenhaus entlassen wurdest, hat dir doch auch Gisela geholfen. Sie war jeden Tag viele Stunden hier bei dir.«

Enna nickte.

»Gleich kommt Frauke. Sie wird dir Gesellschaft leisten. Vielleicht könnt ihr zusammen einen schönen Spaziergang machen. Was meinst du?«

»Ja.«

»Am Abend komme ich wieder. Ist das in Ordnung für dich?«

»Ja.«

»Alle Freunde werden dich unterstützen. Zusammen schaffen wir das, Enna.«

Die alte Dame nickte. Jana schenkte ihr Tee nach.

Jana musste sich zwingen, sich auf die sechs Torten zu konzentrieren, die sie auf ihrem Auftragszettel notiert hatte. Frauke hatte sie pünktlich bei Enna abgelöst und würde bis zum Mittagessen bleiben. Die beiden Nachmittagsschichten waren auch eingeteilt, und am Abend würde Jana sich wieder um Enna kümmern. Trotzdem musste sie ununterbrochen an die nächsten Tage und Wochen denken. Wie sollte es weitergehen? Die Freunde und sie würden die enge Betreuung nicht lange durchhalten.

Auf dem Weg von Enna nach Hause hatte sie Gisela Grote angerufen. Sie arbeitete als häusliche Pflegerin und hatte Enna nach ihrem Krankenhausaufenthalt betreut. Gisela hatte ihr versprochen, sich nach einer Pflegekraft umzuhören und schnellstmöglich wieder bei ihr zu melden.

Nach einer Stunde standen die ersten beiden Erdbeertorten in der Kühlung. Zwei Käsesahne- und zwei Schwarzwälder Kirschtorten würden folgen.

Gegen ein Uhr meldete sich Frauke. Sie berichtete, dass sie einen Spaziergang mit Enna gemacht habe und anschließend mit ihr einkaufen gegangen sei.

»Es ging ihr viel besser als gestern«, fuhr Frauke fort. »Sie musste zwar ein Vormittagsschläfchen machen, aber das ist ja vollkommen in Ordnung.«

»Danke, Frauke. Ich komme heute Nachmittag kurz bei dir im Café vorbei. Du bist doch da?«

»Ja, komm ruhig. Ich bin im Café. Wenn ich dich morgen ablöse, sehen wir uns ja auch.«

Sie verabschiedeten sich. Jana machte sich an die letzten zwei Torten und konnte Svea rechtzeitig aus der Kinderkrippe abholen.

Auf dem Rückweg rief Gisela Grote sie an. »Gute Nachrichten. Ich habe eine Kollegin gefunden, die sogar Erfahrungen mit Demenzkranken hat. Ihr Vertrag ist gerade ausgelaufen, aber ab Anfang Oktober hat sie einen neuen Job in Norwegen. Sie hätte Interesse. Alles Weitere müsstest du klären. Ich schicke dir gleich die Kontaktdaten von Alina. Du wirst mit ihr sicher klarkommen. Sie ist in deinem Alter und eine wirklich Nette.«

»Danke, Gisela. Ich rufe sie an, sobald ich zu Hause bin.«

»Papa?«, fragte Svea mit Blick auf das Handy.

»Nein, Tante Gisela. Kannst du dich noch an sie erinnern?« Svea schüttelte den Kopf.

»Sie hat Oma Enna geholfen, als sie krank war.«

»Oma Enna krank?«, fragte das kleine Mädchen.

»Etwas. Du kannst sie aber trotzdem immer besuchen. So schlimm ist es nicht.« Jana zuckte innerlich zusammen. Wie sollte sie ihrer Tochter erklären, unter welcher Krankheit Enna litt?

»Gut«, sagte Svea. »Will nach Hause.«

»Willst du heute Nacht etwa wieder auf der Luftmatratze in Ennas Wohnzimmer schlafen?«, fragte Oke, als er kurz nach ihnen eintraf.

»Von *wollen* kann keine Rede sein«, antwortete Jana. »Wenn ich den Eindruck habe, dass es notwendig ist, werde ich es natürlich machen.«

»Können wir nicht einfach die Haustür abschließen? Dann kann doch nichts passieren.«

Jana sah Oke mit großen Augen an. »Das ist jetzt kein ernsthafter Vorschlag, oder?«

»War nur so eine Idee. Ja, kann man wohl nicht machen. Wenn Enna wirklich aufwacht und aus dem Haus will, wäre das nicht so schön für sie. Und wenn es bei ihr brennen sollte, muss sie natürlich auch rauskönnen.«

»Ich weiß ja, dass ich das nicht lange durchhalte. Gisela hat mir die Kontaktdaten einer ihrer Kolleginnen geschickt. Die hätte kurzfristig Zeit. Ich muss sie allerdings erst mal anrufen.«

»Hier von der Insel?«

»Nein, die Adresse ist aus Oldenburg. Da wird sie auch wohl wohnen.«

»Und wo soll diese Frau schlafen? Wir haben noch nicht einmal mit der Renovierung angefangen. Von dem fehlenden Geld einmal ganz abgesehen.«

»Soll ich nicht erst mal bei ihr anrufen, bevor wir uns weitere Gedanken machen?«, schlug Jana vor. »Svea ist im Kinderzimmer. Schaust du nach ihr?«

Jana ging in die Küche und wählte die Telefonnummer.

»Alina hier!«

»Jana Jaspersen aus Langeoog. Gisela Grote hat mir Ihre Kontaktdaten gegeben. Es geht um eine Pflege einer alten Dame.«

»Ja, ich weiß Bescheid.«

Jana erzählte Alina Boysen von Enna, der Diagnose des Hausarztes und von dem Vorfall vor zwei Tagen.

»Wofür suchst du … sorry, darf ich dich duzen?«

»Gern. Jana.«

»Alina, aber das weißt du ja. Meine Frage war, an was du genau gedacht hast. Vierundzwanzig Stunden ist nicht so mein Ding. Darauf habe ich mich einmal eingelassen und es bitter bereut.«

»Nein, das wird nicht nötig sein. Hoffe ich zumindest. Und wenn es kurzfristig mehr wird, springen ich und meine Freunde ein. Das machen wir schon seit Wochen.«

»Gut, dann wäre das ja geklärt. Wenn ich dich richtig verstanden habe, ist die alte Dame mindestens in der vierten Demenzphase, vermutlich am Anfang der fünften. Ist das richtig?«

»Wir haben in einigen Tagen einen Termin beim Neurologen. Vielleicht kann ich dann mehr sagen. Ich schätze es allerdings – ohne wirklich Ahnung von der Krankheit zu haben – auch so ein.«

»Dann würde normalerweise eine Betreuung für eine begrenzte Anzahl von Stunden am Tag reichen. Bei schlechten Tagen mehr, bei guten weniger. Ab wann soll es denn losgehen?«

»Darüber haben wir uns noch keine Gedanken gemacht. Bis jetzt waren wir davon ausgegangen, dass es erst mal reicht, wenn wir uns täglich mit Besuchen ablösen. Das hat sich aber jetzt als Irrtum herausgestellt. Im Moment ist immer jemand bei ihr.«

»Und wie geht es der alten Dame?«

»Besser, würde ich sagen. Aber vielleicht ist das auch Wunschdenken. Trotzdem brauchen wir eine Übergangsregelung. Ab wann haben Sie ... sorry, hast du Zeit? Wir müssten im ersten Stock zumindest ein Zimmer renovieren. Das waren früher Gästezimmer, die allerdings schon viele Jahre leer stehen.«

»Ich bin nicht sehr anspruchsvoll. Und Gisela hat mir bereits angeboten, dass ich ein paar Tage bei ihr schlafen kann. Wenn das Zimmer dann so weit ist.«

»Ich muss das besprechen. Da wäre noch die Frage nach der Bezahlung. Ich habe überhaupt keine Vorstellung, was da auf uns zukommen wird.«

»Ich arbeite nicht schwarz. Das heißt, du müsstest mich regulär anmelden mit allem Drum und Dran.«

»Das hatte ich ohnehin gedacht. Wenn wir mal von vier bis sechs Stunden am Tag ausgehen, was würde dabei herauskommen?«

»Genau weiß ich nicht, was letztlich für den Arbeitgeber – das wärst ja du – monatlich dabei anfällt. Aber ich schätze schon, dass wir von drei- bis dreieinhalb tausend Euro sprechen.«

»Okay. Darf ich dich morgen, spätestens übermorgen wieder anrufen? Ich habe auf jeden Fall großes Interesse daran, dass du bis zu deiner Abreise die Pflege übernimmst.«

»Klingt doch gut. Natürlich müsste ich mal einen Tag vorbeikommen und etwas Zeit mit der alten Dame verbringen. Aber keine Angst, ich bin sehr flexibel und habe auch Erfahrung mit dieser Erkrankung.«

»Eine Woche brauche ich mindestens, um das Zimmer zu renovieren. Und das Bad zumindest so weit in Schuss zu haben, dass man es benutzen kann«, sagte Oke, nachdem Jana ihm von ihrem Gespräch mit Alina erzählt hatte.

»Das würde doch passen.«

»Hast du da nicht etwas vergessen?«, fragte Oke vorsichtig.

»Schon klar. Das liebe Geld.« Jana stöhnte leise. »Ich denke, wir sollten uns morgen Nachmittag alle zusammensetzen und beratschlagen, wie es weitergehen soll.«

»Wenn du meinst …«

»Wie sonst? Ich kann doch nicht alles allein entscheiden.« Jana hatte sich keine Mühe gegeben, ihre Verärgerung zu verbergen.

»Nein, natürlich nicht. Aber letztlich hast du die Vollmacht und musst dafür geradestehen. Da kannst du nicht andere darüber entscheiden lassen, was gemacht wird. Verstehst du, was ich damit sagen will?«

»Ja, du hast ja recht. Und sorry, ich bin etwas dünnhäutig in den letzten Tagen.«

Oke strich ihr zärtlich über die Schulter. »Das weiß ich doch. Und was ich auch weiß: Du hältst dieses Tempo nicht lange durch.«

Ich habe es Enna versprochen, dachte Jana. Es gibt keinen anderen Weg, als jetzt aktiv zu werden. In der nächsten Woche, im nächsten Monat kann es vielleicht schon zu spät sein. Enna braucht jetzt unsere Hilfe, meine Hilfe.

»Siehst du das nicht so?«, fragte Oke, als Jana schwieg.

»Mach dir keine Sorgen, ich halte das durch. Wenn du mir Svea hin und wieder abnimmst und Mia auch einspringt, schaffen wir das gemeinsam. Alina ist ein Glücksgriff. Wir hätten genügend Zeit, um eine längerfristige Pflegerin einzustellen und vorher die Zimmer zu renovieren. Auch wenn sich Ennas Zustand wieder normalisiert, selbst die ständigen Besuche mehrmals am Tag halten wir nicht durch. Wir brauchen jemanden, der oder die vor Ort ist und auch im Notfall mehr Zeit mit Enna verbringen kann.«

Oke nickte. »Ich verstehe das alles, aber uns fehlt das Geld.«

Jana schloss die Augen. Sie würde über ihren Schatten springen und mit Sigge reden müssen. Daran führte jetzt kein Weg mehr vorbei. Wenn er dazu nicht bereit war, blieb nur noch das von Ulfert vorgeschlagene Modell. »Ich telefoniere morgen mit Sigge. Er wird mir sicher das Geld leihen.«

26

Jana saß in Ennas dunklem Wohnzimmer und starrte durchs Fenster zum Vollmond. Enna schlief seit einer Stunde. Jana hatte Ulfert abgelöst, mit Enna zu Abend gegessen und anschließend mit ihr einen kleinen Spaziergang gemacht. Die alte Dame hatte erschöpft ausgesehen, nur wortkarg auf ihre Versuche reagiert, ein Gespräch anzufangen. Als die Dämmerung einsetzte, war Enna unruhig geworden und hatte ängstlich um sich geschaut.

Wie würde Enna auf Alina als Unterstützung reagieren? Würde eine fremde Person das Gegenteil von dem auslösen, was sie beabsichtigten? Aber letztlich ging kein Weg daran vorbei, professionelle Hilfe zu suchen. Enna würde sich über kurz oder lang daran gewöhnen müssen.

Jana tastete nach ihrem Handy, das neben ihr auf dem Sofa lag. Konnte sie Sigge noch zu so später Stunde eine Nachricht schicken? Er würde sich nur unnötig Sorgen machen, wenn sie ihren Anruf für den nächsten Tag ankündigte. Ganz sicher war Jana immer noch nicht, ob sie ihren leiblichen Vater um ein Darlehen für Enna bitten sollte. Es war ihr unangenehm, dass sie ihn direkt nach Leons Geldspritze aus Schweden ansprach. Auf der anderen Seite würde er über kurz oder lang das Geld zurückbekommen. Wobei sie hoffte, dass es sich eher um eine lange Zeit handeln würde, die Enna noch unter ihnen weilen würde. Im Internet war die Rede von bis zu acht Jahren. Allerdings hing das davon ab, in welchem Stadium der Demenz sie sich befand. Die Finanzierung der Pflege musste nicht nur für die nächsten Monate gesichert sein, sondern über Jahre stehen. Bisher hatte sie einen Bogen um ihren Taschenrechner gemacht, mit dem sie schnell hätte ausrechnen können, wie hoch der Finanzbedarf pro Jahr sein würde.

Sie griff nach dem Handy, öffnete die Rechnerfunktion und multiplizierte siebentausend mit zwölf. Lange starrte sie auf die Zahl – vierundachtzigtausend –, bevor sie sie erneut multiplizierte. Bei fünf Jahren lagen sie bereits bei einer halben Million, bei acht würde der Bedarf bei fast siebenhunderttausend Euro sein. Das war ihrer Meinung nach genau der Wert von Ennas Haus. Musste sie es vorher schätzen lassen? Auf gar keinen Fall wollte sie Sigge übervorteilen. Wenn der Krebs nicht zurückkommen würde, und danach sah es im Moment aus, könnte er noch Jahrzehnte leben. Es war sein Vermögen, auf das Jana keinen Anspruch hatte. Sigge hatte zwar bei einem Gespräch erwähnt, dass sie ja seine einzige Erbin wäre, aber Jana hatte sofort das Thema gewechselt. Zu oft hatte sie um Sigge Angst gehabt, als dass sie über ein Erbe mit ihm sprechen konnte. Sie wollte, dass er bei ihnen blieb, Svea ein Großvater war und ein zweiter Vater für sie.

Seufzend stand Jana auf und machte sich fertig für die kurze Nacht.

Die Fertigung der Pralinen ging Jana schnell von der Hand. Sie hatte beschlossen, Sigge erst anzurufen, wenn sie gegen vierzehn Uhr fertig sein würde und Lena die Pralinen abgeholt hatte. Bis dahin war noch Zeit, darüber nachzudenken, was genau sie ihm erzählen würde.

Lena kam pünktlich, sprach kurz mit ihr über Enna und bedankte sich bei ihr, dass sie trotz der momentanen Ausnahmesituation die Pralinenproduktion aufrechterhalten würde. Zum Abschied umarmten sie sich.

Jana hielt das Handy in der Hand, legte es wieder neben sich auf die Bank, bevor sie schließlich eine Nachricht an Sigge schrieb.

Hast du kurz Zeit für mich?

Es verging keine Minute, bis ihr Handy klingelte.

»Hallo Sigge, wie geht es dir?«

»Alles bestens. Ich sitze auf der Veranda meines Hauses und schaue aufs Meer. Blauer Himmel, dreiundzwanzig Grad, angenehmer Wind. Wenn ihr drei noch hier sein könntet, wäre mein Glück perfekt.«

»Das ist schön zu hören. Und glaub mir, ich würde lieber heute als morgen ins Flugzeug steigen.«

»Vielleicht solltet ihr das einfach mal machen. Ich komme auch für alles auf. Egal, was anfällt.«

»Sigge, wir sind erwachsen und müssen selbst für uns sorgen. Und dazu gehört nun mal die Arbeit, mit der wir unser Geld verdienen. Hast du es anders gemacht?«

»Nein, ich stand ständig unter Strom. Aber du kannst mir glauben, wenn ich die Zeit zurückdrehen könnte, würde ich es nicht noch mal so machen.«

»Wir haben hier ein gutes Leben, Sigge. Im Moment ...« Sie schluckte. Schneller als erwartet waren sie auf ihr Anliegen gekommen.

»Ja?«

»Erinnerst du dich an Enna Rolfs?«

»Enna! Selbstverständlich. Wir haben uns lange auf deiner Hochzeit unterhalten, und jedes Mal, wenn ich auf Langeoog war, habe ich sie besucht. Sie gehört doch quasi zu deiner Familie und somit auch zu meiner.« Er hielt inne. »Ist etwas mit Enna?«

»Ja, sie hat Schwierigkeiten, allein zurechtzukommen. Ihr Hausarzt geht davon aus, dass sie demenzkrank ist.«

»Oh! Das ist eine tückische Krankheit. Sich selbst langsam zu verlieren, muss unglaublich belastend sein. Wie weit ist es denn bei Enna? Wird Demenz nicht in verschiedene Stufen eingeteilt?«

»Ja. Ich gehe bald mit ihr zum Neurologen. Dann wissen wir hoffentlich genauer Bescheid.« Jana erzählte ihm von dem letzten halben Jahr, in dem ihr immer mal wieder aufgefallen war, dass Enna nicht bei der Sache war, Namen vergessen hatte und sich an Vorgänge, die nur wenige Tage oder Wochen zurücklagen, nicht erinnern konnte. »Zunächst habe ich es einfach ihrem Alter zugeschrieben. Die Tage ähneln sich in ihrer Situation ja, und selbst ich weiß manchmal nicht sofort, ob wir gerade Montag oder Dienstag haben.«

»Aber inzwischen ist es schlimmer geworden?«

»Ja, leider.« Jana berichtete von ihren Freunden, die mit ihr zusammen täglich bei Enna vorbeigeschaut hatten, mit ihr spazieren gegangen waren oder Tee getrunken hatten.

»Vor drei Tagen wollte ich am Nachmittag kurz auf einen Sprung zu ihr, konnte sie aber nicht finden.« Jana erzählte von dem Tag und der Suche. »Ich habe sie dann glücklicherweise in dem kleinen Wäldchen, das du ja sicher kennst, gefunden. Sie hatte sich auf dem Weg zum Supermarkt verlaufen und nicht wieder aus dem Wald gefunden.«

»Und das war schon mitten in der Nacht?« Sigges Stimme konnte Jana anhören, wie entsetzt er war.

»Nach dreiundzwanzig Uhr. Es wurde schon ziemlich kalt und feucht. Aber es ist ja alles gut gegangen. Seitdem betreuen wir sie rund um die Uhr. Enna geht es zwar besser und ich hoffe, dass sie sich auch wieder allein im Haus und Garten aufhalten kann, aber auf Dauer ist das keine Lösung.«

»Ganz bestimmt nicht. Meinen Respekt, dass ihr das bisher so unter euch regeln konntet, aber es bedarf einer professionellen Unterstützung.«

»Genau deshalb rufe ich dich an. Enna hat ein Haus, das nach meiner Schätzung um die siebenhunderttausend Euro wert ist, vielleicht sogar noch mehr. Die Banken haben jedoch keine Angebote für jemanden, der sozusagen scheibenweise sein Haus verkaufen will, damit er oder sie weiter darin wohnen kann. Es gibt ein Modell, aber damit würden wir auch nicht weit kommen. Du bist jetzt meine letzte Rettung. Ich habe Enna versprochen, dass sie nicht in ein Pflegeheim kommt. Sie hätte im ersten Stock Platz für eine Pflegerin, Oke würde alles renovieren und bewohnbar machen, aber uns fehlt das Geld.«

»Ich verstehe, weshalb du angerufen hast. Das Problem wird sein, dass Enna nicht mehr geschäftsfähig ist und ich ihr somit auch kein Geld leihen kann.«

»Ich habe eine Generalvollmacht und kann sämtliche Geschäfte für sie tätigen.«

»Das ist gut, Jana. Du bist wirklich weitsichtig. Hat das ein Notar bestätigt?«

»Ja, ohne Notar geht es gar nicht.«

»Dann sollte sich dein Problem oder eigentlich ja Ennas lösen lassen. Ich kann dir einen Kredit anbieten, die Rückzahlung schieben wir weit hinaus, und auf Zinsen kann ich verzichten.«

Jana fiel ein Stein vom Herzen. Sigge hatte nicht einen Augenblick gezögert, ihr zu helfen, mehr noch, er hatte Enna selbst als Teil ihrer Familie bezeichnet. »Der Anruf ist mir nicht leichtgefallen, Sigge. Deshalb habe ich es auch so lange herausgezögert. Aber du bist wirklich der Einzige, der mir und vor allem Enna helfen kann.« Sie erzählte von Alina Boysen und ihrem Angebot, ganz zeitnah einen Teil der Pflege zu übernehmen.

»Sag ihr sofort zu«, schlug Sigge vor. »Bei euch sind Pflegekräfte sicher genauso schwierig zu bekommen wie bei uns in Schweden.«

»Es wird sehr teuer«, warf Jana ein. »Selbst wenn sie nur halbtags arbeitet, muss ich mit über dreitausend Euro rechnen.«

»Sag mir einfach, was du brauchst, und ich überweise es dir.«

»Wir müssen unbedingt einen Vertrag machen. Und ich werde ein Extrakonto einrichten. Ich möchte nicht, dass mir später jemand vorwirft, dass ich Ennas Situation ausgenutzt habe.«

»Ich lasse noch heute einen Vertrag aufsetzen. Welchen Betrag soll ich einsetzen?«

»Ich dachte mir, dass wir langsam vorgehen. Es reicht, wenn ich im ersten Schritt fünfzigtausend zur Verfügung habe.«

»Überhaupt kein Problem. Der Vertrag kommt heute. Eröffne ein Konto und schick mir die Daten. Und Jana …«

»Ja?«

»Ich weiß, wie sehr dir Enna am Herzen liegt. Trotzdem musst du aufpassen, dass du nicht zusammenbrichst. Du hast eine Familie, eine kleine Tochter und einen Mann. Die brauchen dich. Versprichst du mir, dass du auf dich aufpasst?«

»Ja, Sigge. Ich verspreche es, auch wenn es schwer wird. Enna braucht mich im Moment. Sie hat keine Familie, niemanden, der sich für sie einsetzt.«

»Aber sie würde nicht wollen, dass du zu Schaden kommst. Deshalb pass auf dich auf. Es ist auch für Enna wichtig, dass du nicht ausfällst.«

»Das mache ich«, versicherte Jana ein weiteres Mal. »Ich weiß, dass ich auch meine Grenze habe.«

Jana betrat die Bank und fragte nach dem Filialleiter. Hajo Lübbers kam wenige Minuten später auf sie zu, bat sie in sein Büro und fragte höflich, was er für sie tun könne.

»Ich möchte ein Konto für Enna Rolfs eröffnen. Ich gehe davon aus, dass Sie die Kopie meiner Generalvollmacht noch haben.«

»Ja, die ist vorhanden.« Er räusperte sich. »Darf ich fragen, wofür das Konto ist? Frau Rolfs hat ja bereits eins bei unserer Bank.«

»Darüber werde ich sämtliche Transaktionen abwickeln, die ich im Namen von Frau Rolfs tätigen werde.«

»Sie haben also einen Kredit bekommen?«

»Ansonsten würde ich kein neues Konto bei Ihnen eröffnen wollen.«

»Das Geld wird bar eingezahlt?«, fragte der Filialleiter weiter.

Jana war kurz davor, aufzustehen und zur zweiten Langeooger Bank zu gehen. »Herr Lübbers, ich möchte ein Konto eröffnen und sehe nicht, dass ich Ihnen Rechenschaft darüber schuldig bin, wann und in welcher Form darauf Geld eingezahlt wird.« Sie sah ihn auffordernd an.

»Ja, natürlich. Ich bin von Rechtswegen dazu verpflichtet, Ihnen einige Fragen zu stellen. Aber da Sie und Ihr Mann langjährige Kunden an unserem Institut sind, können wir den Punkt überspringen.« Er zog die Tastatur heran und tippte etwas hinein.

»Alina!«

»Hier ist Jana Jaspersen. Hallo Alina. Ich habe die finanzielle Seite geklärt. Wir könnten uns ganz zeitnah auf Langeoog zusammensetzen und die Einzelheiten besprechen. Und du könntest dann Enna kennenlernen.«

»Das ging aber schnell. Dann schaue ich mal in meinen Kalender.« Jana hörte ein Blättern am anderen Ende der Leitung. »Wie wäre es mit morgen? Ich glaube, es fahren regelmäßig Fähren nach Langeoog, oder?«

213

»Ja, sie sind tideunabhängig. Wann möchtest du kommen? Vormittags oder am Nachmittag?«

»Später Vormittag. Ich schau mir gleich die Fährzeiten an und schicke dir eine Nachricht. Ist das in Ordnung?«

»Ja, natürlich. Sollte ich gerade nicht selbst kommen können, würde ich jemand anderes bitten, dich vom Bahnhof abzuholen. Du warst schon mal auf Langeoog?«

»Das ist lange her. Aber an die Inselbahn kann ich mich erinnern.«

»Okay. Es ist wirklich toll, dass alles so schnell klappt«, sagte Jana.

»Ich bin ein spontaner Mensch. Wenn mir etwas zusagt, brauche ich nicht lange zu überlegen.«

»Dann sehen wir uns morgen.« Sie verabschiedete sich von Alina und atmete tief durch. Der erste Schritt war gemacht, jetzt galt es noch, die Freunde zu überzeugen, mit denen sie sich am späten Nachmittag bei sich im Garten treffen wollte.

»Klasse!«, jubelte Oke, als er von Sigges Kredit hörte. »Ich habe dir doch gesagt, dass dein Vater gleich zusagt. Und die Pflegerin ... wie war noch ihr Name?«

»Alina Boysen aus Oldenburg.«

»Genau, Alina kann auch bald anfangen?«

»Ich treffe mich morgen Vormittag mit ihr. Kannst du Svea zur Krippe bringen? Dann fange ich früh an und sollte rechtzeitig fertig sein. Wenn nicht, bitte ich Frauke, sie vom Zug abzuholen.«

»Ich kann das auch machen. Ich habe mir für morgen freigenommen.«

Jana sah ihn erstaunt an. »Warum?«

»Um dich zu entlasten. So geht das nicht weiter, nachts bei Enna, morgens zur Arbeit und dann Svea und abends wieder zu Enna. Das hältst du nicht lange durch.«

»Hast du dich mit Sigge abgesprochen?«

»Nein, ich habe ja Augen im Kopf und sehe doch, wie es dir geht. Also, wenn Enna selbst ins Bett gehen kann, übernehme ich heute die Nachtschicht. Ansonsten dachte ich an Lena.«

Jana sah auf die Uhr. »Die anderen müssten gleich da sein. Ich habe Frauke, Ulfert, Joost und Lena gebeten, gegen siebzehn Uhr bei uns vorbeizuschauen. Lara hat eine Schicht übernommen und ist bis heute Abend bei Enna. Wir haben also ausreichend Zeit, um alles zu besprechen.«

»Die Weichen hast du doch schon gestellt«, warf Oke ein. »Im Grunde ist doch alles geklärt.«

»Das musste ich doch. Die Zeit drängt. Trotzdem müssen wir uns über die nächsten Wochen und Monate verständigen. Es kommt noch genug Arbeit auf uns zu.«

»Ja, zum Beispiel die Renovierungsarbeiten. Meine Schichten auf der Fähre kann ich nicht absagen. Vielleicht kann ich die eine oder andere tauschen, mehr aber nicht. Wegen der Arbeit am Strand spreche ich mit meinem Onkel. Das sollte klappen.«

»Leon ist doch noch ein paar Tage hier. Er wird dir helfen. Wenn es sein muss, bezahlen wir ihn halt. Es muss nur offiziell laufen.«

»Er weiß immer noch nichts von seinem …« Oke malte Anführungsstriche in die Luft. »… Glück?«

»Ich weiß es nicht. Eigentlich wollte ich heute Nachmittag noch bei Frauke vorbeischauen. Aber das hat dann doch nicht mehr geklappt.«

»Wenn uns die Bombe mal nicht irgendwann um die Ohren fliegt«, murmelte Oke kopfschüttelnd.

27

Oke stellte die Getränke und Gläser auf den Gartentisch und bat die Freunde, sich selbst zu bedienen.

»Wo ist denn eure Tochter?«, fragte Joost und sah sich im Garten um.

»Die ist mit Mia zur Eisdiele«, sagte Oke.

»Ich sehe schon, ihr habt alles im Griff«, meinte Joost grinsend. »Ist Eis nicht schlecht für die Zähne?«

Oke rollte mit den Augen. »Bist du jetzt auch noch Zahnarzt geworden? Alkohol ist auch nicht gerade der Liebling der Leber.«

Jana klopfte mit einem Löffel an ihr Wasserglas. »Etwas ernsthafter, die Herren. Darf ich vielleicht kurz erzählen, wie ich mir die nächsten Wochen vorgestellt habe?«

»Ich schweige ja schon«, warf Joost ein und erhielt dafür von Lena einen sanften Stoß in die Seite.

»Ich glaube, wir sind uns alle einig, dass wir unseren Einsatz bei Enna so, wie wir es im Moment praktizieren, nicht lange durchhalten.« Jana schaute in die Runde und erhielt zustimmendes Kopfnicken. »Ich habe mich mit Hajo Lübbers zusammengesetzt und versucht, einen Kredit zu bekommen. Leider war ich da etwas zu naiv. Um es kurz zu machen, es ist mehr oder weniger ausgeschlossen, einen relevanten Betrag von der Bank geliehen zu bekommen. Ulfert hat ein Modell vorgeschlagen, nach dem das Haus zur Hälfte an einen Investor quasi übertragen wird, der dafür einen bestimmten Betrag zur Verfügung stellt. Die Hausbesitzer wohnen weiter in dem Haus und müssen dem Investor einen monatlichen Betrag überweisen. Das Modell hat viele Nachteile, der entscheidende ist, dass nach meinen Berechnungen das Geld nicht reichen würde und wir in Kürze vor der gleichen Situation stehen würden beziehungsweise vor einer noch prekäreren. Allein die monatliche Rückzahlung wäre ja schon ein Problem und müsste gewissermaßen Teil des Darlehens sein.«

»Es gibt nun mal keine andere Variante«, warf Ulfert ein. »Optimal ist sie für Enna nicht, weil sie eigentlich eine andere Funktion hat. Wenn man zum Beispiel am Haus etwas erneuern muss oder seine eigenen finanziellen Mittel für eine bestimmte Zeit erhöhen möchte.«

»Ich habe in dem Modell mehr Nachteile als Vorteile gesehen, denn genau wie du sagst: Es passt nicht zu Ennas Ausgangslage«, sagte Jana, bevor Ulfert weitersprechen konnte. »Um es kurz zu machen, ich habe mit Sigge in Schweden gesprochen, und er ist bereit, einen Kredit bis zu der Höhe des Hauswertes zu geben. Die Rückzahlung wird er auf unbestimmte Zeit aussetzen, monatliche Raten sind nicht vorgesehen. Enna kann so lange in ihrem Haus bleiben, wie es ihr Gesundheitszustand erlaubt und das Geld für die Pflegekräfte ausreicht. Keiner von uns weiß, wie lange Enna noch unter uns sein wird – hoffentlich lange –, aber ich denke, dass die finanziellen Mittel reichen werden, wenn wir uns alle in geringem Maße beteiligen. Es wird einige Zeit in Anspruch nehmen, eine geeignete Pflegeperson für Enna zu finden, deshalb habe ich mit Gisela Grote Kontakt aufgenommen. Sie hat Enna nach ihrem Krankenhausaufenthalt betreut. Gisela hat mir den Kontakt zu einer ihrer Kolleginnen verschafft, die bis Anfang Oktober übergangsmäßig einspringen kann. Ich treffe mich morgen mit ihr, und sie wird dann auch Enna kennenlernen.«

»Das ging aber alles sehr schnell«, warf Ulfert ein und kassierte dafür einen mahnenden Blick von Frauke.

»Ja, uns alle hat wohl die Suche nach Enna geschockt«, fuhr Jana fort. »Mir hat es die Augen geöffnet, dass wir schnell handeln müssen.«

»Soll Enna denn weiterhin Tag und Nacht betreut werden?«, fragte Lena.

»Ich hoffe, das wird noch nicht notwendig sein. Ihr wisst ja, dass ich mit Enna in Kürze beim Neurologen auf dem Festland einen Termin habe. Ich hoffe, dass wir dann mehr erfahren.«

»Und wo soll die Pflegerin wohnen?«, fragte Ulfert.

»Die erste Woche bei Gisela Grote. Bis dahin müssen wir zumindest ein Zimmer bei Enna im ersten Stock fertig renoviert haben und das Bad in Schuss bringen. Oke wird das federführend machen, und es wäre toll, wenn ihr das unterstützen könnt.«

»Klar«, sagte Joost. »Ich bin dabei. Wie ist es mit Leon? Der ist noch ein paar Tage auf der Insel. Wollte er nicht auch helfen?« Joost warf Frauke einen Blick zu.

»Ich frage ihn«, sprang Oke Frauke bei. »Ich denke schon, dass er mitmacht.« Er wandte sich an Ulfert. »Wie ist es mit dir? Ein paar Stunden wirst du wohl opfern können, oder?«

Ulfert zögerte. »Ich muss in meinen Terminkalender schauen. Kann sein, dass es passt.«

»Gut, das wäre der erste Schritt. Alina Boysen, so heißt die Pflegerin, wird vier bis sechs Stunden am Tag arbeiten. Natürlich hat sie auch freie Tage und kann auch krank werden. Da müssten wir dann einspringen.«

»Klar«, sagte Lena. »Das sollte doch zu schaffen sein. Lara und Anne machen bestimmt auch weiter mit.«

»Vorausgesetzt, ich einige mich morgen mit Alina, werde ich die eventuell notwendigen Einsätze koordinieren. Seid ihr damit einverstanden?« Als bis auf Ulfert alle nickten, fuhr Jana fort: »Wie schon gesagt, ist Alina nur eine Übergangslösung. Wir haben dadurch aber immerhin Zeit, um Kontakt mit Vermittlungsorganisationen aufzunehmen. Viele Pflegerinnen kommen aus osteuropäischen Ländern.«

»Und können kein Deutsch«, warf Ulfert ein. »Ist das wirklich eine große Hilfe?«

»Ich hoffe, wir finden eine bezahlbare Kraft, die auch Deutsch spricht, zumindest so viel, dass sie sich mit Enna und uns verständigen kann. Am Schluss wird es vermutlich eine Gehaltsfrage sein.«

»Ist es denn wirklich ausgeschlossen, dass Enna ab einem bestimmten Demenzgrad im Pflegeheim unterkommt?«, fragte Ulfert weiter.

»Erst mal ja. Es ist ihr Wunsch, in ihrer vertrauten Umgebung zu bleiben«, antwortete Jana eine Spur zu scharf. Ihr gefiel überhaupt nicht, in welche Richtung Ulferts Fragen gingen. »Gerade für Demenzkranke ist das ungeheuer wichtig. Je mehr mit ihr gemacht wird, desto langsamer schreitet die Demenz voran. So heißt es zumindest. Beschäftigung ist also der Schlüssel. Das fängt bei der Bewegung an, geht über geistige Anregungen bis hin zu den sozialen Kontakten. Das kann ein Pflegeheim in der Form nicht leisten. Dort gibt es keine Eins-zu-eins-Betreuung.«

»Ich sehe das genauso«, sagte Frauke. »Wir sind hier, um das Beste für Enna zu ermöglichen. Was in einem halben oder gar ganzen Jahr sein wird, kann keiner von uns voraussagen. Deshalb sollten wir so vorgehen, wie Jana es vorgeschlagen hat. Es wäre ein Glücksgriff, wenn wir jetzt so schnell diese Übergangspflegerin einstellen können. Ich kann die formalen

Sachen übernehmen. Damit kenne ich mich aus. Anmeldung, Abrechnung, Steuerberater und so weiter.«

»Das wäre super«, sagte Jana. »Dann brauche ich mich also da nicht drum kümmern?«

»Ich kann Frauke helfen«, warf Ulfert ein. »Wir schicken dir später eine Mail mit den Angaben, die wir von der Frau benötigen. Den Rest machen dann wir. Und du brauchst einen Vertrag. Den kann ich dir schnell aufsetzen lassen.«

Sie gingen noch einmal die Details durch, verteilten einzelne Aufgaben und unterhielten sich noch eine Weile.

»Hat doch wunderbar geklappt«, meinte Oke, nachdem er Svea ins Bett gebracht und ihr eine Geschichte vorgelesen hatte. »Ulfert musste ein bisschen herumstänkern, aber der kriegt sich schon wieder ein. Ich spreche noch mal mit ihm.«

»Drück mir die Daumen, dass das morgen alles klappt mit Alina und sie einen Draht zu Enna findet.«

»Und umgekehrt«, warf Oke ein.

Jana nickte. »Natürlich. Und das macht mir im Moment die größte Sorge. Für Enna ist jede Veränderung in ihrem Umfeld ein Problem. Es ist schon erstaunlich, dass sie überhaupt den ständigen Wechsel der Betreuung so mitmacht.«

»Es wird klappen – es muss klappen«, sagte Oke. »Und jetzt schaltest du mal ab. Ich mache mich gleich auf den Weg zu Enna, um Lara abzulösen. Morgen kommt Lena um sechs Uhr und übernimmt. Dann bin ich kurz darauf hier, und du kannst los.«

Jana lehnte sich bei Oke an. »Danke, dass du mich so unterstützt. Zusammen bekommen wir das hin, oder?«

»Wir haben schon ganz andere Sachen hinbekommen. Enna braucht uns jetzt. Da geht kein Weg drum herum.«

Am nächsten Morgen stand Jana früh auf, duschte und hatte ihren Morgenkaffee getrunken, als Oke von seiner Nachtschicht bei Enna zurückkam. Sie umarmte ihn und machte sich kurz darauf auf den Weg zur Arbeit.

Sigge hatte am Tag zuvor den Vertrag geschickt, den Jana überflogen und anschließend unterschrieben hatte, bevor sie ihn zusammen mit der Generalvollmacht per Mail zurück nach Schweden schickte. Sigge schrieb zurück, dass er die Überweisung bereits angewiesen habe und das Geld spätestens in zwei Tagen auf dem Konto sein würde.

Die Arbeit ging Jana an diesem frühen Morgen so gut von der Hand, dass sie kurz nach neun Uhr eine Pause machen konnte. Als sie mit der zweiten Tasse Kaffee des Tages vor dem Laden auf der Bank saß, kam Frauke auf sie zu. Sie wedelte schon von Weitem mit der Brötchentüte.

»Wie wäre es mit einem ofenfrischen Croissant?«, fragte Frauke, als sie sich zu Jana auf die Bank setzte.

Jana griff in die Tüte. »Genau das Richtige. Danke.«

»Wie lange bist du schon hier?«

»Fast drei Stunden.«

»Dachte ich mir schon.« Frauke schaute zur Tür. »Hast du für mich auch noch einen Kaffee?«

Kurz darauf setzte sich Frauke wieder zu Jana, trank einen Schluck Kaffee und schwieg.

»Noch keine Entscheidung getroffen?«, fragte Jana in die entstandene Stille hinein.

Frauke schüttelte den Kopf. »Es hat wohl keinen Sinn, dich zu fragen, was du machen würdest?«

»Ehrlich gesagt, ich kann dir nicht mal auf die Frage antworten. Du hast das doch damals hautnah miterlebt. Mein einziger Gedanke war damals, die Situation so schnell wie möglich zu klären. Da fiel mir nichts anderes ein, als die Schwangerschaft zu beenden. Heute kommt mir das vollkommen absurd vor. Schon gar, wo ich gern wieder schwanger werden würde.«

»Ich habe keinen Vater fürs Kind.«

»Nein, du hast gleich drei, die es sein könnten.«

»Und wenn ich keinen Vaterschaftstest mache? Niemand kann mich dazu zwingen. Ich habe gelesen, dass ich schriftlich zustimmen muss. Dann bleibt es eben geheim.«

»Wie gesagt, ich kann dir die Entscheidung nicht abnehmen.«

»War es für dich eigentlich sehr schlimm, nicht zu wissen, wer deine Eltern sind?«

»Im Nachhinein hätte ich mich eher darum kümmern sollen. Der unterschwellige Wunsch, meine leiblichen Eltern kennenzulernen, war seit meiner Jugend da. Ich habe ihn einfach verdrängt, dachte, ich würde meinen Eltern das nicht antun können. Sie haben mich aufgezogen, waren immer da, wenn ich sie brauchte, und sind es auch weiterhin.«

»Aber das haben deine Eltern doch sicher so nicht von dir verlangt, oder?«

»Nein, natürlich nicht. Sie hätten mich auch unterstützt, wenn ich nach meinen leiblichen Eltern gesucht hätte. Ich wollte Rücksicht nehmen, wo ich es nicht hätte tun müssen.«

»Und hat sich etwas geändert, als du die beiden dann kennengelernt hast?«, fragte Frauke weiter.

»Ich wurde ruhiger und ich glaube auch sicherer. Der Kreis war geschlossen, spätestens als ich Sigge kennengelernt habe. Du weißt ja, dass wir auf Anhieb einen Draht zueinander hatten. Bei Sandra habe ich eine Weile gebraucht, um eine wirklich intensive Verbindung zu ihr zu bekommen. Bei Sigge war das spontan da.«

»Ja, das habe ich gleich gemerkt, als ich euch beide zum ersten Mal zusammen erlebt habe.«

»Ich habe von Untersuchungen gehört, die herausgefunden haben, dass viele Adoptivkinder, die während und nach der Pubertät die leiblichen Eltern kennenlernen wollen, das Gefühl haben, ihnen würde etwas fehlen.«

»Was sollte ich meinem Kind dann sagen? Ich weiß nicht, wer dein Vater ist beziehungsweise es gibt drei Kandidaten. Such dir einen aus und frag ihn, ob er einen Test machen will. Wenn nicht, dann …« Frauke brach ab und schloss die Augen.

»Du wirst Leon und Ulfert nicht verheimlichen können, dass du schwanger bist. Es ist für sie nicht sehr schwierig auszurechnen, dass sie als Vater infrage kommen.«

»Und was passiert, wenn ich Leon das sage?«

»Ich bin nicht Leon, aber nach dem letzten Gespräch mit ihm würde ich vermuten, dass er hierbleiben würde.«

»Genau so wird es kommen«, murmelte Frauke.

»Ist es besser, dass er es später erfährt und dann nach Langeoog zurückkommt? Willst du ihn nie wiedersehen, sprich, willst du die Beziehung beenden?«

»Was habe ich da nur für ein Riesenchaos angerichtet? Mir wird am Schluss nichts anderes übrig bleiben, als die Schwangerschaft abzubrechen.« Sie schluckte schwer und fügte leise hinzu: »Mein Kind abzutreiben.«

»Es gibt andere Wege, und das weißt du auch.«

»Die alle im Chaos enden.«

Jana schwieg. In gewisser Weise hatte Frauke recht. Sie hatte sich in eine ausweglose Situation hineinmanövriert. Egal, was sie machen würde, jede Variante würde Probleme mit sich bringen.

28

Jana stand kurz vor zwölf am kleinen Inselbahnhof und wartete auf Alina Boysen. Als der Zug einfuhr, trat sie zurück und suchte unter den zahlreichen Gästen nach Alina. Als sie schon fast die Hoffnung aufgegeben hatte, trat eine Frau ihres Alters auf sie zu. Schlank, kurze schwarze Haare, freundliches Gesicht.

Sie sah Jana fragend an. »Jana?«

Jana reichte ihr die Hand. »Herzlich willkommen auf Langeoog. Es ist toll, dass es so schnell geklappt hat.«

»Ich freue mich auch.« Sie sah sich um. »An den Bahnhof erinnere ich mich tatsächlich. Ich war als Kind mit meinen Eltern hier. Zwei Wochen im Sommer. Wir hatten eine kleine Ferienwohnung und viel Glück mit dem Wetter. Ich glaube, ich war den ganzen Tag am Strand oder im Wasser.«

»Die Erinnerung kommt bestimmt wieder. Wollen wir einen kleinen Rundgang durchs Dorf machen?«

»Gern.«

Auf dem Weg zu Fraukes Café erzählte Jana von der Geschichte der Insel, ihrem eigenen Weg auf die Insel und von der Gemeinschaft der Freunde, die sich um Enna kümmerte.

»Das finde ich mehr als beachtlich. Normalerweise ist es schon schwierig, innerhalb einer Familie Unterstützung zu bekommen. Da hat Frau Rolfs wirklich Glück.«

»Auf so einer kleinen Insel passen wir schon mehr aufeinander auf als in der Großstadt. Das gehört einfach zum Leben dazu. Man kennt sich über viele Jahre und ist auch selbst hier und da auf Mithilfe angewiesen.«

»Weiß Frau Rolfs Bescheid, dass wir uns heute sehen?«

»Kurz bevor ich zum Bahnhof gegangen bin, habe ich noch mal mit ihr gesprochen. Ich glaube, sie hat heute einen der besseren Tage und hat verstanden, warum du heute kommst.«

»Das ist gut. Ich werde mich trotzdem etwas zurückhalten. Frau Rolfs hatte ein paar schwere Tage, und jeder Fremde – und das bin ich nun mal – ist da eigentlich einer zu viel.«

Sie liefen auf das Café zu, betraten es und setzten sich an den reservierten Tisch. Frauke kam zu ihnen, stellte sich vor und fragte, was sie bringen könne. Als sie die Getränke serviert hatte, setzte sie sich zu den beiden.

»Ich habe schon etwas über die Insel und die Insulaner erzählt«, sagte Jana. »Magst du noch einmal etwas über deine Erfahrungen sagen, Alina?«

»Klar. Ich bin jetzt seit elf Jahren Altenpflegerin und habe in drei verschiedenen Einrichtungen gearbeitet, wobei ich in den letzten drei Jahren eine demenzkranke alte Dame gepflegt habe. Sie ist leider vor vier Wochen verstorben. Bis ich in Norwegen anfange, habe ich noch ein paar Wochen zur Verfügung. Mein Traum war immer schon, ein paar Jahre in dem Land zu arbeiten. Ich liebe es und die Leute und habe da auch viele Freunde.«

»Hattest du in den Einrichtungen auch mit Demenzkranken zu tun?«, fragte Frauke.

»Ja, ich habe mich frühzeitig darauf spezialisiert. In den letzten zwanzig bis dreißig Jahren ist die Demenzerkrankung in der Altenpflege immer wichtiger geworden. Es gibt inzwischen sehr gute Einrichtungen, die sich voll und ganz auf diese Krankheit eingestellt haben. Leider ist das nicht überall der Fall. Am besten ist es natürlich, wenn die Person in ihrem bekannten Umfeld bleibt. Dazu sind die finanziellen Mittel nötig, oder die Familie muss die Pflegearbeit selbst übernehmen. Das Letztere ist gerade bei Demenzkranken eine ganz schwierige Aufgabe. Nicht nur, weil es sehr zeitintensiv, sondern auch, weil es psychisch sehr belastend ist. Selbst wir Pflegenden haben damit manchmal Probleme. Man baut, trotz aller professionellen Distanz, nun mal mit der Zeit eine Beziehung zu den Menschen auf, die man pflegt. Das kann ziemlich intensiv sein, da man dem Menschen sehr nahekommt. Der Tod der alten Dame, die ich gepflegt habe, ist mir auch sehr nahegegangen.«

»Mein Beileid«, sagte Jana. »Ich kann sehr gut verstehen, wie schwer deine Arbeit ist, und bewundere Menschen, die sich für solch einen Beruf entscheiden.«

»Danke! Das tut gut. Nicht alle in unserem Land sehen das so.« Alina holte eine Mappe aus ihrem Rucksack und reichte sie Jana. »Ich habe hier noch einmal meine normale Bewerbung ausgedruckt. Da habt ihr alles zum Nachlesen.«

Jana nahm die Mappe in Empfang. »Danke.« Sie sah Frauke an. »Hast du im Moment noch Fragen?«

»Nein … oder ja, wann kannst du bei Enna anfangen? Beziehungsweise wann möchtest du sie kennenlernen?«

Lena öffnete die Tür, als Jana in Begleitung von Alina Boysen aufs Haus zukam. Sie begrüßten sich, und Jana fragte, wie es Enna gehe.

»Alles gut. Ich habe ihr noch einmal gesagt, dass wir gleich Besuch bekommen. Sie wartet auf euch in der Küche.« Lena schmunzelte. »Sie hat darauf bestanden, den Tee selbst zu machen und auch aufzudecken.«

226

»Danke, Lena. Ich bleibe jetzt, bis Oke mich ablöst. Heute Abend komme ich noch einmal vorbei, aber ich denke, die Nachtschicht können wir erst mal aussetzen.«

»Sehe ich auch so.« Lena griff nach ihrer Jacke, die im Flur an der Garderobe hing, und verabschiedete sich.

»Hallo Enna«, begrüßte Jana Enna.

»Da bist du ja schon wieder«, sagte die alte Dame und schien einen Augenblick irritiert zu sein, als sie Alina Boysen bemerkte.

»Das ist Alina Boysen«, sagte Jana. »Ich habe dir ja schon von ihr erzählt.«

Alina reichte Enna die Hand. »Hallo Frau Rolfs. Schön, Sie kennenzulernen.«

Enna nickte. »Dann setzt euch doch an den Tisch. Ich habe Tee gemacht. Und ein paar ...« Sie machte eine Pause und hüstelte leise. »... Kekse habe ich auch.«

Die beiden Frauen setzten sich an den Küchentisch, Enna goss ihnen Tee ein. Die Kluntjes knisterten leise, als das heiße Teewasser mit ihnen in Berührung kam. Jana reichte die Teesahne weiter und wartete, bis sich alle eingeschenkt hatten.

»Wir haben das ja schon besprochen, Enna. Alina wird nächste Woche nach Langeoog ziehen und dir dann bei manchen Dingen helfen. Oke hat dir ja erklärt, dass er im ersten Stock ein Zimmer renoviert. Da würde Alina dann später übernachten. Wenn du nichts dagegen hast, fängt Oke morgen mit den Arbeiten an.«

Enna nickte.

»Warst du heute mit Lena einkaufen?«

»Ja, sie hat mir geholfen. Wir haben auch den ... du weißt schon bekommen«, antwortete Enna und senkte beschämt den Kopf. »Sie ist ein nettes Mädchen«, fuhr sie fort. »Seit wann ist sie denn auf der Insel?«

»Du meinst den Tee, der letzte Woche nicht da war?«

Enna nickte.

»Lena ist die Freundin von Joost«, fuhr Jana fort. »Der betreibt doch schon lange eine Kneipe. Wenn du zum Einkaufen gehst, kommst du daran immer vorbei.«

»Joost war auch hier. Wir sind spazieren gegangen. Ein wirklich feiner Mann.«

Sie tranken, unterhielten sich über das Wetter der nächsten Tage, und Enna sprach davon, dass sie schon immer auf Langeoog gelebt habe. Alina brachte sich vorsichtig ein, erzählte von sich und dass sie als Kind schon mal auf der Insel gewesen sei.

Als Enna sagte, dass sie sich etwas hinlegen möchte, begleitete Jana sie bis zum Schlafzimmer und fragte, ob sie mitkommen solle.

»Nein, das schaffe ich schon.« Enna strich Jana liebevoll mit der Hand über die Wange. »Danke, mein Kind. Was würde ich ohne dich nur machen.«

Zurück in der Küche setzte Jana eine weitere Kanne Tee auf und fragte Alina nach ihrem Eindruck.

»Es ist sehr schwer, nach so kurzer Zeit etwas zu sagen, aber Frau Rolfs ist beeinträchtigt, und man merkt deutlich, dass sie sehr vorsichtig ist. Mit dem, was sie sagt, und auch, wie sie sich bewegt. Sie scheint mich aber nicht abzulehnen. Das ist schon mal eine gute Voraussetzung für die nächsten Wochen.«

»Du könntest dir also vorstellen, die Stelle zu übernehmen?«

Alina nickte. »Auf jeden Fall. Ich würde gern kommen.«

Jana atmete erleichtert auf. »Dann müssen wir ja nur noch über dein Gehalt einig werden.«

Alina lächelte. »Ich glaube, das bekommen wir beide schon hin.«

29

Nachdem Alina Jana versichert hatte, dass sie sich auf der Insel zurechtfinden würde und vor der Abfahrt noch ihre Freundin Gisela besuchen wollte, verabschiedete sich Jana von ihr und versprach, dass sie morgen einen Vertragsentwurf per Mail bekommen würde. Sie hatten abgemacht, dass der Arbeitsbeginn am kommenden Montag sein sollte und sie den Vertrag gleich am ersten Tag unterschreiben würden.

Jana schaute vorsichtig in Ennas Zimmer hinein. Sie lag ruhig in ihrem Bett und schien noch zu schlafen. Sie ging zurück in die Küche, rief Ulfert an und gab ihm die Daten von Alina Boysen durch.

»Ich nehme einen Standardvertrag und ändere ihn entsprechend den Bedingungen ab. Die monatliche Arbeitszeit würde ich auf hundertsiebzig Stunden festlegen, die je nach Bedarf auf die Tage verteilt werden. Ich schreibe noch eine Überstundenregelung rein, die nicht zu teuer wird. Du hast ja später die Kontrolle über die Arbeitszeiten?«

»Ja, wobei wir Alina wohl bis zu einem bestimmten Punkt vertrauen müssen. Eine Stechuhr oder was auch immer heute dazu benutzt wird, ist in unserem Fall ja wohl eher kontraproduktiv.«

»Sehe ich etwas anders, aber du hast den Hut auf.« Er räusperte sich. »Dir ist schon klar, dass die Leute reden werden? Es wird Spekulationen geben, wo das Geld für eine professionelle Pflegerin herkommt. Enna und diese Frau werden gesehen werden, beim Einkaufen, beim Spazierengehen und so weiter.«

»Das muss ich wohl aushalten, Ulfert. Ich werde alle Ausgaben dokumentieren und von Frauke gegenzeichnen lassen. Wenn Gerüchte aufkommen, kann ich das nicht verhindern.«

»Ich werde meine Ohren spitzen und dir Bescheid geben«, sagte Ulfert. »Du bist in meinen Augen die vertrauenswürdigste Person auf der Insel, und Enna kann froh sein, dass ihr so befreundet seid.«

Jana stockte der Atem. Dass Ulfert sie in dieser Form lobte, war ihr suspekt.

»Sag mal, wo wir gerade über Frauke gesprochen haben. Du hast ja wahrscheinlich mitbekommen, dass wir uns wieder besser verstehen.«

»Ja, habe ich.«

»Es ist nur so, dass Frauke in den letzten Tagen – ich weiß jetzt gar nicht mehr, wann es anfing – etwas zurückhaltend geworden ist.«

Jana schwieg. Das war es also. Ulfert wollte wissen, ob sie mehr wusste als er.

»Mir ist schon klar, dass dein Bruder bei ihr schläft und die beiden … na, du weißt schon, was ich meine. Zumindest scheint die Sache mit diesem Daniel ausgestanden, oder?«

»Ulfert, versteh mich nicht falsch. Ich finde es wirklich toll, dass du dich so für Enna einsetzt. Ehrlich gesagt, hätte ich dir das nie zugetraut. Respekt! Aber ich kann dir nichts über Frauke erzählen, was sie mir unter dem Siegel der Verschwiegenheit gesagt hat. Das würdest du auch nicht tun.«

»Nein, natürlich nicht. Ich mache mir einfach Sorgen um Frauke und dachte, ich könnte helfen. Und ich weiß doch, wie eng ihr beiden befreundet seid.«

Jana unterdrückte ein Stöhnen. »Ich werde mich bestimmt nicht ein zweites Mal bei euch einmischen. Ich würde dir gern helfen, Ulfert, aber es geht nicht.«

»Zumindest einen kleinen Hinweis könntest du mir geben«, bat Ulfert.

»Ich bin gerade bei Enna. Sie macht einen Mittagsschlaf, wird aber bald aufwachen. Ich muss jetzt aufhören, Ulfert.«

»Ja, okay. Den Vertrag lasse ich gleich fertig machen. Soll ich als Arbeitgeber Enna eintragen?«

»Auf jeden Fall. Ich vertrete sie ja nur, und letztlich bezahlt Enna ja auch Alina. Bis später, Ulfert. Und danke für deine Hilfe.«

Enna wachte zehn Minuten später auf, kam selbstständig zu ihr in die Küche und schlug vor, das gute Wetter für einen Spaziergang zu nutzen.

Sie wählten eine Route durch das Inseldorf, trafen hier und da auf alte Bekannte von Enna, die sie herzlich begrüßten und ein paar Worte mit ihr wechselten. Enna vermied es, die Freunde mit Namen anzusprechen, antwortete freundlich und sprach über unverbindliche Dinge. Ohne dass Jana es geplant hatte, liefen sie auf die Langeooger Kirche zu. Enna bemerkte den Bau, blieb kurz stehen und nahm Kurs auf den hinter der Kirche liegenden Friedhof.

»Ich war schon so lange nicht mehr an Wilkos Grab.«

Ennas Mann war vor fast zwei Jahrzehnten gestorben. In früheren Zeiten war Enna täglich zum Grab ihres Mannes gegangen und hatte mit ihm gesprochen. Nach dem Krankenhausaufenthalt waren die Besuche auf dem Friedhof weniger geworden, und vor vier Wochen hatte Jana einen

Gärtner beauftragt, einmal im Monat nach dem Grab zu sehen, das Unkraut zu jäten und, falls notwendig, neue Pflanzen einzusetzen.

Enna betrat den Friedhof als Erste, sah sich kurz um, als wenn sie sich orientieren müsste, und ging schließlich zum Grab ihres Mannes. Sie ging in die Knie, entfernte etwas Unkraut zwischen zwei blühenden Stauden und richtete sich wieder auf.

Gedankenversunken starrte sie auf den Grabstein.

»Hallo Wilko! Wie geht es dir?«, fragte sie leise, aber gut verständlich. »Jana und ich haben einen Spaziergang gemacht. Du musst wissen, dass Jana auf mich aufpasst. In der letzten Zeit ging es mir nicht so gut. Mein Gedächtnis will nicht mehr immer so, wie ich es möchte. Aber mach dir keine Sorgen, Jana ist bei mir. Und bald kommt noch eine nette junge Frau, die mir auch helfen wird.« Enna hielt eine Weile inne, sah in den Himmel. »Ich vermisse dich so, Wilko.« Sie senkte den Kopf und verharrte eine gefühlte Ewigkeit vor dem Grab ihres Mannes.

»Wollen wir weitergehen?«, fragte Jana leise.

Enna nickte, wandte sich zu Jana um und hakte sich bei ihr ein. »Lass uns nach Hause gehen. Ich habe Hunger.«

Jana lag in ihrem Bett neben Oke, der bereits seit einer Stunde schlief. Ulfert hatte ihr am späten Nachmittag den Vertrag für Alina zugeschickt, sie hatte ihn durchgesehen und per Mail weitergeleitet.

Am Abend hatte sie beschlossen, dass Enna allein über Nacht im Haus bleiben sollte. Die alte Dame hatte keine Einwände und hatte auf Jana auch nicht den Eindruck gemacht, als habe sie Angst vor der Nacht. Trotzdem fühlte sich Jana nicht wohl bei dem Gedanken, Enna allein gelassen zu haben. Ein Funken Unsicherheit blieb und würde auch in Zukunft bleiben. Sie kannte dieses Gefühl von Svea. Als sie ihre Tochter nach der Eingewöhnungszeit in der Kinderkrippe zum ersten Mal für Stunden zurückgelassen hatte, war sie nicht in der Lage gewesen, in ihrer Küche zu arbeiten. Sie brach nach einer knappen halben Stunde ab, lief nach Hause, räumte dort auf, putzte das Bad und lief anschließend durchs Dorf, bis die vereinbarte Zeit endlich um war.

Bei Svea hatte sie schnell das Gefühl, dass sie sich keine Sorgen machen musste und sich darauf verlassen konnte, dass die Erzieherin sie sofort anrufen würde, sollte es ihrer Tochter nicht gut gehen. Aber Enna war allein. Niemand würde sie anrufen, falls Enna Unterstützung brauchen würde. Zwar hatte Jana ihr das Seniorentelefon auf das Tischchen neben dem Bett gelegt, aber ob Enna sie in einer Stresssituation damit anrufen würde, war eher unwahrscheinlich.

»Kannst du nicht schlafen?«, fragte Oke mit müder Stimme.

»Habe ich dich aufgeweckt?«

»Kein Problem.« Oke zog Jana zu sich und nahm sie in den Arm. »Es wird schon nichts passieren. Es war richtig, dass du Enna allein gelassen hast. Unsere Freunde waren auch der Meinung, dass wir das riskieren können.«

»Ich weiß. Aber mir steckt die nächtliche Suche nach Enna noch in den Knochen. Wenn ich nur daran denke, was passiert ...«

»Schon gut«, unterbrach Oke sie sanft. »Es ist nichts passiert.«

»Dieser dunkle kalte Wald muss schrecklich für Enna gewesen sein. Sie hat sicher Todesangst durchgestanden.«

»Ich weiß. Aber zum Glück scheint sie sich nicht an alles zu erinnern. Es wird sie hoffentlich für eine Zeit davon abhalten, allein aus dem Haus zu gehen.« Er strich ihr mit der Hand übers Haar. »Und jetzt schlafen wir. Versprochen?«

Jana küsste ihn zärtlich auf den Mund. »Ja. Versprochen.«

»Daniel!«, rief Jana und hielt mit dem Fahrrad vor ihm an. Svea saß hinten in ihrem Sitz und war damit beschäftigt, sich in der Gegend umzuschauen.

»Hallo Jana«, sagte Daniel, der genauso erstaunt zu sein schien. Sie war ihm auf dem Weg zur Kinderkrippe entgegengekommen und hatte ihn erst in letzter Sekunde erkannt.

»Ich wusste gar nicht, dass du auf der Insel bist.«

»Bin ich auch erst seit …« Er schaute auf die Uhr. »… einer knappen halben Stunde. Ich habe mich gestern spontan entschieden, Frauke zu besuchen.« Er sah sie fragend an. »Sie ist doch da, oder?«

»Davon gehe ich aus. Ihr Café macht ja auch in wenigen Minuten auf. Eigentlich übernimmt sie immer die Vormittagsschicht.«

»Ich weiß.« Er hielt inne und schien zu überlegen. »Sag, wie geht es ihr?«

»In welcher Hinsicht?«, fragte Jana, die nicht schon wieder mit einem der potenziellen Väter über Frauke sprechen wollte.

»Du weißt doch sicher, dass sie …« Er brach ab.

»… schwanger ist. Ja, natürlich, ich war dabei, als sie den Test gemacht hat.«

»Und wie geht es ihr?«

Jana ahnte, dass Daniel nicht auf Fraukes Gesundheitszustand anspielte, sondern wissen wollte, wie Frauke auf seinen Besuch reagieren würde.

»Sie ist schwanger und nicht krank«, wich Jana ihm aus und wiederholte die Worte, die Frauke in dieser Situation gern benutzte, warf einen Blick zu Svea, die allmählich unruhig wurde. »Ich bin gerade auf dem Weg zur Krippe.«

Erst jetzt schien Daniel Svea zu bemerken. Er lächelte sie an. »Du bist bestimmt Svea?«

Svea nickte. »Wie heißt du?«

»Ich bin Daniel, der Freund von Frauke.«

»So, ich muss«, sagte Jana. »Du weißt, wie du zum Café kommst?«

Daniel nickte. »Natürlich. Bis später vielleicht.«

Auf dem Weg zur Arbeit hielt Jana vor Ennas Haus an, stieg ab und schloss die Haustür auf. Als sie in den Flur trat, kam Enna auf sie zu. Sie war vollständig bekleidet und zurechtgemacht.

»Hallo Enna, du bist schon auf?«

»Ich habe auch schon gefrühstückt. Möchtest du noch eine Tasse Tee mit mir trinken?«

»Gern, aber lange habe ich nicht Zeit. Du weißt ja, die Arbeit ruft, und später muss ich Svea abholen.«

Jana setzte in der Küche Wasser auf und deckte den Tisch. Als sie einen benutzten Löffel in die Spülmaschine legen wollte, stutzte sie. Entweder hatte Enna ihr Frühstücksgeschirr und -besteck mit der Hand abgewaschen oder sie hatte überhaupt nicht gefrühstückt.

»Möchtest du noch ein Brot dazu essen?«, fragte Jana.

Als Enna nickte, stellte sie Butter, Brot und Käse auf den Tisch. Enna griff nach einer Brotscheibe und belegte sie mit einer Scheibe Käse, bevor sie sie in der Mitte durchschnitt und eine der Hälften in die Hand nahm.

Jana blieb zwanzig Minuten, bis Lara kam, die in den nächsten zwei Stunden bei Enna bleiben würde.

30

Gegen vierzehn Uhr stellte Jana die letzte Schachtel mit Pralinen in die Kühlung. Sie hatte während der letzten Stunden weder eine Pause gemacht noch etwas gegessen oder getrunken und fühlte sich wie nach einem Marathonlauf durch die Wüste. Mit einem Glas Wasser in der Hand ließ sich Jana auf die Holzbank vor dem Ladengeschäft fallen und schwor, dass sie vor dem Abend nicht wieder aufstehen würde.

Erst jetzt fiel ihr die Begegnung mit Daniel wieder ein. Frauke hatte sich bisher nicht bei ihr gemeldet. Hatte Daniel sie nicht angetroffen oder waren die beiden im Streit aufeinander losgegangen? Sie schielte zum Handy, das neben ihr auf der Bank lag. Anrufen oder nicht anrufen? Sie entschied sich für eine Textnachricht.

> Moin Frauke! Heute Morgen ist mir Daniel über den Weg gelaufen. Er wollte zu dir. Habt ihr euch getroffen? Jana

Jana legte das Handy zur Seite und reckte den Kopf in die Sonne. Mit geschlossenen Augen genoss sie die Wärme auf der Haut und wünschte sich weit weg in ein fernes Land.

»Hallo Jana!«

Jana öffnete die Augen, Lena stand vor ihr. »Ist es schon so spät?«

»Ich habe mich sogar etwas verspätet. Sind die Pralinen in der Kühlung?«

»Ja. Kannst du sie dir selbst holen? Ich bin fix und fertig.«

»Kein Wunder nach den letzten Wochen. Dir ist hoffentlich klar, dass das nicht so weitergehen kann.«

Jana nickte. »Ich fürchte, mein Körper zeigt mir gerade die Rote Karte. Aber kürzertreten ist im Moment leichter gesagt als getan.«

»Wenn dir ein Zusammenbruch lieber ist«, sagte Lena. »Ich fürchte, dann würdest du über Wochen komplett ausfallen.« Lena zeigte auf die Tür. »Ich hole mir mal die Schachteln aus der Kühlung. Und du bleibst hier schön sitzen, bis du zumindest ein klein wenig Kraft geschöpft hast.«

Auf dem Weg zur Kinderkrippe vibrierte Janas Handy. Sie blieb stehen und griff nach ihrem Handy. Frauke hatte ihr geschrieben.

Es ist kompliziert. Später mehr. Küsschen. Frauke

Jana sah irritiert auf das Handydisplay. Was hatte das nun wieder zu bedeuten? Hatte Daniel Frauke mit einer Entschuldigung um den Finger gewickelt und danach die große Versöhnung gefeiert? Jana ließ das Handy kopfschüttelnd in die Tasche zurückgleiten und ging weiter.

Svea lief ihr freudestrahlend entgegen, als Jana sie auf dem Hof der Kinderkrippe suchte. Sie ging in die Knie, hob das kleine Mädchen hoch und drehte sich einmal mit ihr auf dem Arm im Kreis. Svea verlangte nach mehr, Jana wiederholte die Drehung zweimal, bevor sie ihre Tochter absetzte. »Jetzt geht es nach Hause. Mama hat Hunger.«

»Spaghetti mit Soße«, jubelte Svea.

»Aber du hast doch schon etwas gegessen.«

Svea schüttelte den Kopf. »Das war doofes Essen.«

Jana lachte. »Na so was. Dann muss ich gleich wohl wirklich dein Lieblingsessen zaubern.«

Eine Viertelstunde später kochte das Wasser im Topf, Jana ließ die Spaghetti hineingleiten und öffnete ein Glas Tomatensoße. Svea saß bereits in ihrem Hochstuhl am Tisch und verfolgte jede ihrer Handbewegungen. »Magst du auch noch Parmesan obendrauf?«

Svea nickte begeistert. »O ja! Ganz viel!«

Jana rührte die Soße um, schmeckte sie mit Salz und etwas Olivenöl ab, goss kurz darauf die Nudeln ab und stellte beide Töpfe auf den Tisch. Nachdem sie Svea die Spaghetti in mundgerechte Stücke geteilt hatte, füllte sie die Tomatensoße auf und rieb reichlich Parmesan über alles.

Sie schob Svea den Teller über den Tisch. »Sieht doch richtig gut aus.«

»Mama muss auch essen«, sagte ihre Tochter mit vollem Mund.

»Ja, das stimmt.« Jana küsste Svea auf die Wange und setzte sich wieder auf ihren Platz.

Oke rief ins Haus hinein. »Ich bin da! Und habe jemanden mitgebracht.«

Jana, die im Kinderzimmer Svea etwas vorgelesen hatte, schaute in den Flur hinein. Hinter Oke stand Frauke. Sie ging auf ihre Freundin zu. »Hallo! Dich habe ich jetzt gar nicht erwartet.«

»Können wir einen Spaziergang machen?«, fragte Frauke mit leicht zitternder Stimme.

Jana warf einen fragenden Blick zu Oke. »Kannst du …«

»Kein Problem. Wo ist denn unsere Prinzessin?«

»Im Kinderzimmer. Ich habe ihr etwas vorgelesen.« Jana griff nach ihrer Jacke und folgte Frauke, die bereits nach draußen gegangen war.

»Immer wieder schön«, sagte Frauke.

Sie standen am Strand und sahen auf das ablaufende Wasser. In der halben Stunde, die sie bisher gegangen waren, hatte Frauke geschwiegen, und Jana hatte nicht versucht, das Gespräch zu suchen. Wenn ihre Freundin schweigen wollte, würde sie mit ihr schweigen, wenn sie reden wollte, würde sie antworten, so gut es bei dem schwierigen Thema ging.

»Ich bin hier ja nicht aufgewachsen«, sagte Jana, »aber gerade hier am Strand, wo ich der Natur und ihrer Kraft direkt gegenüberstehe – Wasser, Wind und Sonne –, fühle ich mich ganz bei mir. Dabei ist der Anblick doch immer ähnlich. Gut, manchmal stehen Wolken am Himmel, mal bläst der Wind einem um die Ohren, mal ist es vollkommen windstill. Die Nordsee trägt manchmal nur zentimeterhohe Wellen mit sich, bei einem Sturm sind sie viele Meter hoch. Trotzdem, es ist immer der gleiche Strand, und ich kann mich nicht daran sattsehen.«

»Ich hätte es nicht so schön formulieren können, aber du hast recht. Das Meer fasziniert mich auch, zieht mich magisch an, und ich finde hier zur Ruhe. Vielleicht wollte ich deshalb heute hierher.«

Jana nickte und schwieg. Sie gingen weiter Richtung Osten.

»Daniel war bei mir. Ich war so überrascht, dass ich im ersten Augenblick kaum etwas herausbekommen habe. Da im Café ohnehin nicht viel los war, habe ich es geschlossen. Weißt du, was er wollte?«

»Nein, ich habe ihn nicht gefragt, als wir uns getroffen haben.«

»Sich entschuldigen. Der große Daniel hat sich entschuldigt. Dass ich das noch erleben durfte. Da hat es mir die Sprache zum zweiten Mal verschlagen.«

»Das kann ich mir lebhaft vorstellen.«

»Aber gut, ich bin ja hart im Nehmen. Er fragte mich dann, ob ich seine Entschuldigung annehmen würde. Ich bin ihm ausgewichen, weil ich die Frage nicht so schnell beantworten konnte.«

»Immer noch nicht?«, fragte Jana.

Frauke zuckte mit den Schultern. »Im Grunde ja. Seine Reaktion auf meine Schwangerschaft war nicht überlegt, kam direkt und spontan. Spricht man in solchen Situationen nicht genau das aus, was man fühlt, zeigt man da nicht, wie der Charakter wirklich ist?«

»Ja und nein. Das macht uns Menschen aus, dass wir reflektieren können und nicht nur triebartig reagieren. Wir können aus unseren Fehlern lernen und es anders und besser machen.«

»Mag sein, aber ich habe Daniel so erlebt, wie er ist. Zumindest im Moment. Und das zählt für mich. Ich kann ihm zwar verzeihen, was er gesagt hat, glaube aber, dass es sich bei einer ähnlichen Situation genauso wieder abspielen würde.«

»Auch das kann sein. Ich kenne ihn zu wenig, um das beurteilen zu können.«

Frauke blieb stehen. »Das ist meine Jana. Du willst mich weder bestärken noch mir etwas ausreden.« Sie trat einen Schritt auf Jana zu und umarmte sie lange. »Danke dafür«, flüsterte sie ihr ins Ohr.

Sie spazierten weiter, liefen einige Hundert Meter, bis Frauke mehr von Daniels Besuch erzählte.

»Nicht dass du glaubst, er wolle mit mir eine Familie gründen.« Sie schmunzelte. »Sagt man das nicht so?«

»Ja. Was wollte Daniel denn?«

»Verantwortung übernehmen. Klingt gut, ist es aber nicht. Ich brauche keinen Vater für mein Kind, der mir ein paar Hundert Euro im Monat überweist, und auch keinen, der mein Kind ein- oder zweimal im Jahr auf eine prächtige Reise mitnimmt. Und nein, ich habe ihm das nicht so gesagt. Ich will keinen Streit, ich will meine Ruhe.«

»Sonst wollte Daniel nichts?«

»Er hat mir angeboten, dass ich nach Oldenburg ziehen könnte. Er würde mich auch dabei unterstützen. Ich habe ihn nach dem Sinn eines solchen Umzugs gefragt, und er hat doch tatsächlich geantwortet, dass er dann näher bei seinem Kind wohnen würde und es auch mal am Wochenende zu sich nehmen könnte.« Frauke schnaubte verächtlich. »Als was bitte schön? Will er sich mit seinem Sohn oder seiner Tochter schmücken? Aller Welt verkünden, was für ein edler Mensch er doch ist? Die Frau schiebt ihm ein Kind unter, und er kümmert sich trotzdem darum.«

»Du solltest dir also eine eigene Wohnung nehmen?«, fragte Jana fassungslos.

»Genau. Genial, oder? In welcher Welt lebt dieser Mann überhaupt? Ich habe ihm den Zahn gleich gezogen. Und was macht er? Zuckt nur mit der Schulter und geht zum nächsten Punkt über. Als ginge es um eine Vertragsverhandlung, bei der man das Beste herausholen muss.«

Jana schwieg. Daniel erschien ihr mit jedem weiteren Wort weltfremder und vollkommen auf sich selbst bezogen.

»Es war gut, dass Daniel mich besucht hat. So konnte ich persönlich mit ihm reden und mit ihm abschließen. Und vielleicht begreife ich auch irgendwann, wie ich einem so egoistischen und empathielosen Menschen hinterherlaufen konnte. Ich werde ihm in den nächsten Tagen eine Mail schicken und mit ihm sachlich und ruhig für alle Zeit Schluss machen. Ich habe mich im Internet schlaugemacht und noch mal alles hin

241

und her gerechnet. Daniel kommt danach mit neunzigprozentiger Wahrscheinlichkeit nicht als Vater infrage. Die Zeiträume passen einfach nicht. Genau das werde ich ihm schreiben und ihm ein schönes Restleben wünschen.«

»Ganz sicher?«, warf Jana ein.

»Was? Dass ich ihn zum Teufel jage oder meine Berechnungen?«

»Das Letzte.«

»Ich habe morgen einen Termin bei meiner Frauenärztin in Esens. Mal sehen, was sie sagt. Aber nach allem, was ich bisher im Internet gefunden habe, kommt Daniel vom zeitlichen Ablauf her nicht infrage.«

Jana fragte sich, wieso Frauke sich so lange Zeit gelassen hatte, um Daniel oder einen der beiden anderen auszuschließen. War es ihr gar nicht so wichtig, wer der Vater ihres Kindes war? Ging es ihr in erster Linie darum, ob sie das Kind bekam oder nicht?

»Daniel war auch immer extrem vorsichtig. Ihm war überhaupt nicht recht, dass ich die Pille abgesetzt habe. Verstanden, warum meine Ärztin das vorgeschlagen hat, hat er auch nicht oder wollte es nicht. Vergnügen ja, Verantwortung nein. Ich bin fertig mit Daniel und verstehe heute nicht mehr, was ich an ihm gefunden habe.« Sie sah Jana an. »Du sagst auch dazu nichts?«

Jana schaute in den Himmel und beobachtete zwei Möwen. »Das passiert uns allen mal. Vielleicht hast du ihn gebraucht, um dich von Ulfert zu trennen, und hast später nicht den Absprung gefunden. Ich weiß es wirklich nicht.«

»Ja, Kandidat Nummer zwei. Würde mich nicht wundern, wenn er dich auch angesprochen hat.« Sie machte eine Pause. »Hat er?«

Jana nickte. »Ich habe kein Wort zu deiner Schwangerschaft gesagt und mich auch ansonsten vollständig zurückgehalten.

Ich bin nun wirklich nicht die Richtige, mit der er sprechen sollte. Das habe ich ihm auch deutlich gesagt.«

»Gut. Aber das ist Ulfert. Ich mag ihn immer noch, aber in gewisser Weise ist er Daniel nicht unähnlich. Er denkt auch zuerst an sich.« Frauke hob abwehrend die Hände. »Ich weiß, er engagiert sich bei der Betreuung von Enna. Das hat mich auch beeindruckt. Aber bist du sicher, dass sich dahinter nicht noch etwas anderes verbirgt? Ich habe zu oft gesehen, dass er sehr bewusst Dinge tut, um etwas zu erreichen. Und ja, er würde vorgeben, sich über ein Kind zu freuen, und gleich einen Hochzeitstermin machen. Ich habe einen verdammten Fehler gemacht, als ich wieder mit Ulfert geschlafen habe. Das war falsch, aber …« Sie zuckte mit den Schultern. »… ich hatte nicht die Kraft, Nein zu sagen, und brauchte ihn gerade. Das war egoistisch. Aber es ist passiert. Das Schlimmste ist, dass ich damit meine Freundschaft zu Ulfert aufs Spiel gesetzt habe. Ich glaube kaum, dass er mir das verzeihen wird. Oder?«

»Es war vielleicht nicht klug, aber auch das passiert. Es gibt viele Frauen, die noch etwas mit ihrem Ex haben. Manchmal nur kurz, manchmal auch länger. Man kennt sich einfach viel zu gut, hat sich einmal geliebt. Ihr habt eine ewig lange gemeinsame Geschichte hinter euch. Und Hass war am Ende nie im Spiel.«

»Trotzdem war es ein Fehler, der jetzt schlimme Folgen haben könnte. Durch das Kind wären wir auf ewig aneinandergebunden. Das wäre sicher keine gute Ausgangslage.«

»Es ist, wie es ist. Wenn er der Vater ist, wird er sich zumindest um das Kind kümmern. Du kannst es ohnehin nicht ändern. Was die Väter tun oder lassen, liegt nicht in deiner Hand. Wichtiger ist, dass du dich entscheidest, ob du dir ein Leben mit einem Kind vorstellen kannst.«

Frauke reagierte nicht auf Janas Einwand. »Und Leon? Was soll ich sagen. Ich mag ihn sehr, vielleicht bin oder vielmehr war ich auch dabei, mich in ihn zu verlieben. Aber ich will ihm nicht sein Leben versauen oder zumindest so durcheinanderbringen, dass kein Stein mehr auf dem anderen bleibt.«

»Du willst ihm nicht von der Schwangerschaft erzählen?«

»Nein. Er geht in vier Tagen zurück nach Hamburg. Wir sind uns beide einig, dass eine Fernbeziehung sinnlos ist. Wir hatten Spaß miteinander, nicht mehr und nicht weniger. Er wird nie erfahren, dass auch er der Vater sein könnte.«

Frauke klang entschlossen. Sie schien sich lange Gedanken um die drei potenziellen Väter gemacht zu haben. Sie hatte gute Argumente, aber Jana wusste, dass in manchen Situationen etwas anderes zählte.

»Du brauchst nichts dazu zu sagen«, fuhr Frauke fort. »Ich weiß doch, wie sehr du dir um deinen Bruder Sorgen machst. Leon hat mir übrigens inzwischen erzählt, warum er vor ein paar Wochen von jetzt auf gleich wieder nach Hamburg abgehauen ist. Spielschulden bei Typen, mit denen nicht zu spaßen ist. Ich weiß, dass Sigge ihm das Geld geliehen hat, und auch, dass er bei der Polizei war.«

Dass Leon Frauke reinen Wein eingeschenkt hatte, wunderte Jana. Es musste ihn einige Überwindung gekostet haben, seine Spielsucht zuzugeben. »Das finde ich gut, dass er damit rausgerückt ist«, sagte Jana. Sollte sie Frauke sagen, dass Leon mit ihr gesprochen hatte und sie nicht der Meinung war, dass Frauke ihm gleichgültig war oder für ihn lediglich eine flüchtige Affäre? Sie hatte sich schon zu oft eingemischt. Frauke kannte Leon inzwischen vielleicht besser als sie selbst. Sie musste und wollte ihre Entscheidung akzeptieren.

»Ja, ich war auch sehr erstaunt«, sagte Frauke. »Es war für Leon nicht einfach, mir das zu beichten. Er kann aber auch wirklich ein Kindskopf sein.« Fraukes letzte Worte klangen nicht anklagend, sondern eher liebevoll.

31

In den nächsten Tagen reduzierte Jana ihre Arbeit um die Hälfte. Oke verbrachte mit Leon jede freie Minute in Ennas Haus und renovierte in Rekordzeit das erste Zimmer und machte sich anschließend an die Arbeiten im Bad.

Fraukes Frauenärztin bestätigte nach den angegebenen Daten, dass Daniel als Vater des Kindes nicht infrage kam. Über einen Schwangerschaftsabbruch hatte Frauke nicht mit der Ärztin gesprochen. Ob sie Kontakt zu einer Beratungsstelle aufgenommen hatte, wusste Jana nicht. Daniel hatte sich nach Fraukes Mail, in der sie ihm erklärt hatte, dass er als Vater ausgeschlossen werden konnte, nicht wieder bei ihr gemeldet.

Täglich schaute Jana bei Enna vorbei. Die Betreuungszeiten hatten sie und ihre Freunde weiter reduziert, auch weil Oke täglich viele Stunden in Ennas Haus verbrachte und regelmäßig nach ihr schaute.

Svea genoss die Extrazeit mit ihrer Mutter. Zusammen besuchten sie Enna, gingen mit ihr spazieren oder hielten sich bei ihr im Garten auf.

»Läuft alles gut bei euch?«, fragte Jana Oke am Abend des vierten Tages. »Wie kommt ihr voran?«

»Besser als erwartet. Leon ist wirklich eine große Hilfe. Er schafft richtig was weg. Kannst stolz auf deinen Bruder sein. Ich hätte auch nicht gedacht, wie sorgfältig und genau der arbeitet. Hättest ihn mal sehen sollen, als ich die Fußleisten beim Streichen nicht abkleben wollte.« Oke lachte in Erinnerung an Leons offensichtliche Empörung.

»Hast du noch mal mit ihm gesprochen, wie wir das mit der Bezahlung machen?«

»Ja, aber er will nach wie vor kein Geld. Was soll ich machen? Seine Entscheidung, oder?«

»Zwingen können wir ihn nicht. Vielleicht will er ja auch etwas wiedergutmachen. Belassen wir es dabei.«

»Sehe ich auch so. Und unser Budget wird dadurch auch geschont. Insgesamt wird es günstiger, als ich gedacht habe.«

»Ich brauche alle Quittungen beziehungsweise Rechnungen«, sagte Jana und wusste gleich, dass sie es einmal zu oft erwähnt hatte.

Oke verzog das Gesicht. »Wie häufig willst du mir das noch sagen? Das ist mir doch vollkommen klar.«

»Sorry, ist mir rausgerutscht. Du weißt doch, dass ich Panik vor den Gerüchten habe. Selbst Ulfert hat mich davor gewarnt.«

»Der soll sich lieber um seine eigenen Angelegenheiten kümmern. Er weiß doch immer noch nicht, dass er …«

»Nein!«, unterbrach Jana Oke. »Und von uns erfährt er es auch ganz sicher nicht.«

»Mein Mund ist ab sofort verschlossen, zugenäht und verklebt.«

Jana lachte. »Das will ich nicht hoffen. Dann wäre es bei uns ziemlich ruhig und langweilig. Und Svea würde das sicher auch nicht gefallen.«

Oke grinste breit. »Gut, überredet.« Er wurde ernst. »Ich habe so einiges an Ulfert zu kritisieren, aber ich finde es nicht richtig, dass er nicht erfährt, dass er unter Umständen Vater wird.«

»Ich halte das auch für falsch, aber werde mich da sicher nicht einmischen. Das ist Fraukes Sache. Leon erfährt es übrigens auch nicht. Also pass auf, dass du dich nicht verquasselst, wenn ihr zusammenarbeitet.«

»Einfacher gesagt als getan. Gestern hätte ich beina...«

»Nicht dein Ernst, oder?«, fiel Jana ihm ins Wort.

»Leon hat nichts gemerkt, ganz bestimmt nicht. Ich habe allerdings ein ziemlich mieses Gefühl dabei, ihn anzulügen.«

»Das machst du doch nicht. Du verschweigst ihm nur was.«

»Und wenn er mich direkt fragt? Was soll ich dann antworten?«

»Warum sollte er das? Er ahnt doch nichts von der Schwangerschaft. Also wird er dich auch nicht fragen.«

»Irgendwann wird er davon erfahren, und dann wird er uns beide fragen, ob wir es gewusst haben.«

Denselben Gedanken hatte Jana einige Tage zuvor auch gehabt. Aber letztlich waren ihr die Hände gebunden. Sie hatte Frauke versprochen, niemandem außer Oke von der Schwangerschaft zu erzählen. Frauke hatte es sich leicht gemacht und nicht darüber nachgedacht, was das Schweigegelübde für ihre Freundin bedeuten würde.

»Das kann passieren. Wir werden dann den Schwarzen Peter haben. Das lässt sich nicht ändern.«

»Klasse!«, murmelte Oke. »Absolut klasse.«

»Leon bleibt noch eine Woche?«, fragte Jana erstaunt.

Auf dem Weg zur Arbeit hatte Jana kurz im Café vorbeigeschaut und dabei von ihrer Freundin die Neuigkeit erfahren.

»Es war wohl kein Problem, den Arbeitsbeginn etwas zu verschieben. Leon wollte unbedingt Oke bei der Renovierung helfen.«

Das war sicher nicht der einzige Grund, dachte Jana, sprach es aber nicht aus.

»Ist doch gut, oder? Warum auch nicht«, fuhr Frauke fort. »Wir haben noch so gutes Wetter, und ob er nun in zwei Tagen oder neun Tagen anfängt zu arbeiten, macht den Kohl auch nicht fett.«

»Ich halte mich da raus. Ihr beide findet schon den richtigen Weg.«

Frauke rollte mit den Augen. »Schon klar, die neue Jana, weise und zurückhaltend.«

»Um weise zu werden, brauche ich wohl noch ein paar Jahrzehnte«, sagte Jana augenzwinkernd. »Aber etwas zurückhaltender zu sein, tut mir sicher ganz gut.«

»Mir gefiel die alte Jana besser«, sagte Frauke mit ernster Miene, lächelte aber gleich darauf und umarmte ihre Freundin. »Du bist nach wie vor meine Jana, die ich für niemanden in der Welt eintauschen würde.«

»Mir geht es genauso mit dir.« Jana drückte ihr einen Kuss auf die Wange. »Manchmal machst du aber schon etwas verrückte Sachen.«

»Das ist vorbei. Jetzt werde ich Mama, und da muss man sich doch zusammenreißen, oder?«

»Du hast dich …« Jana brach ab.

»Entschieden? Nein, nicht wirklich. Ich schwanke täglich zwischen dem einen Extrem und dem anderen. Leider gibt es ja keinen goldenen Mittelweg.«

»Nein, wohl eher nicht. Allerdings würde ich das nicht als zwei Extreme ansehen.«

»Das kommt auf den Standpunkt an«, warf Frauke ein. »Von meiner Warte aus sind sie es.«

Jana schaute auf die Uhr. »Wie immer in Eile. Du wartest ja auch auf deine Bestellung für die Nachmittagsgäste.« Sie stand auf, Frauke folgte ihr und umarmte sie zum Abschied.

Als die Ladenklingel läutete, nahm Jana die Schürze ab und ging nach vorne. Vor der Pralinen- und Kuchentheke stand Enna in Begleitung von Alina.

»Das ist aber eine Überraschung«, sagte Jana und begrüßte die beiden. »Habt ihr einen Spaziergang gemacht?«

Enna nickte. »Ich habe Alina von deinen Pralinen erzählt. Sie wollte unbedingt herkommen.«

Jana legte einige Pralinen auf einen Teller und zeigte auf den Tisch mit drei Stühlen, den Jana für Kunden bereithielt. »Dann müssen wir unbedingt eine kleine Verkostung machen.«

Die beiden Frauen probierten die Pralinen und mussten raten, aus was die Füllung bestand. Alina war begeistert von der Auswahl und fragte Jana, wie sie zu der Arbeit gekommen war.

»Eigentlich war das mein Hobby. Ich habe die Pralinen an gute Freunde verschenkt und nie daran gedacht, dass ich das mal als Beruf ausüben könnte. Als ich hier auf Langeoog statt in Australien gestrandet bin, hat Frauke mich dazu überredet, in ihrer Caféküche Pralinen herzustellen und sie bei ihr zu verkaufen. So fing alles an.«

»Ich bewundere Menschen, die ihr Hobby zum Beruf machen und das mit ganz viel Elan ausfüllen.«

Jana hielt Enna den Teller hin. »Möchtest du noch die Sanddornpraline probieren, Enna? Schließlich hast du mich damals auf die Idee zu dieser Füllung gebracht.«

»Ich habe viel Sanddornmarmelade gemacht«, sagte Enna.

»Sanddorn wächst auf der Insel?«, fragte Alina.

»Ja, wild. Enna und ich pflücken ihn im September immer gemeinsam«, antwortete Jana.

»Dann komme ich doch dieses Jahr mit«, schlug Alina vor. »Oder, Enna?«

»Ja, wir machen das zusammen«, freute sich die alte Dame.

»Also abgemacht. Und danach zeigst du mir, wie man daraus Marmelade macht?«

Enna nickte. »Das ist gar nicht so schwer.«

»Es läuft gut zwischen euch beiden, oder?«, fragte Jana, als sie am Nachmittag bei Enna vorbeischaute und Alina in der Küche fand. Enna hatte sich für einen Nachmittagsschlaf hingelegt.

»Sehr gut«, bestätigte Alina. »Enna macht auch alles gern mit. Selbst bei Spielen – sie fördern die Gedächtnisleistung – ist sie mit Begeisterung dabei. Ich habe das Gefühl, dass sie sich in den wenigen Tagen schon einiges an Selbstständigkeit zurück-erkämpft hat.«

»Das klingt super«, sagte Jana. »Meine Freunde und ich sind unglaublich froh, dass du uns hilfst. Morgen sind Oke und mein Bruder auch mit der Renovierung durch. Dann kannst du oben im Haus einziehen. Das zweite Zimmer macht Oke jetzt nach und nach fertig.«

»Mir reicht das eine vollkommen. Es ist übrigens schön geworden.«

Jana nickte. Sie hatte sich am Tag zuvor im ersten Stock umgeschaut und war auch begeistert von dem Ergebnis. Das Zimmer war kaum wiederzuerkennen. Die neue Matratze für das Bett war auch geliefert worden, nur der Flur musste noch gestrichen werden.

»Wenn du irgendetwas brauchst«, sagte Jana, »dann sprich mich einfach an.«

»Mache ich.« Alina hielt inne. »In zwei Tagen ist der Termin beim Neurologen?«

»Ja, wir fahren mit der ersten Fähre.«

»Kein Problem. Ich wecke Enna auf und sehe zu, dass sie gefrühstückt hat, wenn du sie abholst.«

»Drück mir die Daumen, dass alles gut läuft.«

32

Jana begrüßte Enna, die mit Alina in der Küche auf sie wartete. »Abfahrbereit?«

Enna nickte und stand auf. »Wir können los.«

Sie verabschiedeten sich von Alina und gingen die kurze Strecke bis zum Inselbahnhof, wo sie sich in einem der Waggons einen Platz suchten.

Auf der Fähre suchten sie sich einen ruhigen Tisch im Zwischendeck. Die Überfahrt verlief ruhig, die Fähre legte pünktlich in Bensersiel an. Nach einem kurzen Gang zu der Garage, in der Ulferts Auto stand, fuhren sie nach Aurich, fanden einen Parkplatz in der Nähe der Praxis und wurden dort direkt in eins der Sprechzimmer geführt. Dr. Walter kam eine Viertelstunde später zu ihnen, begrüßte sie und wechselte ein paar Worte mit Enna, bevor er mit den Tests begann.

Nach einer Stunde verließen sie das Sprechzimmer und setzten sich ins Wartezimmer. Zehn Minuten später wurde Jana zu Dr. Walter gerufen. Sie war überrascht, wie reibungslos das alles vonstattenging. Aus irgendwelchen Gründen hatte sie mit langen Wartezeiten, Verzögerungen und sonstigen Komplikationen gerechnet.

»Der Langeooger Kollege hatte Sie ja bereits vorinformiert. Nach den bisherigen Untersuchungsergebnissen gehe ich davon aus, dass Frau Rolfs an Alzheimer erkrankt ist. Hundertprozentig feststellen lässt sich das allerdings nur durch eine Lumbalpunktion. Dabei wird Nervenflüssigkeit aus dem Rückenmark entnommen. Ich würde darauf bei dem fortgeschrittenen Alter von Frau Rolfs und den eindeutigen Untersuchungsergebnissen verzichten wollen. Der Eingriff würde im Krankenhaus stattfinden und wäre bei Frau Rolfs mit einer Narkose verbunden.«

»Wenn sich die Untersuchung vermeiden lässt, wäre ich sehr froh.«

»Dann sollten wir das so machen. Sie haben sich bereits über Demenzerkrankungen informiert?«

Jana nickte.

»Frau Rolfs dürfte zwischen der vierten und fünften Stufe der Erkrankung stehen. Die siebte ist die letzte. Wie lange sich der Prozess hinziehen wird, ist schwer zu sagen. Das hängt auch von den äußeren Umständen ab.« Er sah Jana direkt an. »Wenn ich das richtig verstanden habe, sind sie nicht verwandt mit Frau Rolfs?«

»Nein. Es gibt keine nahen Verwandten, die sich um Frau Rolfs kümmern könnten. Meine Freunde und ich haben bisher die Betreuung so gut es geht übernommen. Inzwischen habe ich eine professionelle Pflegekraft angestellt, die sich hauptsächlich um Frau Rolfs kümmert. Sie wohnt auch direkt im Haus.«

»Das ist sehr gut. Meine Hochachtung für Sie und Ihre Freunde. Ich weiß, wie aufwendig die Betreuung sein kann. Eine Pflegekraft ist da sicher der richtige Weg, um Frau Rolfs so lange wie möglich ein selbstbestimmtes Leben zu ermöglichen. Solange Sie das finanziell absichern können, rate ich da sehr zu.«

»Wir haben einen Weg gefunden. Ich hoffe, dass wir es die nächsten Jahre finanzieren können. Das hängt natürlich davon ab, wie intensiv die Pflege werden wird.«

»Lassen Sie es auf sich zukommen. Und beantragen Sie einen Pflegegrad für Frau Rolfs. Das wird Ihr Budget entlasten.«

Der Neurologe übergab Jana Informationsmaterial und verabschiedete sich von ihr.

»Also Alzheimer«, sagte Frauke, als sie am Abend mit den Freunden und Alina zusammensaßen. Jana hatte von der Untersuchung und dem Gespräch mit Dr. Walter berichtet und erzählt, dass sie bereits bei Ennas Krankenkasse angerufen und sie als pflegebedürftig angemeldet habe.

»Ich hoffe, dass Enna dann bald begutachtet wird«, fuhr Jana fort. »Dafür kommt jemand zu ihr nach Hause.«

»Und wie geht es mit unseren Einsätzen weiter?«, wollte Lena wissen.

»Alina wird für jede Woche einen Plan aufstellen«, sagte Jana. »Vielleicht erklärst du das kurz selbst, Alina?«

»Ja, natürlich. Ich würde eure Einsätze gern etwas flexibel halten. Wenn es Enna gut geht, machen ihr die wechselnden Personen nichts aus, im Gegenteil, soziale Kontakte sind in ihrer Situation genau das Richtige. Wenn Enna nicht so gute Tage hat, würde ich meine Stunden ausweiten und derjenige, der eingeplant war, muss nicht kommen. Das kann dann in der Folge leichte Verschiebungen im Plan geben, aber für Enna wäre es die beste Lösung.«

»Und wie genau regeln wir das?«, fragte Lena. »Rufst du uns an?«

»Ich habe das bei meiner vorherigen Stelle ähnlich gemacht. Ein Freund hatte mir dafür eine App gebastelt, wo jeder von euch seinen Einsatz findet. Es gibt ein einheitliches Passwort, damit da niemand Unbefugtes mitliest, und ich würde das verwalten.«

»Klingt gut«, sagte Frauke. »Da wir ja immer nur kurze Zeit mit Enna zusammen sind, können wir uns doch sicher auch spontan darauf einstellen. Oder seht ihr das anders?«

Wohlwollende Zustimmung, selbst Ulfert, der sich bisher zurückgehalten hatte, nickte kurz.

Er stand auf. »Sind wir jetzt hier fertig?«

Die Freunde schauten ihn erstaunt an, Ulfert zuckte mit den Schultern, murmelte einen Abschiedsgruß und wandte sich um. Frauke sprang auf und lief ihm hinterher.

»Was war das denn?«, fragte Oke, als die Freunde sich auf den Weg gemacht hatten und Jana und er die Küche aufräumten. »Läuft da immer noch was zwischen den beiden? So langsam verstehe ich die Welt nicht mehr.«

»Frag Frauke einfach. Sie ist doch auch deine Freundin. Du kennst sie viele Jahre länger als ich.«

Oke hielt mitten in der Bewegung an. »Dir ist das plötzlich egal?«

»Egal sicher nicht, aber haben wir nicht unsere eigenen Probleme und sollten nicht noch die der anderen ungefragt schultern?«

»Haben wir Probleme?« Okes Entsetzen schien echt zu sein.

»Nein, nicht wirklich. Aber wir haben unser Leben, wir haben ein kleines Kind, unsere Arbeit und unsere Eltern. Von den Letzteren habe ich sogar zwei. Reicht eigentlich, oder?«

Oke stellte die schmutzigen Teller in die Spülmaschine und richtete sich wieder auf. »Gehört Frauke nicht auch zu unserer Familie? Genau wie Enna?«

»In gewisser Weise schon. Wenn ich um Hilfe gebeten werde, bin ich immer für sie da. Daran hat sich nichts geändert.

Aber ich muss auch ein bisschen an mich selbst denken und etwas kürzertreten.«

Oke nickte. »Ich kann mich nicht beschweren. Genau das habe ich dir schon häufiger empfohlen.«

»Aber?«

»Es geht um Frauke. Da kann ich nicht so locker mit umgehen. Keine Ahnung, was das ist. Beschützerinstinkt und so was in der Art. Ich habe mir die Sache mit Daniel lange genug angeschaut. Er hat Frauke doch nur benutzt. Bei Ulfert liegt es ähnlich. Die Heirat ist nicht nur wegen seines Geheimnisses geplatzt. Vordergründig ja. Aber dann sind sie wieder zusammengekommen, und Frauke hatte reichlich Zeit, um den wahren Ulfert kennenzulernen.«

»Ich weiß, aber was wäre passiert, wenn wir uns nicht eingemischt hätten? Kannst du mir garantieren, dass die beiden nicht glücklich geworden wären?«

»Natürlich nicht!«, sagte Oke. »Obwohl ich fest davon überzeugt bin, dass Frauke Ulfert ein für alle Mal zum Mond geschossen hätte, wenn sie irgendwann nach der Heirat von der Frau und dem Kind erfahren hätte. So sind sie zumindest noch Freunde.« Er fügte leise hinzu: »Und vielleicht noch mehr.«

»Sorgen machen um Freunde ist in Ordnung, Oke. Aber wir beide haben Frauke versprochen, ihre Schwangerschaft nicht auszuplaudern.«

»Daran halte ich mich auch«, sagte Oke.

»Aber?«

Oke zögerte lange, schließlich deutete er ein Schulterzucken an. »Ich war jetzt viel mit Leon zusammen. Bei der Arbeit und vor allem in den Pausen redet man schon mal das eine oder andere.«

Jana nickte.

»Was soll ich sagen. So ganz leicht fällt es Leon nicht, Langeoog zu verlassen.«

»Du meinst, Frauke zu verlassen.«

»Ja, natürlich. Er geht, weil er sich Fraukes Liebe nicht sicher ist.«

»Das hat er dir so gesagt?«

»Nein, das nicht. Aber Frauke war immer wieder Thema, und wenn ich jetzt mal eins und eins zusammenzähle, komme ich genau zu dem Schluss. Leon glaubt nicht, dass Frauke mit einem neun Jahre jüngeren Mann auf Dauer eine Beziehung haben möchte. Er hat nicht das Wort Urlaubsbekanntschaft in den Mund genommen, aber ich bin mir sicher, dass er genau das denkt.«

Jana schwieg. Frauke schien umgekehrt dasselbe zu denken. Auch wenn sie ihn als viel zu jung bezeichnet hatte, klang immer dabei heraus, dass ein so junger Mann keine längerfristige Beziehung mit einer Einunddreißigjährigen eingehen würde.

»Ist das so abwegig, was ich da erzähle?«, fragte Oke. »Will Frauke ihn eigentlich doch, redet sich aber nur ein, dass er es nicht will? Geht es hier gerade um ein Riesenmissverständnis?«

»Das könnte sein«, sagte Jana leise.

»Und wir machen trotzdem nichts?«

»Wir wissen nicht, ob wir recht haben. Frauke ist viel und oft mit Leon zusammen. Sie werden doch wohl miteinander reden, oder? Außerdem ist Hamburg nicht Australien. Frauke ist in ein paar Stunden in der Stadt, umgekehrt das Gleiche. Sollte es so sein, werden sie irgendwann selbst darauf kommen.«

»Ich bin mir da nicht so ganz sicher.«

33

»Wie geht es Enna heute? Hattet ihr eine gute Zeit?«, fragte Jana zwei Tage später Alina, als sie sie auf dem Weg zur Kinderkrippe traf und sie sich in Fraukes Café zu einem Kaffee zusammengesetzt hatten.

»Ja, ihr geht es gut. Sie wird jeden Tag sicherer und stabiler. Es ist wirklich beeindruckend.«

»Ja, den Eindruck habe ich auch. Und ich denke, das hat viel mit deinem Einsatz bei ihr zu tun. Ich bin so froh, dass wir dich gefunden haben.«

Alina lächelte. »Danke für das Lob.« Sie hielt inne und schien zu überlegen. »Du weißt aber schon, dass es in den nächsten Monaten, allenfalls Jahren richtig bergab gehen wird?«

»Wissen ja, aber ich habe es wohl noch nicht wirklich an mich rankommen lassen.«

»Demenz ist ein unglaublich langsamer Abschied von einem Menschen. Die kleinen Erfolge, die wir jetzt bei Enna sehen, verschleiern ein wenig die längerfristige Entwicklung. Für Angehörige – und dazu zähle ich dich jetzt einfach mal – kann das ein unglaublich schmerzhafter Prozess sein.«

Jana nickte schweigend. Sie hatte im Internet recherchiert und nicht nur medizinische Beiträge, sondern auch viele

Berichte von Angehörigen gefunden. Sie wusste theoretisch, was auf Enna zukommen würde, und auch, wie schwer es für Angehörige und Freunde werden würde, aber sie hatte das alles nicht auf Enna und sich bezogen.

»Du musst nichts sagen«, fuhr Alina fort. »Lass es nach und nach auf dich zukommen. Und nutze die Zeit, die du jetzt noch mit Enna hast.«

»Danke für deine offenen Worte. Ich habe mich, seit du bei Enna bist, etwas zurückgezogen, vielleicht auch etwas mehr, als es notwendig gewesen ist. Die Zeit vergeht so schnell, und allmählich verstehe ich, dass ich sie nutzen muss.«

»Ich bin ja noch ein paar Wochen hier. Hast du denn schon jemanden für meine Nachfolge gefunden?«

»Nein, so einfach, wie ich mir das vorgestellt habe, geht das nicht. Ich habe mit mehreren Agenturen Kontakt und warte jetzt darauf, dass sie jemanden finden, der auf Langeoog die Pflege übernehmen will. So wie es im Moment aussieht, wird es nicht leicht.«

»Ich weiß. Ich kenne das Problem. Zu viele ältere, pflegebedürftige Menschen, die bei sich zu Hause nach Unterstützung suchen.«

Jana nickte. »Drück mir die Daumen, dass ich etwas finde.«

Am nächsten Tag schneite Frauke bei ihr gegen Mittag in den Laden.

»Ich war gerade hier in der Gegend und dachte, schau doch mal bei Jana vorbei. Oder ist es im Moment schlecht?«

»Ich wollte gerade eine Pause machen. Was hältst du von einem Eiskaffee?«

Kurz darauf saßen sie vor Janas Laden, beide mit einem Glas in der Hand.

»Leon fährt morgen«, sagte Frauke.

»Ich weiß.«

»Kommst du auch zum Bahnhof? Er nimmt die erste Fähre.«

»Ja, wenn du nichts dagegen hast, würde ich gern kommen.«

»Das wäre schön.«

Sie schwiegen eine Weile, bis Jana mit ihrer Frage die Stille durchbrach. »Du hast dich jetzt entschieden?«

»Ja.«

Jana wartete, bis ihre Freundin weitersprach.

»Ich werde keinen Schwangerschaftsabbruch vornehmen lassen. Wenn in den nächsten Wochen alles gut geht, werde ich das Kind bekommen. Mein Kind.« Sie lächelte sanft. »Ob es wohl ein Mädchen oder ein Junge wird?«

»Was wünschst du dir?«

»Es ist mir egal. Ich würde es nur gern vorher wissen.« Sie schmunzelte. »Zwei Namen auszusuchen, ist mir zu aufwendig.«

»Ich kann dir helfen.«

»Vielleicht machen wir irgendwann einen Mädelsabend und suchen zusammen. Aber erst, wenn ich weiß, was es wird.«

»Abgemacht.«

»Mama unterstützt mich übrigens«, sagte Frauke unvermittelt.

»Du hast es ihr erzählt?«

»Ja, vor zwei Tagen. Sie hat mich zwar für verrückt erklärt, dass ich nicht weiß, wer der Vater ist, aber dann hat doch die Freude auf ein Enkelkind die Oberhand gewonnen.«

»Und dein Vater?«

»Mama versucht es ihm in den nächsten Tagen so schonend wie möglich beizubringen. Er ist etwas konservativer. Aber das weißt du ja.«

»Du hast nieman…«

»Nein, weder Leon noch Ulfert habe ich etwas erzählt.«

»Okay.«

Frauke stöhnte leise. »Die Diskussion hatten wir doch schon. Daniel ist mehr oder weniger raus, Ulfert hat schon ein Kind, und Leon fährt morgen. Es ist sozusagen alles geklärt.«

Jana bemerkte die feuchten Augen ihrer Freundin, hielt sich aber zurück und schwieg.

Nach einer gefühlten Ewigkeit stand Frauke auf, reichte Jana den Becher. »Danke. Dein Eiskaffee schmeckt eindeutig besser als der in meinem Café. Wenn du mal einen neuen Job suchst, sag Bescheid.«

Jana stellte die Becher auf die Bank und umarmte Frauke lange. »Wir schaffen das schon«, flüsterte sie ihr ins Ohr.

»Ich komme nicht mit«, sagte Oke am Abend. »Da fließen doch nur Tränen. Ich habe mich auch schon von Leon verabschiedet.«

»Bringst du Svea in die Krippe?«

»Klar, kann ich machen.«

»Frauke hätte heute fast geheult, als sie bei mir war.«

Oke zuckte mit den Schultern. »Was soll ich sagen. War zu erwarten, oder?«

»Sie hat übrigens mit ihrer Mutter gesprochen.«

Oke sah sie erstaunt an. »Frauke behält das Kind?«

Jana nickte.

»Mutig«, sagte Oke. »Wer hätte das gedacht?«

Jana stand um fünf Uhr auf, duschte und machte sich direkt danach auf den Weg zur Arbeit. Um Viertel nach sieben würde der Inselzug zum Fährhafen abfahren, um sieben wollte Jana am Bahnhof sein.

Rechtzeitig stellte sie die erste Charge der Pralinenproduktion in die Kühlung, wusch sich die Hände und wäre um ein Haar mit umgebundener Schürze losgelaufen.

Am Bahnhof standen nur zwei Inselgäste mit ihren Koffern. Von Frauke und Leon war noch nichts zu sehen. Hatte Leon es sich doch anders überlegt oder hatten die beiden verschlafen?

Weitere Gäste und Insulaner kamen auf den Bahnhof zu, stiegen ein. Fünf Minuten vor der Abfahrt ging Jana die Straße hoch, sah sich um. Als die ersten Türen der Inselbahn geschlossen wurden, kamen Leon und Frauke Hand in Hand angelaufen. Außer Atem blieben sie kurz bei Jana stehen, sie umarmte ihren Bruder, ermahnte ihn, keinen Blödsinn mehr zu machen, und zog sich schließlich ein paar Meter zurück, um Frauke und Leon die letzten Sekunden vor der Abfahrt allein zu lassen.

»Geht's?«, fragte Jana, als Frauke auf sie zukam. Sie hatte so lange am Bahnsteig gestanden, bis der Zug nicht mehr zu sehen war.

»Musst du arbeiten oder hast du heute frei?«

»Die Hälfte habe ich schon geschafft. Eine längere Pause könnte ich gebrauchen. Und ein Croissant mit einem Latte ebenfalls.«

»Dann gehen wir zu mir in die Wohnung. Auf dem Weg holen wir beim Bäcker was zu essen. Okay?«

Sie liefen schweigend nebeneinanderher. Frauke wischte sich hin und wieder mit dem Handrücken die Augen trocken, ließ Jana beim Bäcker die Brötchen kaufen und den Kaffee machen, während sie sich an den Küchentisch setzte und vor sich hinstarrte.

Jana deckte auf, stellte kurz darauf zwei Becher Latte macchiato auf den Tisch und setzte sich zu ihrer Freundin.

»Ich benehme mich ganz schön albern, oder?«, sagte Frauke.

»Nein, finde ich nicht. Abschied ist nie einfach. In diesem Fall vermutlich ganz und gar nicht.« Jana schmierte Marmelade auf ihr Croissant und biss hinein.

»Na ja, ich sehe Leon ja sicher bald wieder.«

»Und er irgendwann deinen Bauch.«

»Ja und? Dann habe ich halt zugenommen.«

Jana reichte ihr ein Croissant. »Dann leg mal gleich los.«

Frauke schmunzelte. »Dafür brauche ich aber ein paar mehr von den Dingern.« Sie wurde ernst. »Keine gute Strategie, oder?«

»Eher nicht. Hat Leon denn gesagt, wann er wiederkommt?«

»In zwei oder drei Wochen.«

Wenn er es so lange in Hamburg aushält, fügte Jana im Stillen hinzu.

»Du hast mindestens noch drei Monate Zeit, bevor man überhaupt etwas sieht. Ist dir morgens eigentlich noch übel geworden?«

»Geht so. Ich glaube nicht, dass Leon etwas bemerkt hat.«

»Sei ehrlich, du hast noch nicht mit Leon abgeschlossen?«, fragte Jana.

»Was heißt schon abgeschlossen? Ich werde ihn nicht daran hindern, nach Langeoog zu kommen. Und ja, irgendwann lässt sich meine Schwangerschaft nicht mehr verheimlichen. Aber wer weiß, vielleicht ist ihm bis dahin die Fahrerei schon zu viel geworden. Oder er hat eine nette Frau in seinem Alter kennengelernt. Kann doch alles möglich sein.«

»Vielleicht geht die Welt auch bis dahin unter«, warf Jana ein. »Hast du noch bessere Ideen?«

Frauke schwieg.

»Sorry, ich wollte dich nicht runterziehen«, sagte Jana. »Aber du machst dir gerade selbst etwas vor.«

»Und am Schluss fällt mir wieder mal alles auf die Füße. Dieses Mal wird es verdammt wehtun. Wenn meine Füße dann überhaupt noch da sind. Pech gehabt, muss ich halt …«

»Hör auf mit dem Selbstmitleid, Frauke«, unterbrach Jana ihre Freundin. »Ich habe mich vorher rausgehalten, aber jetzt sage ich dir klipp und klar: Du wirst Leon und Ulfert über deine Schwangerschaft informieren müssen. Alles andere wird im Chaos enden. Und wenn ich das richtig sehe, willst du weder Leon noch Ulfert verlieren. Mal ganz davon abgesehen, dass du sie sicher auch nicht bewusst verletzen willst.«

Frauke schwieg betroffen. »Ich brauche noch etwas Zeit. Zwei Wochen, vorher kommt Leon bestimmt nicht zurück. Ich bin im Moment einfach zu sehr durcheinander, um überhaupt einen klaren Gedanken zu fassen. Zwei Wochen.«

Jana nickte. »Nimm dir die Zeit.« Sie schob Frauke den Teller hin. »Und jetzt wird gegessen. Immerhin bist du schwanger.«

34

Zwei Stunden später verließ Jana ihre Freundin, setzte ihre Arbeit fort und hatte die Pralinen rechtzeitig vor vierzehn Uhr für den Abtransport fertig.

Auf dem Weg zur Kinderkrippe kehrte Jana kurz im Café ein, um nach Frauke zu sehen. Frauke hatte sich krankgemeldet und einen Ersatz gefunden. Jana beschloss, ihre Freundin erst später zu Hause zu besuchen, und holte Svea von der Krippe ab.

»War es ein großes Drama?«, fragte Oke, als er am Nachmittag von seiner Strandschicht kam.

»Drama würde ich nicht sagen, aber Frauke geht es nicht gut. Sie hat sogar die Schicht im Café gewechselt. Ich wollte gleich noch mal nach ihr schauen. Ist das in Ordnung?«

»Sicher. Ich gehe dann mit Svea einkaufen. Der Kühlschrank ist leer.«

»Verrückt, das habe ich vollkommen übersehen.« Jana warf ihm eine Kusshand zu. »Dann verschwinde ich jetzt einfach für eine Stunde.«

»Oder so«, fügte Oke hinzu.

Jana seufzte. »Oder so.«

Als sie auf das Mietshaus zuging, sah sie schon von Weitem, dass jemand auf den Stufen saß, einen dunkelblauen Rucksack an der Wand gelehnt.

Leon sprang auf, als er seine Schwester kommen sah, und lief auf sie zu. »Weißt du, wo Frauke ist? Sie ist weder im Café noch hier.«

»Nein, weiß ich nicht. Aber was machst du hier? Wolltest du nicht in Hamburg sein?«

»Ja, eigentlich schon.«

»Aber?«

Leon funkelte sie bitter an. »Kannst du dir nicht denken, weshalb ich zurück bin? Du weißt doch bestimmt von Fraukes Schwangerschaft.«

»Wer hat …«

»Ist das nicht egal?«, fiel Leon ihr ärgerlich ins Wort. »Ist es wahr, dass Frauke schwanger ist?«

»Ja. Und jetzt beruhige dich erst mal. Wenn dich ein Freund bitten würde, etwas für dich zu behalten, würdest du es auch tun. Oder?«

Leon schwieg.

»Woher weißt du davon?«, wollte Jana wissen.

»So ein Typ hat es mir gesagt.«

»Was für ein Typ?«

»Ach, ich habe auf der Fähre jemanden getroffen, der mich im Auto mit nach Oldenburg genommen hat. Der hat mich an der Autobahnauffahrt rausgelassen, und ab da bin ich per Stopp weiter. Und da hat halt dieser Typ angehalten und mich mitgenommen.«

Jana ahnte, bei wem ihr Bruder im Auto mitgefahren war.

»Irgendwann fing er an zu erzählen. Dass seine Freundin ein Kind bekommen würde, ihm allerdings gesagt hat, dass gleich drei Männer als Vater infrage kommen. Dann habe sie

265

ihm geschrieben, dass er doch nicht der Vater sein könne und sie ihn nicht wiedersehen wolle.«

Jana nickte und schwieg.

»Dann fing er davon an, dass sie auf einer Insel leben würde, und ich habe dann nachgefragt, auf welcher. Und am Schluss hat er mir den Vornamen seiner Freundin oder Ex-Freundin verraten.« Leon stöhnte leise. »Bin ich der Vater des Kindes? Frauke will doch das Kind bekommen, oder? Wer ist der Dritte?«

»Willst du das alles nicht lieber in aller Ruhe mit Frauke besprechen?«

»Wenn sie denn hier wäre.«

»Hast du versucht, sie übers Handy zu erreichen?«

»Klar. Schon viermal. Aber erst, als ich wieder auf der Fähre war.«

»Sie wird am Strand sein.«

Leon sah auf seinen Rucksack, drückte kurzerhand auf alle Klingelknöpfe, bis der Türsummer erklang. Er drückte die Eingangstür auf und warf den Rucksack in den Flur.

»Kann losgehen.«

Auf dem Weg zum Strand schrieb Jana Oke eine Nachricht und erklärte ihm, warum sie wahrscheinlich später kommen würde.

Am Strandübergang überlegten sie, welche Richtung sie einschlagen sollten. »Frauke geht gern Richtung Osten.«

»Und wenn nicht?«

»Ihr ist nichts passiert. Sie hat sich heute freigenommen und musste wohl über einiges nachdenken.«

Sie liefen nah an der Wasserkante, da der Sand dort am festesten war. Nach einer Viertelstunde bat Jana um eine Pause und ließ sich in den immer noch warmen Sand fallen.

»Wenn sie hier langgegangen ist, kommt sie uns irgendwann entgegen.«

Leon setzte sich neben seine Schwester. »Seit wann weiß Frauke das mit der Schwangerschaft?«

»Noch nicht so lange. Einen Tag, bevor du aus Hamburg zurückgekommen bist.«

»Und dieser Typ, der mich im Auto mitgenommen hat, war Fraukes Ex? Nach seinem Namen habe ich nicht gefragt.«

»Es wird wohl Daniel gewesen sein.«

Leon stand auf und hielt Jana die Hand hin. »Weiter geht's!«

Inzwischen hatten sie eine Strandregion erreicht, die nur spärlich besucht war. Hin und wieder kamen ihnen Touristen entgegen, die einen längeren Spaziergang gemacht hatten oder mit ihren Hunden unterwegs waren.

Leon zeigte nach vorne. »Ist das Frauke? Das könnte doch ihre rote Jacke sein.«

»Das ist zu weit weg, um es sagen zu können.«

Aber je näher sie kamen, desto sicherer wurde, dass sie Frauke gefunden hatten. Erst als sie etwa hundert Meter von ihnen entfernt war, blieb sie stehen. Leon sah kurz zu Jana und lief im nächsten Augenblick los.

Jana ging hinterher, sah, wie Frauke ihre Arme ausbreitete, als Leon wenige Meter vor ihr stoppte. Nach kurzem Zögern lief Leon weiter und umarmte Frauke und sie ihn. Jana blieb stehen, wartete ein paar Minuten, bevor sie beschloss, allein zurückzugehen.

35

Oke reichte Ulfert eine geöffnete Bierflasche und stieß mit ihm an. In Fraukes Café hatten sich die Freunde, Alina und Enna zusammengefunden, um Ennas Geburtstag zu feiern.

Alina hatte sich bereits Mitte September entschlossen, ihren Job in Norwegen abzusagen und auf Langeoog zu bleiben. Jana war ein Stein vom Herzen gefallen, da sie bis zu dem Zeitpunkt keine geeignete Nachfolgerin gefunden hatte und Alina für die Optimalbesetzung hielt.

Leon, der aus Hamburg gekommen war, würde für drei Tage auf Langeoog bleiben. Frauke und er hatten sich darauf geeinigt, dass er zunächst seinen Job in Elmshorn weitermachen würde und sich bis zum Sommer eine Arbeit auf Langeoog suchen würde. Oke und er heckten bereits einen Plan aus, wie sie sich zusammen selbstständig machen konnten. Frauke würde sich bis dahin nach einer größeren Wohnung umschauen, in der sie zusammen mit Leon und dem Kind ausreichend Platz haben würde.

Kurz nachdem Leon von der Schwangerschaft erfahren hatte, hatte Frauke lange mit Ulfert gesprochen. Jana wusste nicht, wie sie es erreicht hatte, aber Ulfert schien dem Burgfrieden zugestimmt zu haben.

Jana sah zu Enna, die neben Alina saß, immer wieder einen Blick über den langen Tisch warf und dabei lächelte. Ihr geistiger Zustand verschlechterte sich von Woche zu Woche, aber Alina hielt sie davon ab, sich in sich zurückzuziehen. Sie half ihr über die unzähligen Hürden des Alltags, war immer an ihrer Seite, wenn Enna Bekannte auf ihren Spaziergängen traf, und war geschickt darin, peinliche Situationen zu umschiffen. Jana war klar, dass es kein Zurück gab, aber ihren letzten Lebensabschnitt würde Enna in ihrer gewohnten Umgebung verbringen können. Und Jana spürte, dass Enna glücklich war.

Als Frauke aufstand und in die Küche ging, folgte ihr Jana.

»Geht es dir gut?«, fragte sie mit Blick auf Fraukes Bauch.

»Wunderbar.« Frauke hielt kurz inne und schmunzelte. »Mir wird gerade klar, dass du bald Tante wirst und wir dann verwandt sind. Wow. Wer hätte das gedacht?«

Jana musste unwillkürlich schmunzeln. »Stimmt. Zumindest, wenn Leon der Vater ist.«

»Gefühlt ist er es auf jeden Fall. Und das reicht uns beiden.« Frauke legte ihre Hand auf Janas Schulter. »Jetzt schau nicht so skeptisch. Es ist alles gut. Selbst Ulfert hat das akzeptiert. Und was später kommt, werden wir sehen. Beide Väter sind hier auf meiner Insel, und ich glaube, sie bleiben beide. Zwei Väter sind doch gut. Hey, du hast auch zwei Väter, und es läuft fantastisch.« Sie umarmte Jana. »Und bei dir? Habe ich dich nicht auf dem Weg zum Café in der Apotheke gesehen?«

Jana zuckte mit den Schultern. »Kann sein.«

Fraukes Mitarbeiterin, die am Kaffeeautomaten stand, rief sie. »Ich muss da mal eben hin. Das Teil hat gestern schon gestreikt. Ich dachte, ich hätte es wieder in Gang gebracht.« Sie nickte Jana zu und verschwand.

Jana fühlte nach der Packung in ihrer kleinen Tasche, atmete einmal tief durch, ging zurück in den Gastraum und direkt auf die Toiletten zu.

Wenige Minuten später fand sie Oke, der sich angeregt mit Ulfert unterhielt.

Sie strich ihm sanft über die Hand. »Hast du kurz Zeit für mich?«

»Klar, immer doch.« Oke nickte Ulfert zu und stand auf. »Was gibt es denn so Wichtiges?«

Jana zeigte auf die Tür nach draußen, griff nach seiner Hand und zog ihn mit.

Vor dem Café reichte sie ihm wortlos den Schwangerschaftstest. Oke starrte auf die beiden roten Striche und brauchte eine Weile, bis er verstanden hatte, was Jana ihm sagen wollte.

»Das ist …« Es verschlug ihm die Sprache.

Jana legte ihm den Finger auf die Lippen und küsste ihn zärtlich auf den Mund.

Folge der Autorin auf Amazon

Wenn dir dieses Buch gefallen hat, folge Jette Hansen auf Amazon. Dann erhältst du eine Benachrichtigung, wenn die Autorin ihr nächstes Buch veröffentlicht. Um der Autorin zu folgen, gehe bitte folgendermaßen vor:

Desktop:

1) Suche auf Amazon.de oder in der Amazon App nach dem Namen der Autorin.

2) Klicke auf den Namen der Autorin, um auf die Autorenseite zu gelangen.

3) Klicke auf den »Folgen«-Button.

Smartphone und Tablet:

1) Suche auf Amazon.de oder in der Amazon App nach dem Namen der Autorin.

2) Klicke auf einen Titel der Autorin.

3) Klicke auf den Namen der Autorin, um auf die Autorenseite zu gelangen.

4) Klicke auf den »Folgen«-Button.

Kindle eReader und Kindle App:

Wenn du dieses Buch auf einem Kindle eReader oder in der Kindle App liest, wird dir automatisch angeboten, der Autorin zu folgen, nachdem du die letzte Seite des Buches gelesen hast.

Zeitfracht Medien GmbH
Ferdinand-Jühlke-Straße 7
99095 Erfurt, Deutschland
produktsicherheit@kolibri360.de

Druck:
CPI Druckdienstleistungen GmbH
im Auftrag der
Zeitfracht Medien GmbH
Ein Unternehmen der Zeitfracht - Gruppe
Ferdinand-Jühlke-Str. 7
99095 Erfurt